LE LIVRE DU DIVAN

STENDHAL

—

LUCIEN
LEUWEN

II

ÉTABLISSEMENT DU TEXTE ET PRÉFACE PAR
HENRI MARTINEAU

PARIS
LE DIVAN
37, Rue Bonaparte, 37

—

MCMXXIX

LUCIEN LEUWEN

II

STENDHAL

—

LUCIEN LEUWEN

II

D

PARIS

LE DIVAN

37, Rue Bonaparte, 37

—

MCMXXIX

LUCIEN LEUWEN

CHAPITRE XXI

Son arrivée la combla de joie. Elle s'était dit, en sortant de chez madame de Commercy[1] :

« Il doit être si fort mécontent de lui et de moi, qu'il prendra le parti de m'oublier ; ou, si je le revois encore, ce ne sera que dans quelques jours. »

Dans l'obscurité profonde, madame de Chasteller distinguait quelquefois le feu du cigare de Leuwen. Elle l'aimait à la folie à ce moment. Si, dans ce silence profond et universel, Leuwen eût eu le génie de s'avancer sous sa fenêtre et de lui dire à voix basse quelque chose d'ingénieux et de frais, par exemple :

« Bonsoir, madame. Daignerez-vous me montrer que je suis entendu ? »

Très probablement, elle lui eût dit :

---

1 Stendhal distrait a écrit Marcilly. N. D L. E.

« Adieu, monsieur Leuwen. » Et l'intonation de ces trois mots n'eût rien laissé
à désirer à l'amant le plus exigeant.
Prononcer le nom de Leuwen, en parlant
à lui-même, eût été la suprême volupté
pour madame de Chasteller [1].

Leuwen, après avoir assez fait le sot,
comme il se le disait à soi-même, alla
chercher un certain billard, au fond d'une
cour sale, où il était sûr de trouver quelques
lieutenants du régiment. Il était si à plaindre, que les rencontrer fut un bonheur
pour lui. Ce bonheur parut et fit plaisir ;
ces jeunes gens furent bons enfants ce soir-
là, sauf à reprendre le lendemain la froideur du bon ton.

Leuwen eut le bonheur de jouer et de
perdre. Il fut décidé que l'on n'emporterait
pas les quelques napoléons que l'on s'était
gagnés ; on fit venir du vin de Champagne,
et Leuwen eut le bon esprit de s'enivrer,
au point que le garçon du billard et un
voisin qu'il appela le reconduisirent chez
lui.

C'est ainsi qu'un amour véritable éloigne
de la crapule.

Le lendemain, Leuwen agit absolument
comme un fou. Les lieutenants, ses cama-

---

1. Je dessine tous les muscles, sauf à adoucir. *Volupté*
est peut-être trop fort.

rades, redevenus méchants, se disaient :

« Ce beau dandy de Paris n'est pas accoutumé au champagne, il est encore détraqué d'hier ; il faudra l'engager à boire souvent. Nous nous moquerons de lui avant, pendant, et après ; c'est parfait. »

Ce lendemain de sa première rencontre avec cette femme de laquelle Leuwen se croyait si sûr, il fut absolument hors de lui. Il ne comprenait rien à tout ce qui lui arrivait, pas plus aux sentiments qu'il voyait naître dans son cœur qu'aux actions des autres avec lui. Il lui semblait qu'on faisait allusion à ses sentiments pour madame de Chasteller, et il avait besoin de toute sa raison pour ne pas se fâcher.

« J'agirai au jour le jour, se dit-il enfin, me jetant à chaque moment à l'action qui me fera le plus de plaisir. Pourvu que je ne fasse de confidence à qui que ce soit au monde et que je n'écrive à personne sur ma folie, personne ne pourra me dire un jour : « Tu as été fou. » Si cette maladie ne m'emporte pas, du moins elle ne pourra me faire rougir. Une folie bien cachée perd la moitié de ses mauvais effets. L'essentiel est qu'on ne devine pas ce que je sens. »

En peu de jours, il s'opéra chez Leuwen, un changement complet. Dans le monde on fut émerveillé de sa gaieté et de son esprit.

« Il a de mauvais principes, il est immoral, mais il est vraiment éloquent, » disait-on chez madame de Puylaurens.

— Mon ami, vous vous gâtez, lui dit un jour cette femme d'esprit.

Il parlait pour parler, il soutenait le pour et le contre, il exagérait et chargeait les circonstances de tout ce qu'il racontait, et il racontait beaucoup et longuement. En un mot, il parlait comme un homme d'esprit de province, aussi son succès fut-il immense : les habitants de Nancy reconnaissaient ce qu'ils avaient l'habitude d'admirer ; auparavant, on le trouvait singulier, original, affecté, souvent obscur.

Le fait est qu'il avait une frayeur mortelle de laisser deviner ce qui se passait dans son cœur. Il se voyait espionné et surveillé de près par le docteur Du Poirier, qu'il commençait de soupçonner d'avoir fait son marché avec M. Thiers, homme d'esprit ministre de la police de Louis-Philippe. Mais Leuwen ne pouvait rompre avec Du Poirier. Il ne fût pas même parvenu à l'éloigner de lui en cessant de lui parler. Du Poirier était ancré dans cette société, il y avait présenté Leuwen, et rompre avec lui eût été fort ridicule, et de plus fort embarrassant. Ne rompant pas

avec un homme aussi actif, aussi entrant,
aussi facile à se piquer, il fallait le traiter
en ami intime, en père.

« On ne peut trop charger un rôle avec
ces gens-ci ; » et il se mit à parler comme
un véritable comédien. Toujours il récitait
un rôle, et le plus bouffon qui lui venait à
l'esprit ; il se servait exprès d'expressions
ridicules. Il aimait à se trouver avec quelqu'un, la solitude lui était devenue insupportable. Plus la thèse qu'il soutenait était
saugrenue plus il était distrait de la partie
sérieuse de sa vie, qui n'était pas satis-
faisante, et son esprit était le bouffon de
son âme.

Ce n'était pas un Don Juan, bien loin
de là, nous ne savons pas ce qu'il sera un
jour, mais, pour le moment, il n'avait pas
la moindre habitude d'agir avec une
femme, en tête à tête, contrairement à ce
qu'il sentait. Il avait honoré jusqu'ici du
plus profond mépris ce genre de mérite
dont il commençait à regretter l'absence.
Du moins, il ne se faisait pas la moindre
illusion à cet égard.

Le mot terrible d'Ernest, son· savant
cousin, sur son peu d'esprit avec les femmes, retentissait toujours dans son âme,
presque autant que le mot affreux de
Bouchard, le maître de poste, sur le lieutenant-colonel et madame de Chasteller.

Vingt fois sa raison lui avait dit qu'il fallait se rapprocher de ce Bouchard, qu'avec de l'argent ou des complaisances on en pourrait tirer des détails. Cela lui était impossible : rien que d'apercevoir cet homme de loin dans la rue lui donnait la chair de poule.

Son esprit se croyait fondé à mépriser madame de Chasteller, et son âme avait de nouvelles raisons chaque jour de l'adorer comme l'être le plus pur, le plus céleste, le plus au-dessus des considérations de vanité et d'argent, qui sont comme la seconde religion de la province.

Le combat de son âme et de son esprit le rendait presque fou à la lettre, et certainement un des hommes les plus malheureux. C'était justement à l'époque où ses chevaux, son tilbury, ses gens en livrée, faisaient de lui l'objet de l'envie des lieutenants du régiment et de tous les jeunes gens de Nancy et des environs qui, le voyant riche, jeune, assez bien, brave, le regardaient sans aucun doute comme l'être le plus heureux qu'ils eussent jamais rencontré. Sa noire mélancolie, lorsqu'il était seul dans la rue, ses distractions, ses mouvements d'impatience avec apparence de méchanceté, passaient pour de la fatuité de l'ordre le plus relevé et le plus noble. Les plus éclairés y voyaient une imitation savante de lord Byron, dont on parlait encore beaucoup à cette époque.

Cette visite au billard ne fut pas la seule. La renommée s'en empara ; et comme tout Nancy avait porté à douze ou quinze les quatre habits de livrée que madame Leuwen avait envoyés de Paris à son fils, tout le monde dit que chaque soir, depuis un mois, on rapportait Leuwen ivre-mort à son logis. Les indifférents en étaient étonnés, les officiers démission- naires carlistes charmés. Un seul cœur en était percé jusqu'au vif :

« Me serais-je trompé sur son compte ? » Cette ressource de perdre la raison pour oublier son chagrin n'était pas belle, mais elle était la seule dont Leuwen eût pu s'avi- ser, ou plutôt il y avait été entraîné ; la vie de garnison s'était offerte à lui, et il y avait cédé. Comment faire autrement, pour ne pas avoir une fin de soirée abominable ?

C'était son premier chagrin, la vie n'avait été jusque-là pour lui que travail ou un plaisir. Depuis longtemps, il était reçu, et avec distinction, dans toutes les mai- sons de Nancy ; mais la même raison qui lui assurait des succès lui ôtait tout plaisir. Leuwen était comme une vieille coquette : comme il jouait toujours la comédie, rien ne lui faisait plaisir.

« Si j'étais en Allemagne, s'était-il dit, je parlerais allemand ; à Nancy, je parle provincial. »

Il lui eût semblé s'entendre jurer s'il leur eût dit d'une belle matinée : « C'est une belle matinée. » Il s'écriait en fronçant le sourcil et épanouissant le front, de l'air important d'un gros propriétaire : « Quel beau temps pour les foins ! »

Ses excès du soir au billard Charpentier vinrent ébranler un peu sa considération. Mais peu de jours avant que sa mauvaise conduite éclatât, il avait acheté une calèche immense, très propre à recevoir les familles nombreuses, dont Nancy abondait, et c'était en effet à cet usage qu'il la destinait. Les six demoiselles de Serpierre et leur mère « étrennèrent » cette voiture, comme on dit dans le pays. Plusieurs autres familles aussi nombreuses osèrent la demander, et l'obtinrent à l'instant.

« Ce M. Leuwen est bien bon enfant, disait-on de toutes parts ; il est vrai que cela lui coûte peu : son père joue à la rente avec le ministre de l'Intérieur, c'est la pauvre rente qui paie tout cela. »

C'était de la même façon obligeante que M. Du Poirier expliquait le *joli cadeau* que Leuwen lui avait fait à la suite de sa goutte volante.

[Le docteur Du Poirier passait pour avide

et était le meneur de Nancy. Leuwen le
regardait comme le coquin le plus dangereux du pays, il croyait même avoir
lieu de supposer que depuis que les chances
d'Henri V semblaient avoir diminué, Du
Poirier avait traité avec le ministre de
l'Intérieur et lui adressait des rapports tous
les quinze jours. Mais enfin, ce coquin pour
le moment lui était favorable[1].]

Tout allait au gré des désirs de Leuwen,
même son père, qui ne se plaignait point
de sa dépense. Leuwen était sûr que tout
le monde disait du bien de lui à madame
de Chasteller ; mais la maison du marquis
de Pontlevé n'en était pas moins la seule
de Nancy où Lucien semblât faire des pas
rétrogrades. En vain Leuwen avait essayé
d'y faire des visites ; madame de Chasteller, plutôt que de le recevoir, avait
fermé sa porte sous prétexte de maladie.
Elle avait trompé le docteur Du Poirier
lui-même, qui disait à Leuwen que madame de Chasteller ferait mieux de ne
pas sortir de longtemps. Aidée par ce
prétexte que lui fournissait le docteur
Du Poirier, madame de Chasteller faisait
un petit nombre de visites, sans s'exposer
à être accusée de fierté ou de sauvagerie
par les dames de Nancy.

1. Stendhal indique que ce fragment entre crochets doit
être placé ailleurs. N. D. L. E.

La seconde fois que Leuwen la vit après le bal, il en fut traité à peine comme une simple connaissance, même il lui sembla qu'elle ne répondait pas au peu de mots qu'il lui adressait autant que la politesse la plus simple aurait semblé l'exiger. Pour cette seconde entrevue, Leuwen avait formé les résolutions les plus héroïques. Son mépris pour soi-même fut augmenté par le complet manque de courage qu'il reconnut en lui au moment d'agir.

« Grand Dieu ! un tel accident m'arrivera-t-il au moment où mon régiment chargera l'ennemi ? »

Leuwen se fit les reproches les plus amers.

Le lendemain, il était à peine arrivé chez madame de Marcilly que madame de Chasteller fut annoncée.

L'indifférence qu'on lui marqua fut si excessive que vers la fin de la visite il se révolta. Pour la première fois, il profita de la position qu'il avait prise dans le monde : il donna la main à madame de Chasteller pour la conduire à sa voiture, quoiqu'il fût évident que cette prétendue politesse la contrariait beaucoup.

— Pardonnez-moi, madame, si je suis peu discret : je suis bien malheureux !

— Ce n'est pas ce qu'on dit, monsieur, répondit madame de Chasteller avec une aisance qui n'était rien moins que natuelle, et en pressant le pas pour gagner a voiture.

— Je me fais le flatteur de tous les 1abitants de Nancy dans l'espoir que)eut-être ils vous diront du bien de moi, t le soir, pour vous oublier, je cherche a perdre la raison.

— Je ne crois pas, monsieur, vous avoir 1onné lieu...

A ce moment, le laquais de madame de Chasteller s'avança pour fermer la portière, t ses chevaux l'emportèrent plus morte jue vive.

CHAPITRE XXII

PEUT-IL y avoir rien de plus déshonorant au monde, s'écria Leuwen, immobile à sa place, que de s'obstiner à lutter ainsi contre l'absence de rang ! Ce démon ne me pardonnera jamais l'absence des épaulettes à graines d'épinards. »

Rien n'était plus décourageant que cette réflexion, mais justement, durant la visite qui avait fini par le petit dialogue que nous venons de rapporter, Leuwen avait été comme enivré par la divine pâleur et l'étonnante beauté des yeux de Bathilde (c'était un des noms de madame de Chasteller).

« On ne peut pas reprocher à sa froideur glaciale d'avoir eu un regard animé pour quoi que ce soit, pendant une grande demi-heure qu'on a parlé de tant de choses. Mais je vois briller au fond de ses yeux, malgré toute la prudence qu'elle se commande, quelque chose de mystérieux, de sombre, d'animé, comme s'ils suivaient une conversation bien autrement intime et relevée que celle qu'écoutent nos oreilles. »

Pour qu'aucun ridicule ne lui manquât, même à ses propres yeux, le pauvre Leuwen, encouragé comme on vient de le voir, eut l'idée d'écrire. Il fit une fort belle lettre, qu'il alla jeter à la poste lui-même, à Darney, bourg à six lieues de Nancy, sur la route de Paris. Une seconde lettre n'obtint pas plus de réponse que la première. Heureusement, dans la troisième il glissa par hasard, et non par une adresse dont nous ne pouvons le soupçonner en conscience, le mot *soupçon*. Ce mot fut précieux pour le parti de l'amour, qui soutenait des combats continus dans le cœur de madame de Chasteller. Le fait est qu'au milieu des reproches cruels qu'elle s'adressait sans cesse, elle aimait Leuwen de toutes les forces de son âme[1]. Les journées ne marquaient pour elle, n'avaient de prix à ses yeux, que par les heures qu'elle passait le soir près de la persienne de son salon, à épier les pas de Leuwen qui, bien loin de se douter de tout le succès de sa démarche, venait passer des heures entières dans la rue de la Pompe.

---

1. Laisserai-je cette phrase de femme de chambre ? Oui, pour la clarté.

Bathilde (car le nom de madame est trop grave pour un tel enfantillage), Bathilde passait les soirées derrière sa persienne à respirer à travers un petit tuyau de papier de réglisse qu'elle plaçait entre ses lèvres comme Leuwen faisait pour ses cigares. Au milieu du profond silence de la rue de la Pompe, déserte toute la journée, et encore plus à onze heures du soir, elle avait le plaisir, peu criminel sans doute, d'entendre dans les mains de Leuwen le bruit du papier de réglisse que l'on déchire en l'ôtant du petit cahier et que l'on plie, quand Leuwen faisait son *cigarito* artificiel. M. le vicomte de Blancet avait eu l'honneur et le bonheur de procurer à madame de Chasteller ces petits cahiers de papier que, comme vous savez, l'on fait venir de Barcelone.

Dans les premiers jours qui suivirent le bal, se reprochant avec amertume d'avoir manqué à ce qu'une femme se doit à soi-même, et, bien plus par respect pour Leuwen, dont elle voulait l'estime avant tout, que pour sa propre réputation, elle s'était imposée l'ennui de se dire malade et de sortir fort rarement. Il est vrai qu'au moyen de cette sage conduite elle était parvenue à faire oublier entièrement l'aventure du bal. On l'avait bien vue rougir en parlant à Leuwen, mais

comme en deux mois elle ne l'avait pas
reçu une seule fois chez elle quand rien
au monde n'eût été plus simple, on avait
fini par supposer qu'en parlant à Leuwen
au bal, elle commençait à éprouver les
effets de l'indisposition qui peu après
l'avait forcée à rentrer chez elle. Depuis
son évanouissement du bal, elle avait
dit en confidence à deux ou trois dames de
sa connaissance :

« Je n'ai plus retrouvé ma santé ordinaire ; elle a péri dans un verre de vin de
Champagne. »

Effarouchée par la vue de Leuwen et
par ce qu'il avait osé lui dire à leur dernière rencontre, elle fut de plus en plus
fidèle à son vœu de solitude parfaite.

Madame de Chasteller avait donc satisfait à la prudence ; personne ne soupçonnait une cause morale à son indisposition du bal, mais son cœur souffrait
cruellement. Elle manquait de l'estime
pour soi-même, et la paix intérieure, qui
était le seul bien dont elle eût joui depuis
la révolution de 1830, lui était devenue
tout à fait étrangère. Cet état moral et la
retraite forcée dans laquelle elle vivait
commençaient à altérer sa santé. Toutes
ces circonstances, et sans doute aussi
l'ennui qui en résultait, donnèrent de la
valeur aux lettres de Leuwen.

Depuis un mois, madame de Chasteller avait fait beaucoup pour la vertu, ou du moins ce qui en est le signe le plus direct : elle s'était infiniment contrariée. Que pouvait demander de plus la voix sévère du devoir ? Ou, pour arriver sur-le-champ au mot décisif : Leuwen pouvait-il encore penser qu'elle avait manqué à la retenue féminine ? Quoique pût vouloir dire ce mot affreux : *soupçon*, prononcé par lui, Leuwen pouvait-il trouver dans sa conduite quelque chose qui pût le fortifier ? Depuis plusieurs jours, elle avait le plaisir de répondre franchement : non, à cette question qu'elle se faisait sans cesse.

« Mais quel était donc ce soupçon qu'il avait sur moi ? Il fallait qu'il fût d'une nature bien grave... Comme il changea en un clin d'œil toute l'apparence de sa figure !... Et, ajoutait-elle en rougissant, quelle question ce changement me porta-t-il à faire ! »

Alors, le vif remords inspiré par le souvenir de la question qu'elle avait osé faire venait rompre pour longtemps toute la chaîne de ses idées.

« Combien j'eus peu d'empire sur moi-même !... Combien il fallait que ce changement de physionomie fût marqué ! Le soupçon qui l'arrêtait ainsi au milieu des transports de la sympathie la plus vive était donc quelque chose de bien grave ? »

En ce moment fortuné arriva la troisième lettre de Leuwen. Les premières avaient fait un vif plaisir, mais on n'avait pas eu la moindre tentation d'y répondre. Après avoir lu cette dernière, Bathilde courut chercher son écritoire, le plaça sur une table, l'ouvrit, et commença à écrire, sans se permettre de raisonner avec soi-même.

« C'est envoyer une lettre, et non l'écrire, qui fait la démarche condamnable, » se disait-elle vaguement à elle-même.

A quoi bon noter que la réponse fut écrite avec la recherche des tournures les plus altières ? On recommandait trois ou quatre fois à Leuwen de perdre tout espoir, le mot même d'espoir était évité avec une adresse infinie, dont madame de Chasteller se sut bon gré. Hélas ! Elle était sans le savoir la victime de son éducation jésuitique : elle se trompait elle-même, s'appliquant mal à propos, et à son insu, l'art de tromper les autres qu'on lui avait enseigné au *Sacré-Cœur*. Elle *répondait* : tout était dans ce mot-là, qu'elle ne voulait pas regarder.

La lettre d'une page et demie terminée, madame de Chasteller [se] promenait dans sa chambre, presque en sautant de

joie. Après une heure de réflexion, elle
demanda sa voiture, et, en passant devant
le bureau de poste de Nancy, elle tira le
cordon :

— A propos, dit-elle au domestique,
jetez cette lettre à la poste... Vite !

Le bureau était à trois pas, elle suivit
cet homme de l'œil ; il ne lut pas l'adresse,
où une écriture un peu différente de celle
qu'elle avait d'ordinaire avait écrit .

> A M. Pierre Lafont,
> Poste restante,
> à Darney.

C'était le nom d'un domestique de Leuwen et l'adresse indiquée par lui, avec toute
la modestie et le manque d'espoir convenables.

Rien ne saurait exprimer la surprise de
Leuwen, et presque sa terreur, quand le
lendemain, étant allé comme par manière
d'acquit jusqu'à un quart de lieue de
Darney avec le domestique Lafont, il
vit celui-ci, à son retour, tirer une lettre
de sa poche. Il tomba à bas de son cheval
plutôt qu'il n'en descendit, et s'enfonça,
sans ouvrir la lettre et sans savoir presque
ce qu'il faisait, dans un bois voisin. Quand
il se fut assuré qu'un taillis de châtai-

niers, au centre duquel il se trouvait
e cachait bien de tous les côtés, il s'assit
t se plaça bien à son aise, comme un
homme qui s'apprête à recevoir le coup de
hache qui doit le dépêcher dans l'autre
monde, et qui veut le savourer.

Quelle différence avec la sensation d'un
homme du monde ou d'un homme qui
n'a pas reçu du hasard ce don incommode,
père de tant de ridicules, que l'on appelle
une âme ! Pour ces gens raisonnables,
faire la cour à une femme, c'est un duel
agréable. Le grand philosophe K[ant]
ajoute : « Le sentiment de la *dualité* est
puissamment réveillé quand le bonheur
parfait que l'amour peut donner ne peut
se trouver que dans la sympathie *complète*
ou l'absence totale du sentiment d'être
deux. »

« Ah ! Madame de Chasteller répond !
aurait dit le jeune homme de Paris un
peu plus vulgairement élevé que Leuwen.
Sa grandeur d'âme s'y est enfin décidée.
Voilà le premier pas. Le reste est une
affaire de forme ; ce sera un mois ou deux
suivant que j'aurai plus ou moins de
savoir-faire, et elle des idées plus ou moins
exagérées sur ce que doit être la défense
d'une femme de la première vertu. »

Leuwen, abandonné sur la terre en lisant
ces lignes terribles, ne distinguait point

encore l'idée principale, qui eût dû être :
« Madame de Chasteller répond ! » Il était
effrayé de la sévérité du langage et du ton
de persuasion profonde avec lequel elle
l'exhortait à ne plus parler de sentiments
de cette nature, tout en lui intimant
l'ordre, au nom de l'honneur, au nom de
ce que les honnêtes gens réputent le plus
sacré dans leurs relations réciproques,
d'abandonner les idées singulières avec
lesquelles il avait sans doute voulu sonder
son cœur (d'elle, madame de Chasteller)
avant de s'abandonner à une folie qui,
dans leur position réciproque, et surtout
avec sa façon de penser à elle, était une
aberration, elle osait le dire, on ne peut
pas plus difficile à comprendre.

« C'est un congé bien en forme, se dit
Leuwen après avoir relu cette lettre terrible au moins cinq ou six fois. Je ne suis
guère en état de faire une réponse quelconque, pensa-t-il ; cependant, le courrier de Paris passe demain matin à Darney, et si ma lettre n'est pas ce soir à la
poste, madame de Chasteller ne la lira
que dans quatre jours. »

Cette raison le décida. Là, au milieu
du bois, avec un crayon qu'il se trouva
par bonheur, et en appuyant sur le haut de
son shako la troisième page de la lettre
de madame de Chasteller qui était restée

en blanc, il fabriqua une réponse qu'avec la même sagacité qui dirigeait toutes ses pensées depuis une heure, il jugea fort mauvaise. Elle lui déplaisait surtout parce qu'elle n'indiquait aucune espérance, aucun moyen de retour à l'attaque [1]. Tant il y a toujours du fat dans le cœur d'un enfant de Paris ! Cependant, malgré lui et les corrections qu'il y fit en la relisant, elle montrait un cœur navré de l'insensibilité et de la hauteur de madame de Chasteller.

Il revint sur la route pour envoyer son domestique chercher un cahier de papier à Darney et ce qu'il fallait pour écrire. Il écrivit sa réponse, et après qu'il eut envoyé le domestique la porter au bureau de la poste, il fut deux ou trois fois sur le point de galoper après lui pour la reprendre, tant cette lettre lui semblait maladroite et peu propre à amener le succès. Il ne fut arrêté que par l'impossibilité absolue où il se trouvait d'en composer une autre plus passable.

« Ah ! combien Ernest a raison ! pensat-il. Le ciel n'a pas fait de moi un être destiné à avoir des femmes ! Je ne m'élèverai jamais au-dessus des demoiselles de l'Opéra, qui estimeront en moi mon cheval

1. Ton d'un philosophe qui voit de haut. Est-ce bon ?
Comme de la niaiserie dans le cœur d'un Allemand

et la fortune de mon père. J'y pourrais
peut-être ajouter des marquises de province, si l'amitié intime des marquis
n'était pas trop fastidieuse. »

Tout en faisant ces réflexions sur son
peu de talent, et en attendant son domestique, Leuwen avait profité de son cahier
de papier blanc pour composer une seconde
lettre qu'il trouva plus céladon encore et
plus plate que celle qui était à la poste.

Ce soir-là, il n'alla point au billard
Charpentier, son amour-propre d'auteur
était trop humilié du ton dont il s'était
trouvé incapable de sortir dans ses deux
lettres. Il passa la nuit à en composer une
troisième qui, mise au net convenablement
et écrite en caractères lisibles, se trouva
avoir atteint la formidable longueur de
sept pages. Il y travailla jusqu'à trois
heures ; à cinq, en allant à la manœuvre,
il eut le courage de l'envoyer à la poste
à Darney.

« Si le courrier de Paris retarde un peu,
madame de Chasteller recevra celle-ci
en même temps que mon petit barbouil-
lage écrit sur la route, et peut-être me
trouvera-t-elle un peu moins imbécile. »

Par bonheur pour lui, le courrier de
Paris avait passé quand cette seconde lettre
arriva à Darney, et madame de Chasteller ne reçut que la première.

Le trouble, la simplicité presque enfan-
ine de cette lettre, le dévouement parfait,
imple, sans effort, sans espérance, qu'elle
espirait, firent un contraste charmant aux
eux de madame de Chasteller avec la
rétendue fatuité de l'élégant sous-lieu-
enant. Etaient-ce bien là l'écriture et les
entiments de ce jeune homme brillant,
ui ébranlait les rues de Nancy par la
apidité de sa calèche ? [Madame de Chas-
eller n'en fut point effrayée. Les gens
'esprit de Nancy appelaient Leuwen
n fat et, qui plus est, ne doutaient pas
u'il ne le fût parce que, avec les avantages
'argent dont ils le voyaient jouir, ils
ussent été des fats.

Leuwen était bien plutôt modeste que
at, il avait le bon esprit de ne savoir
e qu'il était en rien, excepté en mathé-
natiques, chimie et équitation.

Avec quelle joie il eût donné le talent
u'on lui accordait en ces trois choses
our l'art de se faire aimer des dames qu'il
rouvait chez plusieurs autres de ses con-
aissances de Paris.

« Ah ! si je pouvais être délivré·de ma
olie pour cette femme, comme je me gar-
lerais à l'avenir ! S'il pouvait arriver un
eune lieutenant-colonel à notre régiment!..
Que ferais-je ? Me battrais-je ?... Non,
arbleu ! je déserterais... »]

Madame de Chasteller s'était repentie
bien souvent d'avoir écrit ; la réponse
qu'elle pouvait recevoir de Leuwen lui
inspirait une sorte de terreur. Toutes ses
craintes se trouvaient démenties de la
manière la plus aimable.

Madame de Chasteller eut bien des
affaires ce jour-là : il lui fallut lire cinq
ou six fois cette lettre, après avoir fermé
à clef trois ou quatre portes de son appartement, avant de pouvoir se former une
esquisse juste de l'idée qu'elle devait
avoir du caractère de Leuwen. Elle
croyait y voir des contradictions : sa conduite à Nancy était d'un fat, sa lettre
était d'un enfant.

Mais non : cette lettre n'était pas d'un
homme à prétentions, encore moins d'un
homme vain. Madame de Chasteller avait
assez d'usage et d'esprit pour être sûre
qu'il y avait dans cette lettre une simplicité charmante, au lieu de l'affectation et
de la fatuité plus ou moins déguisée d'un
homme *à la mode* ; car tel eût été le rôle de
Leuwen à Nancy, s'il eût eu l'esprit de
connaître et de saisir sa fortune.

CHAPITRE XXIII

L A seule chose adroite que Leuwen eût mise dans sa lettre était de supplier pour une réponse.

« Accordez-moi mon pardon, et je vous ire, madame, un silence éternel. »

« Dois-je faire cette réponse ? se disait madame de Chasteller. Ne serait-ce pas ommencer une correspondance ? »

Un quart d'heure après, elle se disait :

« Résister toujours au bonheur qui se résente, même le plus innocent, quelle ie triste ! A quoi bon être toujours sur es échasses ? Ne suis-je pas déjà assez nnuyée par deux années de bouderie ontre Paris ? Quel mal de faire cette ernière lettre qu'il recevra de moi, si elle st écrite de façon à pouvoir être examinée t commentée sans danger, même par les emmes qui se réunissent chez madame de Commercy ? »

Cette réponse si méditée, si occupante faire, partit enfin ; c'étaient des conseils

sages donnés sur le ton de l'amitié. On
exhortait à se garantir ou à se guérir d'une
velléité que l'on ne croyait tout au plus
qu'une fantaisie sans conséquence, si
ce n'était même une petite fiction que l'on
avait eu le petit tort de se permettre pour
amuser l'ennui du désœuvrement d'une
garnison. Le ton de la lettre n'était pas
tragique ; madame de Chasteller avait
même voulu prendre celui d'une correspondance ordinaire, et éviter les grandes
phrases de la vertu outragée. Mais à son
insu des phrases d'un sérieux profond
s'étaient glissées dans cette lettre, écho
des sentiments, des chagrins et des pressen-
timents de cette âme agitée. Leuwen
sentit cette nuance plutôt qu'il ne l'aperçut ; une lettre écrite par une âme complètement sèche l'eût tout à fait découragé.

Cette lettre était à peine à la poste que
madame de Chasteller reçut la grande
lettre de sept pages écrite avec tant de
soin par Leuwen. Elle fut outrée de colère
et se repentit amèrement du ton de bonté
qu'elle avait pris dans la sienne. Croyant
bien faire, Leuwen avait suivi, sans trop
s'en douter, les leçons vagues de fatuité
et de politique grossière envers les femmes,
qui forment la partie sublime de la conversation des jeunes gens de vingt ans quand
ils ne parlent pas politique.

Madame de Chasteller écrivit aussitôt quatre lignes pour prier M. Leuwen de ne pas continuer une correspondance sans objet ; dans le cas contraire, madame de Chasteller serait forcée au procédé désagréable de renvoyer ses lettres sans les ouvrir. Elle se hâta d'envoyer ce mot à la poste, rien n'était plus sec.

Forte de cette belle résolution invariablement arrêtée, puisqu'elle l'avait écrite, de renvoyer sans les ouvrir les lettres que Leuwen pourrait lui adresser désormais, et croyant avoir entièrement rompu avec lui, madame de Chasteller se trouva de mauvaise compagnie pour elle-même. Elle demanda ses chevaux et voulut se débarrasser de quelques visites d'obligation. Elle débuta par les Serpierre. Il lui sembla recevoir comme un coup dans la poitrine, près du cœur, en trouvant Leuwen comme établi dans le salon de ces dames et jouant avec les demoiselles en présence du père et de la mère comme s'il eût été un véritable enfant.

— Eh ! bien, la présence de madame de Chasteller vous déconcerte ? lui dit après un moment mademoiselle Théodelinde, ce qu'elle dit parce qu'elle le voyait, et sans y attacher aucune idée d'épigramme.

Vous n'êtes plus bon enfant. Est-ce que
madame de Chasteller vous intimide ?

— Eh ! bien, oui, puisqu'il faut que
je l'avoue, répondit Leuwen.

Madame de Chasteller ne put se défendre de prendre la parole, et le ton général
de cette famille l'entraînant à son insu,
elle parla sans sévérité. Leuwen put
répondre, et, pour la seconde fois de sa
vie, les idées lui vinrent en foule en s'a-
dressant à madame de Chasteller, et il
sut les exprimer.

« Il y aurait de la gaucherie à montrer
ici à M. Leuwen la froideur sévère que
je dois avoir, se dit madame de Chasteller
pour se justifier à ses propres yeux.
M. Leuwen ne peut avoir reçu mes lettres...
D'ailleurs, je le vois peut-être pour la
dernière fois. Si mon indigne cœur continue à s'occuper de lui, je saurai bien quitter
Nancy. »

L'image présentée par ces deux mots
attendrit madame de Chasteller malgré
elle ; c'était presque comme si elle se fût
dit :

« Je quitterai le seul pays où il puisse
exister pour moi un peu de bonheur. »

Au moyen de ce raisonnement, madame
de Chasteller se pardonna d'être aimable
et gaie sans conséquence, comme la bonne
famille au milieu de laquelle elle était

tombée. La gaieté gagna si bien tout le
monde et l'on se trouva si bien ensemble
que mademoiselle Théodelinde songea
à la grande calèche de M. Leuwen, de
laquelle on se servait sans façon ; elle
alla parler bas à sa mère.

— Allons au *Chasseur vert*, dit-elle
ensuite tout haut[1].

Cette idée fut approuvée par accla-
mation. Madame de Chasteller était si
triste chez elle qu'elle n'eut pas le courage
de se refuser cette promenade. Elle prit
dans sa voiture deux des demoiselles
de Serpierre, et tous ensemble on alla
à un joli café établi à une lieue et demie
de la ville, au milieu des premiers grands
arbres de la forêt de Burelviller. Ces
sortes de cafés dans les bois, où l'on trouve
ordinairement le soir de la musique
exécutée par des instruments à vent,
et la facilité avec laquelle on y va, sont
un usage allemand qui, heureusement,
commence à pénétrer dans plusieurs villes
de l'est de la France.

Dans les bois du *Chasseur vert*, la
gaieté douce et la bonhomie de la conversation furent extrêmes. Pour la première

1. Promenade au *Chasseur vert*.

fois pendant un aussi long temps, Leuwen
osait parler devant madame de Chasteller,
et à elle-même. Elle lui répondit et, à
plusieurs reprises, elle ne put pas se défendre de sourire en le regardant, et
ensuite de lui donner le bras. Il était
parfaitement heureux. Madame de Chasteller voyait l'aînée des demoiselles de
Serpierre sur le point, tout au moins, de
devenir amoureuse de Leuwen.

Il y avait ce soir-là, au *café-hauss* du
Chasseur vert, des cors de Bohême qui
exécutaient d'une façon ravissante une
musique douce, simple, un peu lente. Rien
n'était plus tendre, plus occupant, plus
d'accord avec le soleil qui se couchait
derrière les grands arbres de la forêt. De
temps à autre, il lançait quelque rayon
qui perçait au travers des profondeurs de
la verdure et semblait animer cette demi-
obscurité si touchante des grands bois.
C'était une de ces soirées enchanteresses,
que l'on peut compter au nombre des plus
grands ennemis de l'impassibilité du cœur.
Ce fut peut-être à cause de tout cela que
Leuwen, moins timide sans pourtant être
hardi, dit à madame de Chasteller, comme
entraîné par un mouvement involontaire :

— Mais, madame, pouvez-vous douter
de la sincérité et de la pureté du sentiment
qui m'anime ? Je vaux bien peu sans

oute, je ne suis rien dans le monde,
mais ne voyez-vous pas que je vous aime
e toute mon âme ? Depuis le jour de
mon arrivée que mon cheval tomba sous
os fenêtres, je n'ai pu penser qu'à vous,
t bien malgré moi, car vous ne m'avez
as gâté par vos bontés. Je puis vous
urer, quoique cela soit bien enfant et
eut-être ridicule à vos yeux, que les
moments les plus doux de ma vie sont
eux que je passe sous vos fenêtres, quel-
uefois, le soir.

Madame de Chasteller, qui lui donnait
e bras, le laissait dire et s'appuyait presque sur lui ; elle le regardait avec des
eux attentifs, si ce n'est attendris.
Leuwen le lui reprocha presque :

— Quand nous serons de retour à
Nancy, quand les vanités de la vie vous
uront saisie de nouveau, vous ne verrez
n moi qu'un petit sous-lieutenant. Vous
erez sévère et j'ose dire méchante pour
noi. Vous n'aurez pas beaucoup à faire
our me rendre malheureux : la seule
eur de vous avoir déplu suffit pour m'ôter
oute tranquillité.

Ce mot fut dit avec une vérité et une
implicité si touchantes, que madame de
Chasteller répondit aussitôt :

— Ne croyez pas à la lettre que vous
ecevrez de moi.

Cela fut dit rapidement. Leuwen répondit de même :

— Grand Dieu ! Aurais-je pu vous déplaire ?

— Oui ; votre grande lettre datée de mardi a l'air d'être écrite par un autre : c'est une âme sèche et à projets hostiles contre moi, c'est presque un petit homme fat et vaniteux qui me parle.

— Vous voyez si j'ai des prétentions avec vous ! Vous voyez bien que vous êtes la maîtresse de mon sort, et apparemment vous me rendrez fort malheureux.

— Non, ou votre bonheur ne dépendra pas de moi.

Leuwen s'arrêta involontairement, il la regarda ; il vit ces yeux tendres et amis de la conversation au bal ; mais, cette fois, ils semblaient voilés de tristesse. S'ils n'eussent pas été dans une clairière du bois, à cent pas des demoiselles de Serpierre qui pouvaient les voir, Leuwen l'eût embrassée, et en vérité elle l'eût laissé faire. Tel est le danger de la sincérité, de la musique et des grands bois.

Madame de Chasteller vit son imprudence dans les yeux de Leuwen et eut peur.

— Songez où nous sommes...

Et, honteuse de ce mot et de ce qu'il semblait faire entendre :

— N'ajoutez pas une syllabe, dit-elle

avec une résolution sévère, ou vous allez
me déplaire ; et promenons-[nous].

Leuwen obéit, mais il la regardait, et
elle voyait toute la peine qu'il avait à lui
obéir et à garder le silence. Peu à peu
elle s'appuya sur son bras avec intimité.
Des larmes, de bonheur apparemment,
vinrent mouiller les yeux de Leuwen

— Eh! bien, je vous crois sincère, mon
ami, lui dit-elle après un grand quart
d'heure de silence.

— Je suis bien heureux ! Mais à peine
je ne serai plus avec vous, que je trem-
blerai. Vous m'inspirez de la terreur.
A peine rentrée dans les salons de Nancy,
vous redeviendrez pour moi cette divinité
implacable et sévère...

— J'avais peur de moi-même. Je trem--
blais que vous n'eussiez plus d'estime
pour moi, après la sotte question que
j'avais osé vous adresser au bal...

A ce moment, au détour d'un petit
chemin dans le bois, ils ne se trouvèrent
plus qu'à vingt pas de deux des demoiselles
de Serpierre, qui [se] promenaient en
se donnant le bras. Leuwen craignit de
voir tout finir pour lui, comme après le
regard du bal ; il fut illuminé par le danger, et dit fort vite :

— Permettez-moi de vous voir, demain
chez vous.

— Grand Dieu ! répondit-on avec terreur.

— De grâce !

— Eh ! bien, je vous recevrai demain.

Après avoir prononcé ces mots, madame de Chasteller était plus morte que vive. Les demoiselles de Serpierre la trouvèrent pâle, respirant à peine, et remarquèrent que ses yeux étaient éteints. Madame de Chasteller leur demanda leur bras à toutes les deux.

— Croiriez-vous, mes amies, que la fraîcheur du soir me fait mal ? Si vous voulez, nous irons aux voitures.

C'est ce qu'on fit. Madame de Chasteller prit dans la sienne les plus jeunes des demoiselles de Serpierre, et la nuit qui tombait tout à fait lui permit de ne plus craindre les regards.

Dans sa vie de savant et d'étourdi, jamais Leuwen n'avait rencontré de sensation qui approchât le moins du monde de celle qui l'agitait. C'est pour ces rares moments qu'il vaut la peine de vivre.

— Vous êtes stupide, vraiment ! lui dit en voiture mademoiselle Théodelinde.

— Mais songez, ma fille, que vous êtes peu polie ! dit madame de Serpierre.

— C'est qu'il est insupportable ce
soir, répliqua la bonne provinciale.

Et c'est à cause de cette naïveté,
encore possible en province, que l'on peut
quelquefois l'aimer. Il y a des mouvements
de naturel et de vérité entre jeunes
gens, sans conséquence, ni petites mines
à la Sophie après se les être permis.

A peine madame de Chasteller fut-elle
rendue à la solitude et au raisonnement
qu'elle eut des remords effroyables de
la visite qu'elle venait de permettre à
Leuwen. Elle eut recours à un personnage
que le lecteur connaît déjà ; il a peut-être
gardé quelque souvenir méprisant d'un
de ces êtres fréquents en province, où
ils sont respectés. et qui se cachent à
Paris, où le ridicule les poursuit, d'une
mademoiselle Bérard, bourgeoise que nous
avons rencontrée fourrée parmi les grandes
dames, dans la chapelle des *Pénitents*, la
première fois que Leuwen eut l'esprit
d'y aller. C'était une fort petite personne
sèche, de quarante-cinq à cinquante ans,
au nez pointu, au regard faux, et toujours
mise avec beaucoup de soin, usage qu'elle
avait rapporté d'Angleterre, où elle avait
été vingt ans dame de compagnie de
milady Beatown, riche pairesse catho-
lique. Mademoiselle Bérard semblait née

pour cet état abominable que les Anglais,
grands peintres pour tout ce qui est
désagréable, désignent par le nom de
toadealer, avaleur de crapauds. Les morti-
fications sans nombre qu'une pauvre
dame de compagnie doit supporter sans
mot dire d'une femme riche et de mauvaise humeur contre le monde qu'elle
ennuie, ont donné naissance à ce bel
emploi [1]. Mademoiselle Bérard, naturellement méchante, atrabilaire et bavarde,
trop peu riche pour être dévote en titre
avec quelque considération, avait besoin
d'une maison opulente pour lui fournir
des faits à envenimer, des rapports à
faire, et de l'importance dans le monde
des sacristies. Il y avait une chose que
tous les trésors de la terre et les ordres
même de notre saint père le pape n'auraient pu obtenir de la bonne mademoiselle
Bérard : c'était une heure de discrétion
sur un fait désavantageux à quelqu'un et
qui serait venu à sa connaissance. Ce
manque absolu de discrétion fut ce qui
décida madame de Chasteller. Elle fit
annoncer à mademoiselle Bérard qu'elle
accepterait ses soins comme dame de
compagnie.

---

1. Quand la société vous a humilié, on humilie son aide
de camp ou sa dame de compagnie.

« Cet être si méchant me répondra de moi-même, » pensa madame de Chasteller. Et la sévérité de cette punition tranquillisa sa conscience : madame de Chasteller se pardonna presque l'entrevue si légèrement accordée à Leuwen.

La réputation de mademoiselle Bérard était si bien établie que le docteur Du Poirier lui-même, qui fut l'intermédiaire dont madame de Chasteller se servit, ne put retenir une exclamation :

— Mais, madame, voyez quel serpent vous introduisez chez vous !

Mademoiselle Bérard arriva ; l'extrême curiosité, plus que le plaisir de sa promotion, rendait hagard son regard oblique, qui d'ordinaire n'était que faux et méchant. Elle arrivait avec une liste de conditions pécuniaires et autres. Après y avoir donné son assentiment, madame de Chasteller ajouta :

— Je vous engagerai à vous établir dans ce salon, où je reçois les visites.

— J'aurai l'honneur de faire observer à madame que chez lady Beatown ma place était assignée dans le second salon, correspondant au salon occupé par les dames pour accompagner chez les princesses, ce qui est peut-être plus dans les convenances. Ma naissance...

— Eh ! bien, soit, mademoiselle, dans le second salon.

Madame de Chasteller s'enfuit et courut s'enfermer dans sa chambre : le regard de mademoiselle Bérard lui faisait mal.

« Mon imprudence d'hier est en partie réparée, » pensa-t-elle. Tant qu'elle n'avait pas eu chez elle mademoiselle Bérard, madame de Chasteller avait frémi au moindre bruit : il lui semblait entendre un laquais venant annoncer M. Leuwen.

CHAPITRE XXIV

LE pauvre sous-lieutenant était loin de prévoir l'étrange société qu'on lui préparait. Il avait pensé avec beaucoup de finesse qu'il ne devait se présenter chez madame de Chasteller qu'après avoir demandé M. le marquis de Pontlevé, et, pour être sûr de ne pas trouver le vieux marquis, il avait besoin de voir le marquis hors de son hôtel, qu'il quittait chaque jour vers les trois heures pour se rendre au club Henri-cinquiste.

A peine Leuwen vit-il le marquis passer sur la place d'Armes, que son cœur commença à battre avec force. Il vint frapper à la porte de l'hôtel. Il était tellement déconcerté qu'il parla avec respect à la vieille portière paralytique, et put à peine trouver assez de voix pour s'en faire entendre.

En montant au premier étage, ce fut avec une sorte de terreur qu'il regarda le grand escalier en pierre grise, avec sa rampe de fer à dessins vernissés en noir et dorés dans les endroits qui représentaient des fruits. Il arriva enfin à la porte de l'appartement occupé par madame de Chasteller. En étendant la main vers la sonnette de laiton anglais, il désirait presque qu'on lui annonçât qu'elle était sortie. De sa vie, Leuwen n'avait été à ce point dominé par la peur.

Il sonna. Le bruit des sonnettes, répondant aux divers étages, lui fit mal. On ouvrit enfin. Le domestique alla l'annoncer en le priant d'attendre dans le second salon, où il trouva mademoiselle Bérard. [Mademoiselle Bérard avait une ceinture formée d'un ruban vert fané.] Il remarqua qu'elle n'était point en visite, mais établie comme pour rester. Cette vision acheva de le déconcerter, il salua profondément, et alla à l'autre extrémité du salon regarder attentivement une gravure.

Madame de Chasteller parut après quelques minutes. Son teint était animé, sa contenance agitée ; elle alla prendre place sur un canapé tout près de mademoiselle Bérard. Elle engagea Leuwen à s'asseoir. Jamais homme ne trouva moins de facilité à prendre place et à parcourir les formules ordinaires de politesse. Pendant qu'il prononçait peu nettement des paroles assez vulgaires, madame de Chasteller était devenue excessivement pâle, sur quoi mademoiselle Bérard mit ses lunettes pour les considérer.

Leuwen promenait des yeux incertains de la charmante figure de madame de Chasteller à ce petit visage jaune et luisant, dont le nez pointu, surchargé de lunettes d'or, était tourné vers lui. Même dans les moments les plus désagréables, telle qu'était, grâce à la prudence de madame de Chasteller, cette première entrevue de deux êtres, le lendemain du jour où ils s'étaient presque avoué qu'ils s'aimaient, il y avait au fond des traits de madame de Chasteller une expression de bonheur simple, une facilité à être entraîné à un enthousiasme tendre. Leuwen fut sensible à cette expression si noble, elle lui fit un peu oublier mademoiselle Bérard.

Il goûtait avec délices le vif plaisir de découvrir une nouvelle perfection dans la femme qu'il aimait. Ce sentiment rendit un peu de vie à son cœur, il put respirer ; il commençait à sortir de l'abîme de désappointement où l'avait jeté la présence imprévue de mademoiselle Bérard.

Il restait toujours une grande difficulté à vaincre : que dire ? Et il fallait parler, le silence, en se prolongeant, allait devenir une imprudence en présence de cette dévote si méchante. Mentir était affreux pour Leuwen, cependant il ne fallait pas que mademoiselle Bérard pût répéter les mots dont Leuwen se serait servi.

— Il fait un temps magnifique, madame, dit-il enfin. (La respiration lui manqua après cette terrible phrase. Il prit courage et bientôt put ajouter :)... Et vous avez là une magnifique gravure de Morghen.

— Mon père l'aime beaucoup, monsieur. Il l'a rapportée de Paris à son dernier voyage. Et ses yeux troublés cherchaient à ne pas se fixer sur ceux de Leuwen.

Le comique de cette entrevue et ce qui la rendait humiliante pour l'intime conscience de Leuwen, c'est qu'il avait employé une nuit sans sommeil à préparer une douzaine de phrases charmantes, touchantes, peignant avec esprit, admirablement, l'état de son cœur. Il avait surtout songé à donner à l'expression de la simplicité et de la grâce, et à éviter avec soin tout ce qui aurait pu impliquer le plus faible rayon d'espérance.

Après avoir parlé de la gravure de Morghen :

« Le temps se passe, pensa-t-il, et je le perds dans ces pauvretés insignifiantes, comme si je ne voulais qu'amener la fin de cette visite. Que de reproches ne me ferai-je pas dès que je serai hors de cet hôtel ! »

Avec un peu de sang-froid, rien n'eût
été plus dans les habitudes de Leuwen que
de trouver des choses agréables à dire
même en présence d'une vieille fille,
sans doute méchante, mais probablement pas très intelligente. Mais il se trouva
qu'il était impossible à Leuwen de rien
inventer. Il avait peur de soi-même, il
avait une bien plus grande peur de madame de Chasteller, et il avait une grande
peur aussi de mademoiselle Bérard. Or,
rien n'est moins favorable au génie d'invention que la peur. Ce qui augmentait
cette difficulté à trouver quelque chose de
passable dont Leuwen était affligé en ce
moment, c'est qu'il jugeait fort bien, et
même s'exagérait, le ridicule de l'aridité
de son esprit. Il lui vint enfin une pauvre
petite idée :

— Je serai bien heureux, madame, si
je puis parvenir à être un bon officier de
cavalerie, car il paraît que le ciel ne m'a pas
destiné à être un orateur éloquent dans la
chambre des Députés.

Il vit que mademoiselle Bérard ouvrait
ses petits yeux autant qu'il était possible.
« Bien, se dit-il, elle croit que je parle
politique, et songe à faire son rapport. »

— Je ne saurais plaider *à la Chambre*
les causes dont je serais le plus profondément pénétré. Loin de la tribune, je serais

tourmenté par la vivacité des sentiments qui enflammeraient mon âme ; mais en ouvrant la bouche devant ce juge suprême, et sévère surtout, auquel je tremblerais de déplaire, je ne pourrais que lui dire : « Voyez mon trouble, vous remplissez tellement tout mon cœur qu'il ne lui reste pas même la force de se représenter lui-même à vos yeux. »

Madame de Chasteller avait écouté d'abord avec plaisir, mais, vers la fin de ce discours, elle eut peur de mademoiselle Bérard ; les phrases de Leuwen lui semblèrent beaucoup trop transparentes. Elle se hâta de l'interrompre.

— Avez-vous en effet, monsieur, quelque espérance de vous faire élire à la chambre des Députés ?

Leuwen cherchait à répondre avec modestie sur ses espérances, lorsqu'une idée lui vint :

« Voilà donc cette entrevue que j'avais considérée comme le bonheur suprême ! »

Cette réflexion le glaça. Il ajouta quelques phrases dont la platitude lui fit pitié. Tout à coup il se leva et se hâta de sortir. C'était avec empressement qu'il quittait cet appartement dans lequel l'espérance de pénétrer avait été le bonheur suprême.

A peine arrivé dans la rue, il se trouva bien étonné, et comme stupide.

« Je suis guéri, s'écria-t-il après avoir fait quelques pas. Mon cœur n'est pas fait pour l'amour. Quoi ! C'est là la première entrevue, le premier rendez-vous avec une femme que l'on aime ! Mais comme j'avais tort de mépriser mes petites danseuses de l'Opéra ! Leurs pauvres petits rendez-vous me faisaient seulement penser à ce que serait un tel bonheur avec une femme que l'on aimerait d'amour[1]. Cette idée me rendait sombre quelquefois dans ces moments si gais, que j'étais fou. Mais peut-être je n'ai point d'amour... Je m'étais trompé... Quel ridicule ! Quelle impossibilité ! Moi ! Aimer une femme ultra, avec ces idées égoïstes, méchantes, à cheval sur leurs privilèges, irritées vingt fois le jour parce qu'on s'en moque ! Avoir un privilège dont tout le monde se moque, le joli plaisir ! »

En se disant tout cela, il pensait à mademoiselle Bérard, il la voyait devant ses yeux, avec son petit bonnet de dentelles jaunes, retenu par un ruban vert fané. Cette magnificence peu propre et en décadence était pour lui comme l'idée d'une masure sale.

---

1. Caractère de cet *opus* : Chimie exacte ; je décris exactement ce que les autres annonçaient par un mot vague et éloquent

« Voilà ce que j'aurais trouvé dans ce
parti en le voyant de plus près. »

Il était à cent lieues du souvenir de
madame de Chasteller ; il y revint :

« ... Et non seulement je croyais l'aimer, mais je croyais voir clairement qu'elle
a pour moi un commencement d'affec-
tion. »

En ce moment il eut pensé à tout avec
plus de plaisir qu'à madame de Chasteller. C'était la première fois depuis
trois mois qu'il se trouvait en présence
de cet étrange sensation.

« Quoi ! se dit-il avec une sorte d'horreur, il y a dix minutes qu'en adressant
des choses tendres à madame de Chasteller
j'étais obligé de mentir ! Et cela, après ce
qui m'est arrivé hier dans les bois du
Chasseur vert, après les transports de
bonheur qui, depuis cet instant, m'ont
agité, qui ce matin, à la manœuvre,
m'ont fait manquer deux ou trois fois mes
distances ! Grand Dieu ! Puis-je me répondre de rien sur moi-même ? Qui me
l'eût dit hier ? Mais je suis donc un fou,
un enfant ! »

Ces reproches qu'il se faisait étaient
sincères, mais il n'en sentait pas moins
fort clairement qu'il n'aimait plus madame de Chasteller. Penser à elle était
ennuyeux. Cette dernière découverte

acheva d'accabler Leuwen ; il se méprisait soi-même :

« Demain, je puis être un assassin, un voleur, tout au monde. Je ne suis sûr de rien sur mon compte. »

En avançant dans la rue, Leuwen remarqua qu'il pensait à toutes les petites choses de Nancy avec un intérêt bien nouveau.

Il y avait, fort près de la rue de la Pompe, une petite chapelle gothique fondée par un René, duc de Lorraine, que les habitants admiraient avec des transports d'artistes depuis trois ans qu'ils avaient lu dans une revue de Paris que c'était une belle chose. Avant cette époque, un marchand de fer s'en servait pour y appuyer ses barres de fer. Jamais Leuwen n'avait arrêté les yeux sur les petites arêtes grises de cette chapelle obscure, ou, s'il la regardait un instant, bientôt l'idée de madame de Chasteller venait le distraire. Le hasard, en ce moment, le plaça vis-à-vis de ce monument gothique, grand comme l'une des plus petites chapelles de Saint-Germain-l'Auxerrois. Il s'y arrêta longtemps et avec plaisir, son attention pénétra dans les moindres détails ; en un mot, ce fut une distraction agréable. En examinant les petites têtes de saints et d'animaux, il était étonné à la fois de ce qu'il sentait, et de ce qu'il ne sentait plus.

Il se souvint tout à coup, avec une vraie joie, que ce soir-là il y avait poule et concours pour une queue d'honneur au billard Charpentier. Dans l'aridité de son cœur, il attendit l'heure du billard avec impatience, et y arriva le premier. Il joua avec un plaisir vif, n'eut pas de distraction, et, par hasard, gagna. Mais il n'eut garde de s'enivrer : boire avec excès lui parut ce jour-là un fort sot plaisir. Seulement, par un reste d'habitude, il cherchait à ne pas se trouver seul avec soi-même.

CHAPITRE XXV

Tout en plaisantant avec ses camarades, il lui venait des pensées philosophiques et sombres :

« Ces pauvres femmes, se disait-il, qui sacrifient toute leur destinée à nos fantaisies, qui comptent sur notre amour ! Et comment n'y compteraient-elles pas ? Ne sommes-nous pas sincères quand nous le leur jurons ? Hier, au *Chasseur vert*, je pouvais être imprudent, mais j'étais le plus sincère des hommes. Grand Dieu ! Qu'est-ce que la vie ? Il faut être indulgent désormais. »

Leuwen eut l'attention d'un enfant pour tout ce qui se passait au billard Charpentier, il examinait tout avec intérêt.

— Mais sur quelle herbe avez-vous donc marché ? lui dit un de ses camarades. Vous êtes gai et bon enfant ce soir.

— Point bizarre, point hautain, reprit un autre.

— Les autres jours, ajouta un troisième, le poète du régiment, vous étiez comme une ombre envieuse qui revient sur la terre pour se moquer des plaisirs des vivants. Aujourd'hui, les jeux et les ris semblent voler sur vos traces... etc., etc.

Tous ces propos assez vifs, car ces messieurs manquaient de tact, ne donnèrent pas à Leuwen le plus petit sentiment désagréable ni la moindre idée de se fâcher.

À une heure du matin, quand il fut seul avec lui-même :

« Il n'y a donc au monde que la seule madame de Chasteller, se dit-il, à laquelle je n'aie aucun plaisir à penser ? Comment vais-je me tirer de l'espèce d'engagement où je suis avec elle ? Je pourrai prier le colonel de m'envoyer à N*** faire la guerre de tronçons de chou avec les ouvriers. Il serait impoli de ne plus lui parler de rien, j'aurais l'air de m'être fait un jeu de...

» Si je vais lui dire avec sincérité qu'à la vue de son abominable petite dévote mon cœur s'est glacé, elle me méprisera comme un imbécile ou un menteur, et ne me reparlera de la vie.

» Mais quoi ! se disait Leuwen en revenant sur le principe de sa conduite, un sentiment si vif, si extraordinaire, qui remplissait ma vie à la lettre, les journées, les nuits, qui m'ôtait le sommeil, qui

peut-être m'eût fait oublier la patrie, arrêté, anéanti par une misère !... Grand
Dieu ! Tous les hommes sont-ils ainsi ?
Ou suis-je plus fou qu'un autre ? Qui me
résoudra ce problème ? »

Le lendemain, cette aubade de trom-
pettes qu'on appelle la *diane* dans les
régiments réveilla Leuwen à cinq heures,
mais il se mit à se promener gravement
dans sa chambre. Il était plongé dans un
étonnement profond : ne plus penser
uniquement à madame de Chasteller lui
laissait un vide immense.

« Quoi ! se dit-il, Bathilde n'est plus
rien pour moi ! » Et ce nom charmant, qui
autrefois produisait un effet magique sur
lui, ne lui semblait plus différent d'un
autre. Son esprit se mit à se détailler
les bonnes qualités de madame de Chasteller, mais il en était moins sûr que de
sa céleste beauté, et revint bientôt à
celle-ci.

« Quels cheveux magnifiques, avec le
brillant de la plus belle soie, longs, abon-
dants ! Quelle admirable couleur ils avaient
hier, sous l'ombre de ces grands arbres !
Quel blond charmant ! Ce ne sont point
ces cheveux couleur d'or vantés par
Ovide, ni ces cheveux couleur d'acajou
que Raphaël et Carlo Dolci ont donnés
à leurs plus belles têtes. Le nom que je

donnerais à ceux-ci peut n'être pas fort
élégant, mais réellement, sous le brillant
de la plus belle soie, ils ont la couleur
de la noisette. Et ce contour admirable
du front ! Que de pensée dans le haut
de ce front, peut-être trop !... Comme
il me faisait peur autrefois ! Quant aux
yeux, qui en vit jamais de pareils ?
L'infini est dans ce regard, même quand
il n'est arrêté que par un objet sans
intérêt. Comme elle regardait sa voiture
au *Chasseur vert* quand nous nous en
approchâmes ! Et quelle coupe admirable ont les paupières de ces yeux si beaux !
Comme ils sont entourés ! Son regard est
surtout céleste quand il ne s'arrête sur
rien. Alors, c'est le son de son âme qu'il
semble exprimer. Elle a le nez un peu
aquilin ; je n'aime pas ce trait chez une
femme, je ne l'ai jamais aimé chez elle
même quand je l'aimais... Quand je l'aimais ! Grand Dieu ! Mais où me cacher ?
que devenir ? que lui dire ? Et si elle
était à moi ?... Eh ! bien, je serais honnête homme, là comme ailleurs. « Je suis
fou, ma chère amie, lui dirais-je. Indi-
quez-moi un lieu d'exil, et, quelque affreux
qu'il soit, j'y cours. »

Ce sentiment rendit un peu de vie à
l'âme de Leuwen.

« Oui, se dit-il en reprenant son

examen critique comme pour se distraire,
oui, le nez aquilin aspirant à la tombe,
comme dit l'emphatique Chactas, donne
trop de sérieux à une tête. Le sérieux
ne serait rien, mais les reparties graves,
et surtout quand elles refusent, prennent
de ce trait un air de pédanterie, surtout
vu de trois-quarts.

» Quelle bouche ! Est-il possible de
concevoir un contour plus fin et mieux
dessiné ? Elle est belle comme les plus
beaux camées antiques. Ce contour si
délicat, si fin, trahit madame de Chasteller.
Souvent, à son insu, quelle forme charmante
prend cette lèvre supérieure qui avance
un peu et semble perdre son contour,
si l'on vient à dire quelque chose qui
la touche ! Elle n'est point moqueuse,
elle se reproche le moindre mot de ce genre,
et cependant, à la plus petite expression
emphatique, à la moindre nuance exa-
gérée dans les récits de ces provinciaux,
comme le coin de sa jolie bouche se
relève ! C'est pour cela uniquement que
ces dames la trouvent méchante, comme
M. de Sanréal le répétait l'autre jour
chez madame d'Hocquincourt. Elle a
réellement un esprit charmant, rieur,
amusant, mais on dirait qu'elle se repent
toujours de l'avoir montré. »

Mais tout ce détail de beautés et d'avan-

tages ne faisaient rien pour l'amour
de Leuwen ; il ne renaissait point. Il se
parlait de madame de Chasteller comme
un connaisseur se parle d'une belle statue
qu'il veut vendre.

« Après tout, il faut qu'elle soit dévote
au fond : avoir déterré cette exécrable
demoiselle de compagnie le prouve de
reste. En ce cas, je l'aurais bientôt vue
blâmante, méchante, acariâtre... Et à
propos, et les lieutenants-colonels[1] ?... »

Leuwen resta longtemps sur cette pensée.

« Je l'aimerais mieux, se dit-il enfin
avec distraction, un peu trop avenante
pour MM. les lieutenants-colonels que
dévote ; il n'y a rien de pis, à ce que dit
ma mère. Peut-être, continua-t-il du
même air, n'est-ce qu'une affaire de rang.
Depuis 1830, les gens de sa caste se per-
suadent que s'ils peuvent parvenir à mettre
la piété à la mode, ils trouveront les
Français plus faciles à plier devant leurs
privilèges. Le vrai dévot est patient... »

Mais il était évident que Leuwen ne
pensait plus même à ce qu'il se disait à
lui-même.

A ce moment, un domestique arrivant

---

1. Premier changement de direction : jalousie. Il n'est
pas si sûr de son triomphe.

de Darney lui remit la réponse de madame de Chasteller à sa lettre de sept pages. C'était, comme on sait, quatre lignes fort sèches. Elles le frappèrent vivement.

« Je n'ai que faire de me donner tant d'embarras et d'avoir tant de remords parce que je ne l'aime plus ; elle n'en sera point en peine. Voilà l'expression de ses vrais sentiments. »

Il savait bien que le premier mot de madame de Chasteller, au *Chasseur vert*, avait été un désaveu de cette lettre. Cependant, elle était si courte et si vive ! Il en resta frappé, et frappé au point qu'il oublia la manœuvre. Son chasseur Nicolas vint le chercher au galop.

— Ah ! lieutenant, vous allez en avoir une fameuse du colonel !

Leuwen, sans mot dire, sauta à cheval et galopa.

Dans le courant de la manœuvre, le colonel vint à passer derrière la septième compagnie, où il était en serre-file.

« A mon tour, maintenant, » pensa Leuwen. A son grand étonnement, aucun mot grossier ne lui fut adressé. « Mon père aura fait écrire à cet animal-là. »

Cependant, la crainte vive de mériter quelque blâme le rendait fort attentif ce matin-là, et, peut-être par malice, le colonel fit recommencer plusieurs mouvements

où la septième compagnie se trouvait en
tête.

« Que je suis fou de me faire centre de
tout ! se dit Leuwen. Le colonel est comme
moi, il aura aussi ses chagrins, et, s'il
ne me gronde pas, c'est qu'il m'a oublié. »

Pendant tout le temps de la manœuvre,
Leuwen n'avait pu penser de suite à rien :
il craignait quelque distraction. Une fois
chez lui, quand il osa revoir son cœur,
il se trouva tout différent à l'égard de
madame de Chasteller. Ce jour-là, il
arriva le premier à la pension, quoique
l'on ne pût guère se présenter chez les
Serpierre avant quatre heures et demie.
Il demanda sa calèche à quatre heures.
Il était mal à son aise, il alla voir atteler
les chevaux, et trouva vingt choses à
reprendre dans l'écurie. Enfin, ce fut avec
un plaisir sensible qu'à quatre heures et
un quart il se trouva au milieu des demoiselles de Serpierre. Leur conversation
rendit le mouvement à son âme, il le leur
dit avec grâce. Mademoiselle Théodelinde,
qui avait du penchant pour lui, fut fort
gaie, et il prit une partie de cette gaieté.

Madame de Chasteller entra. On ne
l'attendait point ce jour-là. Jamais il ne
l'avait vue si jolie ; elle était pâle et un peu
timide.

« Et malgré cette timidité, se dit

Leuwen, elle se *livre* à des lieutenants-
colonels ! »

Ces mots grossiers semblèrent lui rendre toute sa passion. Mais Leuwen était
trop jeune, pas assez fait au monde.
Sans s'en apercevoir, il fut rude et nullement gracieux pour madame de Chasteller. Son amour tenait du tigre [1] : ce
n'était plus l'homme de la veille.

Les demoiselles de Serpierre étaient
fort gaies : un domestique de Leuwen
venait de leur apporter des bouquets
magnifiques, qu'il avait fait prendre dans
les serres de Darney, pays célèbre pour les
fleurs. Il se trouva qu'il n'y avait point
de bouquet pour madame de Chasteller ; on
fut obligé de diviser en deux le plus beau.

« C'est d'un triste augure, » pensa-t-elle.

Pendant toute la joie des demoiselles
de Serpierre, elle fut un peu interdite.
Ce qu'il y avait de brusque et de peu gracieux dans les regards de Leuwen l'étonnait. Elle se demandait si, pour conserver
son estime et ne pas manquer à ce juste
soin de son honneur sans lequel une femme
ne saurait être aimée sérieusement d'un
homme lui-même un peu délicat, elle ne
devait pas quitter cette maison, ou du
moins paraître offensée.

1. Oui, tigre.

« Non, se dit-elle, puisque je ne la suis
pas en effet. Dans le trouble où je me trouve
je ne puis manquer à quelque devoir que
si je me permets la plus petite hypocrisie. »

Je trouve qu'il y eut une haute raison
à madame de Chasteller de se parler ainsi,
et beaucoup de courage à suivre le parti
que montrait la raison. De sa vie, elle
n'avait été aussi surprise.

« M. Leuwen ne serait-il qu'un fat,
après tout, comme on le dit ? Et son seul
but aurait-il été d'obtenir de moi le mot
imprudent que j'ai dit avant-hier ? »

Madame de Chasteller repassait dans sa
tête toutes les marques d'un cœur vraiment touché qu'elle avait cru voir.

« Me serais-je trompée ? La vanité
m'aurait-elle abusée à ce point ? Il n'y a
plus rien de vrai pour moi au monde,
se dit-elle tout à coup, si M. Leuwen n'est
pas un être sincère et bon. »

Puis, elle retombait dans de cruelles
incertitudes, elle repoussait avec peine le
mot de *fat* que tout Nancy attachait au
nom de Leuwen.

« Mais non, je me le suis dit mille fois,
et dans des moments où j'avais tout le
sang-froid désirable : c'est le tilbury de
M. Leuwen, et surtout les livrées de ses
gens, qui le font appeler fat, et non son

caractère réel ; il leur est invisible. Ces bourgeois sentent qu'à sa place ils seraient fats, voilà tout. Pour lui, il a tout au plus l'innocente vanité de son âge. Il aime à voir de jolis chevaux, de belles livrées, qui lui appartiennent. Ce mot : fat, n'exprime que l'envie que ces officiers démissionnaires ont pour lui. »

Cependant, malgré la forme tranchante de ces raisonnements et leur clarté frappante, en ce moment de trouble le nom de fat avait un poids terrible dans le jugement de madame de Chasteller.

« Je lui ai parlé cinq fois[1] dans ma vie ; je suis bien éloignée d'avoir une grande connaissance du monde. Il faudrait une étrange confiance en soi pour prétendre connaître le cœur d'un homme après cinq conversations... Et encore, se dit madame de Chasteller en s'attristant de plus en plus, quand je lui parlais j'étais bien plus attentive à ne pas trahir mes propres sentiments qu'à regarder les siens... Il faut convenir qu'il y a quelque présomption à une femme de mon âge de croire avoir mieux jugé un homme que toute une ville. »

Madame de Chasteller à cette observa-

---

1. *A compter,* note Stendhal. En réalité cette entrevue est la huitième. N. D. L. E.

tion devint décidément sombre. Leuwen commençait à la regarder de nouveau avec l'anxiété d'autrefois ; il se dit :

« Voilà le peu d'importance de mon grade et l'exiguité de mon épaulette qui font leur effet. De quelle considération peut-on se flatter dans la *haute* société de Nancy, en ayant pour attentif un mince sous-lieutenant, surtout quand on est accoutumé à vous voir donner le bras à un colonel ou, quand celui-ci n'est pas potable, à un lieutenant-colonel, ou du moins à un chef d'escadron ? Il faut les épaulettes à graines d'épinards. »

On voit que notre héros était assez sot en faisant ce raisonnement, et il faut avouer qu'il n'était pas plus heureux que clairvoyant. A peine son raisonnement fini, il eût voulu être à cent pieds sous terre, car il commençait à aimer de nouveau.

Le cœur de madame de Chasteller n'était pas dans un état beaucoup plus enviable. Ils payaient tous les deux, et chèrement, le bonheur rencontré l'avant-veille au *Chasseur vert*. Et si les romanciers avaient encore, comme autrefois, l'heureux privilège de faire de la morale dans les grandes occasions, on s'écrierait ici : « Juste punition de l'imprudence d'aimer un être que l'on connaît réellement aussi peu ! Quoi !

rendre en quelque sorte maître de son
bonheur un être que l'on n'a vu que cinq
fois ! » Et si le conteur pouvait traduire
ces pensées en style pompeux et finir
même par quelque allusion religieuse,
les sots se diraient entre eux : « Voilà un
livre moral, et l'auteur doit être un homme
bien respectable. » Les sots ne se diraient
pas, parce qu'ils ne l'ont encore lu que dans
peu de livres recommandés par l'Académie : « avec l'élégance actuelle de nos
façons polies, qu'est-ce qu'une femme
peut connaître d'un jeune homme *correct*,
après cinquante visites, si ce n'est son
degré d'esprit et le plus ou moins de
progrès qu'il a pu faire dans l'art de dire
élégamment des choses insignifiantes ?
Mais de son cœur, de sa façon particulière
d'aller à la chasse du bonheur ? Rien, ou
il n'est pas correct. »

Pendant cette observation morale, les
deux amants avaient un air fort triste.
Un peu avant l'arrivée de madame de
Chasteller, Leuwen, pour excuser le pré-
maturé de sa visite, avait proposé aux
dames de Serpierre du café au *Chasseur
vert* ; on avait accepté. Après quelques
mots de politesse à madame de Chasteller
et le récit de la proposition faite et accep-
tée, ces demoiselles quittèrent le jardin
en courant, pour aller prendre leurs

chapeaux. Madame de Serpierre les suivit
d'un pas plus sage, et madame de Chasteller et Leuwen restèrent seuls dans une
grande allée d'acacias assez large ; ils se
promenaient silencieusement ensemble,
mais aux deux bords opposés de l'allée.

« Convient-il à ce que je me dois, se
disait madame de Chasteller, de suivre
ces demoiselles au *Chasseur vert*, ce qui a
l'air d'admettre M. Leuwen dans ma société
intime ? »

CHAPITRE XXVI

Il n'y avait qu'un instant pour se décider ; l'amour tira parti de ce surcroît de trouble. Tout à coup, au lieu de continuer à marcher en silence et les yeux baissés pour éviter les regards de Leuwen, madame de Chasteller se tourna vers lui :

— M. Leuwen a-t-il eu quelque sujet de chagrin à son régiment ? Il semble plongé dans les ombres de la mélancolie.

— Il est vrai, madame, je suis profondément tourmenté depuis hier. Je ne conçois rien à ce qui m'arrive.

Et ses yeux, qu'il tourna en plein sur madame de Chasteller, montraient qu'il disait vrai par leur sérieux profond. Madame de Chasteller fut frappée et s'arrêta comme fixée au sol ; elle ne put plus faire un pas.

— Je suis honteux de ce que j'ai à dire, madame, reprit Leuwen, mais enfin mon devoir d'homme d'honneur veut que je parle.

A ce préambule si sérieux, les yeux de madame de Chasteller rougirent.

— La forme de mon discours, les mots que je dois employer, sont aussi ridicules que le fond même de ce que j'ai à dire est bizarre et même sot.

Il y eut un petit silence. Madame de Chasteller regardait Leuwen avec anxiété ; il avait l'air très peiné. Enfin, comme dominant péniblement beaucoup de mauvaise honte, il dit en hésitant, et d'une voix faible et mal articulée :

— Le croirez-vous, madame ? Pourrez-vous l'entendre sans vous moquer de moi et sans me croire le dernier des hommes ? Je ne puis chasser de ma pensée la personne que j'ai rencontrée hier chez vous. La vue de cette figure atroce, de ce nez pointu avec des lunettes, semble avoir empoisonné mon âme.

Madame de Chasteller eut envie de sourire.

— Non, madame, jamais depuis mon arrivée à Nancy je n'ai éprouvé ce que j'ai senti après la vision de ce monstre, mon cœur en a été glacé. J'ai pu passer quelquefois jusqu'à une heure entière sans penser à vous, et, ce qui pour moi est encore plus étonnant, il m'a semblé que je n'avais plus d'amour.

Ici, la figure de madame de Chasteller

devint fort sérieuse ; Leuwen n'y vit plus
la moindre velléité d'ironie et de sourire.

— Vraiment, je me suis cru fou,
ajouta-t-il, reprenant toute la naïveté
de son ton habituel, qui aux yeux de
madame de Chasteller excluait jusqu'à
la moindre idée de mensonge et d'exagération. Nancy m'a semblé une ville nouvelle
que je n'avais jamais vue, car autrefois
dans tout au monde c'était vous seule
que je voyais ; un beau ciel me faisait
dire : « Son âme est plus pure[1], » la vue
d'une triste maison : « Si Bathilde habitait
là, comme cette maison me plairait ! »
Daignez pardonner cette façon de parler
trop intime.

Madame de Chasteller fit un signe
d'impatience qui semblait dire : « Conti-
nuez ; je ne m'arrête point à ces misères. »

— Eh ! bien, madame, reprit Leuwen
qui semblait étudier dans les yeux de
madame de Chasteller l'effet produit
par ses paroles, ce matin la maison
triste m'a paru ce qu'elle est, le beau
ciel m'a semblé beau sans me rappeler
une autre beauté, en un mot, j'avais le
malheur de ne plus aimer. Tout à coup,
quatre lignes fort sévères que j'ai reçues

---

1. Contradiction avec la croyance en sa faiblesse pour
es lieutenants-colonels

en réponse à une lettre, sans doute beaucoup trop longue, ont semblé dissiper un
peu l'effet du venin. J'ai eu le bonheur de
vous voir, cet affreux malheur s'est
dissipé et j'ai repris mes chaînes, mais je
me sens encore comme glacé par le poison...
Je vous parle, madame, d'une façon
un peu emphatique, mais en vérité je ne
sais comment expliquer en d'autres mots
ce qui m'arrive depuis la vue de votre
demoiselle de compagnie. Le signe fatal
en est que, pour vous parler un peu le
langage de l'amour, il faut que je fasse
effort sur moi-même.

Après cet aveu sincère, il sembla à
Leuwen avoir un poids de deux quintaux
de moins sur la poitrine. Il avait si peu
d'expérience de la vie qu'il ne s'attendait
nullement à ce bonheur.

Madame de Chasteller, au contraire,
semblait atterrée. « C'est clair, ce n'est
qu'un fat. Y a-t-il moyen, se disait-elle,
de prendre ceci au sérieux ? Dois-je
croire que c'est l'aveu naïf d'une âme
tendre ? »

Les façons de parler habituelles de
Leuwen étaient si simples quand il s'a-
dressait à madame de Chasteller, qu'elle
penchait pour ce dernier avis. Mais elle
avait souvent remarqué qu'en s'adressant
à toute autre personne qu'elle Leuwen

disait souvent exprès des choses ridicules ;
ce souvenir de tromperie habituelle lui
fit mal. D'un autre côté, les manières de
Leuwen, l'accent de ses paroles étaient
changés à un tel point, la fin de cette
harangue avait l'air si vraie, qu'elle ne
voyait pas comment faire pour ne pas y
croire. À son âge, serait-il déjà un comédien aussi parfait ? Mais si elle ajoutait
foi à cette étrange confidence, si elle
la croyait sincère, d'abord elle ne devait
pas paraître fâchée, encore moins attristée,
et comment faire pour ne paraître ni l'un
ni l'autre ?

Madame de Chasteller entendait les
demoiselles de Serpierre qui revenaient
au jardin en courant. M. et Mme de
Serpierre étaient déjà dans la grande
calèche de Leuwen. Madame de Chasteller
ne voulut pas se donner le temps d'écouter
la raison.

« Si je ne vais pas au *Chasseur vert*, deux
de ces pauvres petites perdront cette
partie de plaisir. »

Et elle monta en voiture avec les plus
jeunes.

« J'aurai du moins, pensa-t-elle, quelques moments pour réfléchir. »

Ses réflexions furent douces.

« M. Leuwen est un honnête homme, et
ce qu'il dit, quoique bizarre et incroyable

en apparence, est vrai. Sa physionomie, toute sa manière d'être, me l'annonçaient avant qu'il eût parlé. »

Quand on descendit de voiture à l'entrée des bois de Burelviller, Leuwen était un autre homme ; madame de Chasteller le vit au premier coup d'œil. Son front avait repris la sérénité de son âge, ses manières avaient de l'aisance.

« Il y a de l'honnêteté dans ce cœur-là, pensa-t-elle avec délices ; le monde n'en a point fait encore un être apprêté et faux ; c'est étonnant à vingt-trois ans ! Et il a vécu dans la haute société ! »

En quoi madame de Chasteller se trompait fort : dès l'âge de dix-huit ans, Leuwen n'avait point vécu dans la société de la cour et du faubourg Saint-Germain, mais au milieu des cornues et des alambics d'un cours de chimie.

Il se trouva au bout de quelques instants que Leuwen donnait le bras à madame de Chasteller, et deux des demoiselles de Serpierre marchaient à leurs côtés ; le reste de la famille était à dix pas. Il prit un ton fort gai pour ne pas trop attirer l'attention des ces demoiselles.

— Depuis que j'ai osé dire la vérité à la personne que j'estime le plus au monde je suis un autre homme. Il me semble déjà que les paroles dont je me suis servi,

en parlant de cette demoiselle dont la
vue m'avait empoisonné, sont ridicules.
Je trouve qu'il fait ici un temps aussi beau
qu'avant-hier. Mais avant de me livrer au
bonheur inspiré par ce beau lieu, j'aurais
besoin, madame, d'avoir votre opinion
sur le ridicule de cette harangue, où il y
avait des chaînes, du poison, et bien d'autres mots tragiques.

— Je vous avouerai, monsieur, que je
n'ai pas d'opinion bien arrêtée. Mais en
général, ajouta-t-elle après un petit silence
et d'un air sévère, je crois voir de la sincérité ; si l'on se trompe, du moins l'on
ne veut pas tromper. Et la vérité fait
tout passer, même les chaînes, le poison, etc.

Madame de Chasteller avait envie de
sourire en prononçant ces mots.

« Quoi donc, se dit-elle avec un vrai
chagrin, je ne pourrai jamais conserver
un ton convenable en parlant à M. Leuwen !
Lui parler est-il donc un si grand bonheur pour moi ! Et qui peut me dire que
ce n'est pas un fat qui a voulu jouer en
moi une pauvre provinciale ? Peut-être,
sans être précisément un malhonnête
homme, il n'a pour moi que des sentiments
fort ordinaires, et cet amour-là est fils
de l'ennui d'une garnison. »

C'était ainsi que parlait encore dans le

cœur de madame de Chasteller l'avocat
contraire à l'amour, mais déjà il avait
étonnamment perdu de sa force. Elle
trouvait un plaisir extrême à rêver, et
ne parlait que juste autant qu'il le fallait
pour ne pas se donner en spectacle à la
famille de Serpierre qui s'était réunie
autour d'eux. Enfin, heureusement pour
Leuwen, les cors allemands arrivèrent et
se mirent à jouer des valses de Mozart, et
ensuite des duos tirés de *Don Juan* et des
Nozze di Figaro. Madame de Chasteller
devint plus sérieuse encore, mais peu à
peu elle fut bien plus heureuse. Leuwen
était lui-même tout à fait transporté
dans le roman de la vie, l'espérance du
bonheur lui semblait une certitude. Il
osa lui dire, dans un de ces courts instants de demi-liberté qu'on pouvait avoir
en [se] promenant avec toutes ces demoiselles :

— Il ne faut pas tromper le Dieu qu'on
adore. J'ai été sincère, c'était la plus grande
marque de respect que je puisse donner ;
m'en punira-t-on ?

— Vous êtes un homme étrange !

— Il serait plus poli de vous dire oui.
Mais, en vérité, je ne sais pas ce que je
suis, et je donnerais beaucoup à qui pourrait me le dire. Je n'ai commencé à vivre
et à chercher à me connaître que le jour

où mon cheval est tombé sous des fenêtres qui ont des persiennes vertes.

Ces paroles furent dites comme quelqu'un qui les trouve à mesure qu'il les prononce. Madame de Chasteller ne put s'empêcher d'être profondément touchée de cet air à la fois sincère et noble ; Leuwen avait senti une certaine pudeur à parler de son amour plus ouvertement, et on l'en remercia par un sourire tendre.

— Oserai-je me présenter demain ? ajouta-t-il. Mais je demanderai une autre faveur, presque aussi grande, celle de n'être pas reçu en présence de cette demoiselle.

— Vous n'y gagnerez rien, lui répondit madame de Chasteller avec tristesse. J'ai une trop grande répugnance à vous entendre traiter, en tête à tête, un sujet qui semble être le seul dont vous puissiez me parler. Venez, si vous êtes assez honnête homme pour me promettre de me parler de tout autre chose.

Leuwen promit. Ce fut là à peu près tout ce qu'ils purent se dire pendant cet après-midi. Il fut heureux pour tous les deux d'être environnés, et en quelque sorte empêchés de se parler. Ils auraient eu toute liberté qu'ils n'auraient pas dit beaucoup plus, et ils n'étaient pas, à beaucoup près, assez intimes, pour ne pas

en avoir éprouvé un certain embarras,
Leuwen surtout. Mais s'ils ne se dirent
rien, leurs yeux semblèrent convenir qu'il
n'y avait aucun sujet de querelle entre
eux. Ils s'aimaient d'une manière bien
différente de l'avant-veille. Ce n'étaient
plus des transports de ce bonheur jeune
et sans soupçons, mais plutôt de la passion,
de l'intimité, et le plus vif désir de pouvoir
avoir de la confiance.

« Que je vous croie, et je suis à vous, »
semblaient dire les yeux de madame de
Chasteller ; et elle serait morte de honte,
si elle eût vu leur expression. Voilà un des
malheurs de l'extrême beauté, elle ne peut
voiler ses sentiments. Mais ce langage
ne peut être compris avec certitude que
par l'indifférence observatrice. Leuwen
croyait l'entendre pendant quelques instants, et un moment après doutait de
tout.

Leur bonheur de se trouver ensemble
était intime et profond. Leuwen avait
presque les larmes aux yeux. Plusieurs
fois, dans le courant de la promenade,
madame de Chasteller avait évité de lui
donner le bras, mais sans affectation aux
yeux des Serpierre ni dureté pour lui.

A la fin, comme il était déjà nuit tombante, on quitta le *café-hauss* pour revenir
aux voitures, que l'on avait laissées à

l'entrée du bois. Madame de Chasteller
lui dit :

— Donnez-moi le bras, monsieur Leuwen.

Leuwen serra le bras qu'on lui offrait,
et le mouvement fut presque rendu.

Les cors bohêmes étaient délicieux à
entendre dans le lointain. Il s'établit un
profond silence.

Par bonheur, lorsqu'on arriva aux
voitures, il se trouva qu'une des demoiselles de Serpierre avait oublié son mou-
choir dans le jardin du *Chasseur vert*;
on proposa d'y envoyer un domestique,
ensuite d'y retourner en voiture.

Leuwen, revenant de bien loin à la
conversation, fit observer à madame de
Serpierre que la soirée était superbe, qu'un
vent chaud et à peine sensible empêchait
le *serein*, que mesdemoiselles de Serpierre
avaient moins couru que l'avant-veille,
que les voitures pouvaient suivre, etc., etc.
Enfin, par une foule de bonnes raisons,
il concluait que si ces dames ne se trouvaient pas fatiguées, il serait peut-être
plus agréable de retourner à pied. Madame
de Serpierre renvoya la décision à madame
de Chasteller.

— A la bonne heure, dit-elle, mais à
condition que les voitures ne suivront
pas : ce bruit de roues qui s'arrêtent

si vous vous arrêtez est désagréable.

Leuwen pensa que les musiciens, étant payés, allaient quitter le jardin ; il envoya un domestique les engager à recommencer les morceaux de *Don Juan* et des *Nozze*. Il revint auprès de ces dames et reprit sans difficulté le bras de madame de Chasteller. Les demoiselles de Serpierre étaient enchantées de cette augmentation de promenade. On marchait tous ensemble, la conversation générale était aimable et gaie. Leuwen parlait pour la soutenir et ne pas faire remarquer son silence. Madame de Chasteller et lui n'avaient garde de se rien dire : ils étaient trop heureux ainsi.

Bientôt on entendit les cors recommencer. En arrivant au jardin, Leuwen prétendit que M. de Serpierre et lui avaient grande envie de prendre du punch, qu'on en ferait un très doux pour les dames. Comme l'on se trouvait bien ensemble, la motion du punch passa, malgré l'opposition de madame de Serpierre qui prétendit que rien n'était plus nuisible au teint des jeunes filles. Cet avis fut soutenu par mademoiselle Théodelinde, trop attachée à Leuwen pour n'être pas peut-être un peu jalouse.

— Plaidez votre cause auprès de mademoiselle Théodelinde, lui dit madame de

Chasteller avec enjouement et bonne
amitié.

Enfin, on ne rentra à Nancy qu'à neuf
heures et demie du soir.

CHAPITRE XXVII

Leuwen avait manqué à un devoir de caserne : l'appel du soir avait eu lieu sans lui, et il était de semaine. Il courut bien vite chez l'adjudant, qui lui conseilla de s'aller dénoncer au colonel. Ce colonel était ce qu'on appelait en 1834 un juste milieu forcené et, comme tel, fort jaloux de l'accueil que Leuwen recevait dans la bonne compagnie. Le manque de succès dans ce quartier, comme disent les Anglais, pourrait retarder le moment où ce colonel si dévoué serait fait général, aide de camp du roi, etc., etc. Il ne répondit à la démarche du sous-lieutenant que par quelques mots fort secs qui le mettaient aux arrêts pour vingt-quatre heures.

C'était tout ce que celui-ci craignait. Il rentra chez lui pour écrire à madame de Chasteller ; mais quel supplice de lui écrire une lettre officielle, et quelle imprudence de lui écrire sur les choses dont il osait lui parler ! Cette idée l'occupa toute la nuit.

Après mille incertitudes, Leuwen envoya tout simplement un domestique porter à l'hôtel de Pontlevé une lettre qui pouvait être vue de tous. Il n'osait en vérité écrire autrement à madame de Chasteller : tout son amour était revenu, et avec lui l'extrême terreur qu'elle lui inspirait.

Le surlendemain, à quatre heures du matin, Leuwen fut réveillé par l'ordre de monter à cheval. Il trouva tout en émoi à la caserne. Un sous-officier d'artillerie était fort affairé à distribuer des cartouches aux lanciers. Les ouvriers d'une ville à huit ou dix lieues de là venaient, dit-on, de s'organiser et de se confédérer.

Le colonel Malher parcourait la caserne en disant aux officiers de façon à être entendu des lanciers :

— Il s'agit de leur donner une leçon qui compte au piquet. Pas de pitié pour ces b...-là. Il y aura des croix à gagner.

En passant sous les fenêtres de madame de Chasteller, Leuwen regarda beaucoup, mais il ne put rien apercevoir derrière des rideaux de mousseline brodée parfaitement fermés. Leuwen ne put pas blâmer madame de Chasteller : le moindre signe pouvait être aperçu et commenté par tous les officiers du régiment.

« Madame d'Hocquincourt n'eût pas manqué de se trouver à sa fenêtre. Mais aimerais-je madame d'Hocquincourt ? »

Si madame de Chasteller se fût trouvée à sa fenêtre, Leuwen eût trouvé adorable cette marque d'attention. Le fait est que toutes les dames de la ville occupaient les fenêtres de la rue de la Pompe et de la suivante, que le régiment avait à parcourir pour sortir de la ville.

La septième compagnie, où était Leuwen, précédait immédiatement une demi-batterie d'artillerie, mèches allumées. Les roues des pièces et des caissons ébranlaient les maisons de bois de Nancy et causaient à ces dames une terreur pleine de plaisir. Leuwen salua mesdames d'Hocquincourt, de Puylaurens, de Serpierre, de Marcilly.

« Je voudrais bien savoir, pensait Leuwen, qui elles haïssent le plus, de Louis-Philippe ou des ouvriers... Et madame de Chasteller n'a pas pu partager la curiosité de toutes ces dames et me donner cette petite marque d'intérêt ! Me voilà allant sabrer des tisserands, comme dit élégamment M. de Vassignies. Si l'affaire est chaude, le colonel sera fait commandeur de la Légion d'honneur, et moi je gagnerai un remords. »

Le 27e de lanciers employa six heures pour faire les huit lieues qui séparent Nancy de N***. Le régiment était retardé par la demi-batterie d'artillerie. Le colonel

Malher reçut trois estafettes et, à chaque
fois, il fit changer les chevaux des pièces
de canon ; on mettait à pied les lanciers
dont les chevaux paraissaient les plus
propres à tirer les canons.

A moitié chemin, M. Fléron, le sous-préfet, rejoignit le régiment au grand trot ;
il le longea de la queue à la tête, pour parler
au colonel, et eut l'agrément d'être hué
par les lanciers. Il avait un sabre que sa
taille exiguë faisait paraître immense.
Le murmure sourd se changea en éclats
de rire, qu'il chercha à éviter en mettant
son cheval au galop. Le rire redoubla avec
les cris ordinaires : « Il tombera ! Il ne
tombera pas ! »

Mais le sous-préfet eut bientôt sa revanche ; à peine engagés dans les rues étroites
et sales de N***, les lanciers furent hués
par les femmes et les enfants des ouvriers
placés aux fenêtres des pauvres maisons,
et par les ouvriers eux-mêmes, qui de
temps en temps paraissaient au coin des
ruelles les plus étroites. On entendait les
boutiques se fermer rapidement de toutes
parts.

Enfin, le régiment déboucha dans la
grande rue marchande de la ville ; tous
les magasins étaient fermés, pas une tête
aux fenêtres, un silence de mort. On arriva
sur une place irrégulière et fort longue,

garnie de cinq ou six mûriers rabougris
et traversée dans toute sa longueur par
un ruisseau infect chargé de toutes les
immondices de la ville ; l'eau bleue, parce
que le ruisseau servait aussi d'égout à
plusieurs ateliers de teinture.

[Le linge étendu aux fenêtres pour sé-
cher faisait horreur par sa pauvreté, son
état de délabrement et sa saleté. Les vitres
des fenêtres étaient sales et petites, et
beaucoup de fenêtres avaient au lieu de
vitre, du vieux papier écrit et huilé.
Partout une vive image de la pauvreté qui
saisissait le cœur, mais non pas les cœurs
qui espéraient gagner la croix en distri-
buant des coups de sabre dans cette pauvre
petite ville.]

Le colonel mit son régiment en bataille
le long de ce ruisseau. Là, les malheureux
lanciers, accablés de soif et de fatigue,
passèrent sept heures, exposés à un soleil
brûlant du mois d'août, sans boire ni manger. Comme nous l'avons dit, à l'arrivée
du régiment toutes les boutiques s'étaient
fermées, et les cabarets plus vite que le
reste.

— Nous sommes frais, criait un lancier.

— Nous voici en bonne odeur, répondait une autre voix.

— Silence, f....e ! glapissait quelque
lieutenant juste milieu.

Leuwen remarqua que tous les officiers qui se respectaient gardaient un silence profond et avaient l'air fort sérieux.

« Nous voici à l'ennemi, » pensait Leuwen.

Il s'observait soi-même et se trouvait de sang-froid, comme à une expérience de chimie à l'École polytechnique. Ce sentiment égoïste diminuait beaucoup de son horreur pour ce genre de service.

Le grand lieutenant grêlé dont le lieutenant-colonel Filloteau lui avait parlé vint lui parler en jurant des ouvriers. Leuwen ne répondit pas un mot et le regarda avec un mépris inexprimable. Comme ce lieutenant s'éloignait, quatre ou cinq voix prononcèrent assez haut : « Espion ! Espion ! »

Les hommes souffraient horriblement, deux ou trois avaient été forcés de descendre de cheval. On envoya des hommes de corvée à la grande fontaine ; dans le bassin, qui était immense, on trouva trois ou quatre cadavres de chats récemment tués, et qui avaient rougi l'eau de leur sang. Le filet d'eau tiède qui tombait du « triomphe » était fort exigu ; il fallait plusieurs minutes pour remplir une bouteille, et le régiment avait 380 hommes sous les armes.

Le sous-préfet réuni au maire repassait
souvent sur la place et cherchait, disait-
on dans les rangs, à acheter du vin.

— Si je vous vends, répondaient les
propriétaires, ma maison sera pillée et
détruite.

Le régiment commençait à être salué
toutes les demi-heures par un redouble-
ment de huées.

Au moment où le lieutenant espion le
quittait, Leuwen avait eu l'idée d'envoyer
ses domestiques à deux lieues de là,
dans un village qui devait être paisible,
car il n'y avait ni métiers, ni ouvriers.
Ces domestiques avaient la commission
d'acheter à tout prix une centaine de pains
et trois ou quatre faix de fourrage. Les
domestiques réussirent et, vers les quatre
heures, on vit arriver sur la place quatre
chevaux chargés de pain et deux autres
chargés de foin. A l'instant il se fit un
profond silence. Ces paysans vinrent parler
à Leuwen, qui les paya bien et eut le plaisir de faire une petite distribution de pain
aux soldats de sa compagnie.

— Voilà le républicain qui commence
ses menées, dirent plusieurs officiers qui
ne l'aimaient pas.

Filloteau vint, plus simplement, lui
demander deux ou trois pains pour lui
et du foin pour ses chevaux.

— Ce qui m'inquiète, ce sont mes chevaux, dit spirituellement le colonel en passant devant ses hommes.

Un instant plus tard, Leuwen entendit le sous-préfet qui disait au colonel :

— Quoi ! Nous ne pourrons pas appliquer un coup de sabre à ces gredins-là ?

« Il est beaucoup plus furibond que le colonel, se dit Leuwen. Le Malher ne peut guère espérer d'être fait général pour avoir tué douze ou quinze tisserands, et M. Fléron peut fort bien être nommé préfet, et il sera sûr de sa place pour deux ou trois ans. »

La distribution faite par Leuwen avait révélé cette idée ingénieuse qu'il y avait des villages dans les environs de la ville. Vers les cinq heures, on distribua une livre de pain noir à chaque lancier et un peu de viande aux officiers.

A la nuit tombante, on tira un coup de pistolet, mais personne ne fut atteint.

« Je ne sais pourquoi, pensait Leuwen, mais je parierais que ce coup de pistolet est tiré par ordre du sous-préfet. »

Sur les dix heures du soir, on s'aperçut que les ouvriers avaient disparu. A onze heures, il arriva de l'infanterie, à laquelle on remit les canons et l'obusier, et à une heure du matin le régiment de lanciers,

mourant de faim, hommes et chevaux,
repartit pour Nancy. On s'arrêta six
heures dans un village fort paisible, où
le pain se vendit bientôt huit sous la livre
et le vin cinq francs la bouteille ; le belli-
queux sous-préfet avait oublié d'y faire
réunir des vivres. Pour les détails militaires, stratégiques, politiques, etc., etc.,
de cette grande affaire, voir les journaux
du temps. Le régiment s'était couvert de
gloire, et les ouvriers avaient fait preuve
d'une insigne lâcheté.

Telle fut la première campagne de Leuwen.

« En revenant à Nancy, se disait-il, et
en supposant que nous arrivions de jour,
oserai-je me présenter à l'hôtel de Pontlevé ? »

Il osa, mais il mourait de peur en frappant à la porte cochère. Le cœur lui battait tellement en sonnant à la porte de
l'appartement de madame de Chasteller,
qu'il se dit :

« Mon Dieu ! est-ce que je vais encore
cesser de l'aimer ? »

Elle était seule, sans mademoiselle Bérard. Leuwen prit sa main avec passion.
Deux minutes après, il fut sublime quand
il se fut aperçu qu'il l'aimait plus que
jamais. S'il avait eu un peu plus d'expérience, il se serait fait dire qu'on l'aimait.

Avec de l'audace, il aurait pu se jeter dans les bras de madame de Chasteller et n'être pas repoussé. Il pouvait du moins établir un traité de paix fort avantageux pour les intérêts de son amour. Au lieu de tout cela, il n'avança point ses affaires et fut parfaitement heureux.

On avait dit et cru à Nancy que le coup de pistolet tiré par les ouvriers à N*** avait tué un jeune officier de lanciers. Bientôt, madame de Chasteller eut peur, elle comprenait la situation et se sentait attendrie.

— Il faut que je vous renvoie, lui dit-elle d'un air triste qui voulait être sévère.

Leuwen eut peur de la fâcher, et il céda.

— Ai-je l'espoir, madame, de vous revoir chez madame d'Hocquincourt ? C'est son jour.

— Peut-être bien, et vous n'y manquerez pas ; je sais que vous ne haïssez pas de vous trouver avec cette jeune femme si jolie.

Un heure après, Leuwen était chez madame d'Hocquincourt, mais madame de Chasteller n'y vint que fort tard. ·

Le temps s'envolait rapidement pour notre héros. Mais les amants sont si heureux dans les scènes qu'ils ont ensemble que le lecteur, au lieu de sympathiser avec la peinture de ce bonheur, en devient jaloux et se venge d'ordinaire en disant : « Bon Dieu ! Que ce livre est fade[1] ! »

1. Excuse plus ou moins spirituelle et à la mode au moment de l'impression, car l'esprit ne vit que mille ans : voir Lucien. Molière a déjà perdu cette fleur. La raison ne la perd pas si vite. Voici cette raison : Transition de temps ou excuse. Mais les amants sont si heureux dans les scènes qu'ils ont ensemble que le lecteur, au lieu de sympathiser avec la peinture de ce bonheur, en devient jaloux. (On voit bien cela dans l'amitié : si intime qu'elle soit, on peut faire confidence de tout, excepté du bonheur parfait de l'amour.)

CHAPITRE XXVIII

Nous prendrons la liberté de sauter à pieds joints sur les deux mois qui suivirent. Cela nous sera d'autant plus facile que Leuwen, au bout de ces deux mois, n'était pas plus avancé d'un pas que le premier jour. Bien convaincu qu'il n'avait pas le talent de faire vouloir une femme, surtout s'il en était sérieusement amoureux, il se bornait à tenter de faire chaque jour ce qui, à l'heure même, lui faisait le plus de plaisir. Jamais il n'imposait une gêne, une peine, un acte de prudence au présent quart d'heure pour être plus avancé dans ses prétentions amoureuses auprès de madame de Chasteller dans le quart d'heure suivant. Il lui disait la vérité sur tout ; par exemple :

— Mais il me semble, lui disait-elle un soir, que vous dites à M. de Serpierre des choses absolument opposées à celles que vous pensez et que vous me dites à moi. Seriez-vous un peu faux ? En ce cas, les personnes qui s'intéressent à vous seraient bien malheureuses.

Mademoiselle Bérard ayant usurpé le second salon, madame de Chasteller recevait Leuwen dans un grand cabinet ou bibliothèque qui suivait le salon, dont la porte restait toujours ouverte. Quand le soir mademoiselle Bérard se retirait, la femme de chambre de madame de Chasteller s'établissait dans ce salon. Le soir dont nous parlons, on osait parler de tout fort clairement, nommer tout en toutes lettres ; mademoiselle Bérard était allée faire des visites, et la femme de chambre qui la remplaçait était sourde.

— Madame, reprit Leuwen avec feu et une sorte d'indignation vertueuse, j'ai été jeté au milieu de la mer. Je nage pour ne pas me noyer, et vous me dites du ton du reproche : « Il me semble, monsieur, que vous remuez les bras ! » Avez-vous une assez bonne opinion de la force de mes poumons pour croire qu'ils puissent suffire à refaire l'éducation de tous les habitants de Nancy ? Voulez-vous que je me ferme toutes les portes et que je ne vous voie plus que chez vous ? Et encore, bientôt on vous fera honte de me recevoir, comme on vous a fait honte de votre désir de retourner à Paris. Il est vrai que sur toutes choses, même sur l'heure qu'il est, je crois, je pense le contraire des habitants de ce pays. Voulez-vous que je me

réduise à un silence complet ? A vous
seule, madame, je dis ce que je pense sur
tout, même sur la politique, où nous
sommes si ennemis ; et pour vous seule,
pour me rapprocher de vous, j'ai per-
fectionné cette habitude de mentir que
j'adoptai le jour où, pour me défaire de la
réputation de républicain, j'allai aux
Pénitents guidé par l'honnête docteur
Du Poirier ! Voulez-vous que dès demain
je dise ce que je pense et que je rompe
en visière à tout le monde ? Je n'irai plus
à la chapelle des Pénitents, chez madame
de Marcilly je ne regarderai plus le portrait
de Henri V, comme chez madame de
Commercy je n'écouterai plus les homélies
absurdes de M. l'abbé Rey ; et en moins
de huit jours je ne pourrai plus vous voir.

— Non, je ne veux pas cela, répondit-elle avec tristesse ; et cependant, j'ai
été profondément affligée depuis hier soir.
Quand je vous ai engagé à aller parler un
peu à mademoiselle Théodelinde et à
madame de Puylaurens, je vous ai entendu
dire à M. de Serpierre le contraire de ce que
vous me dites.

— M. de Serpierre m'a intercepté au
passage. Maudissez la province, où l'on ne
peut vivre sans être hypocrite sur tout,
ou maudissez l'éducation que j'ai reçue
et qui m'a ouvert les yeux sur les trois

quarts des sottises humaines. Vous me reprochez quelquefois que l'éducation de Paris empêche de *sentir* ; cela est possible, mais, par compensation, elle apprend à y voir clair. Je n'y ai aucun mérite, et vous auriez tort de m'accuser de pédantisme ; la faute en est aux gens d'esprit que réunit le salon de ma mère. Il suffit d'y voir clair pour être frappé de l'absurdité de MM. de Puylaurens, Sanréal, Serpierre, d'Hocquincourt, pour comprendre l'hypocrisie de MM. Du Poirier, Fléron le souspréfet, le colonel Malher, tous coquins plus méprisables que les premiers, lesquels, plus par bêtise que par égoïsme, préfèrent naïvement le bonheur de deux cent mille privilégiés à celui de trente-deux millions de Français. Mais me voici faisant de la propagande, ce qui serait employer bien gauchement mon temps auprès de vous. Hier, lequel vous semblait avoir raison, de M. de Serpierre dont je ne combattais pas les raisonnements, ou de moi, dont vous connaissez les véritables pensées ?

— Hélas ! tous les deux. Vous me changez, peut-être est-ce en mal. Quand je suis seule, je me surprends à croire que l'on m'a enseigné exprès de singuliers mensonges au couvent du Sacré-Cœur. Un jour que j'étais en différend avec le

général (c'était M. de Chasteller), il me le
dit presque en toutes lettres, et ensuite
parut se repentir.

— Il venait de blesser son intérêt de
mari. Il vaut mieux qu'une femme
ennuie son mari faute d'esprit et qu'elle
soit fidèle à ses devoirs. Là, comme ailleurs, la religion est le plus ferme appui
du pouvoir despotique. Moi, je ne crains
pas de blesser mes intérêts d'amant,
ajouta Leuwen avec une noble fierté ;
et après cette épreuve je suis sûr de moi
dans tous les cas possibles.

Prendre un amant est une des actions
les plus décisives que puisse se permettre
une jeune femme. Si elle ne prend pas
d'amant, elle meurt d'ennui, et vers les
quarante ans devient imbécile ; elle aime
un chien dont elle s'occupe, ou un con-
fesseur qui s'occupe d'elle, car un vrai
cœur de femme a besoin de la sympathie
d'un homme, comme nous d'un partenaire
pour faire la conversation. Si elle prend
un amant malhonnête homme, une femme
se précipite dans la possibilité des malheurs
les plus affreux... etc., etc. Rien n'était
plus naïf, et quelquefois plus tendre dans
l'intonation de voix, que les objections de
madame de Chasteller.

C'était après des conversations de ce
genre qu'il semblait impossible à Leuwen

que madame de Chasteller eût eu une affaire avec le lieutenant-colonel du 20e régiment de hussards.

« Grand Dieu ! Que ne donnerais-je pas pour avoir, pendant une journée, le coup d'œil et l'expérience de mon père ! »

[Il aimait[1] pour la première fois. Madame de Chasteller avait cette simplicité de caractère qui s'allie si bien avec la vraie noblesse. Elle se fût reproché comme un crime avilissant la moindre fausseté, la moindre affectation envers les personnes qu'elle chérissait. Hors le seul fait de préférence passionnée qu'elle accordait à Leuwen, elle lui disait la vérité sur tout avec un naturel, une vivacité que l'on rencontre rarement chez une femme de vingt-deux ans.

— Je ne l'aimerais pas, se disait Leuwen, que les soirées que je passe près d'elle seraient encore les plus amusantes de ma vie.

Elle ne lui avait jamais dit précisément qu'elle l'aimait, mais quand il raisonnait de sang-froid, ce qui, à la vérité, était fort rare, il en était bien sûr. Madame de Chas-

---

1. Le long fragment que le lecteur trouvera ici entre crochets ava t été jugé ennuyeux par Stendhal le 29 septembre 1834. Il résolut de remplacer « ce mauvais La Bruyère par de l'action. » Ces pages n'avaient pourtant pas été biffées, aussi ai-je tenu à les conserver. N. D. L. E.

teller avait la récompense d'une âme
pure : quand elle n'était point effarouchée
par la présence ou le souvenir d'êtres malveillants, elle avait encore la gaieté folle
de la jeunesse. A la fin des visites de
Leuwen, quand, depuis trois quarts d'heure
ou une heure, il ne lui parlait pas précisément d'amour, elle était d'une gaieté
folle avec lui. Oserai-je le dire ? Au point
quelquefois de lui jouer des tours d'éco-
lier, qui seraient indécents à Paris, par
exemple de lui cacher son shako. Mais si
en cherchant ensemble ce shako Leuwen
avait l'indiscrétion de lui prendre la main,
à l'instant madame de Chasteller se rele-
vait de toute sa hauteur. Ce n'était plus
une jeune fille étourdie et heureuse, on
eût dit une femme sévère de trente ans.
C'était le remords qui contractait ses traits
à ce point.

Leuwen était fort sujet à ce genre
d'imprudence ; et, nous le dirons à sa
honte, quelquefois, assez rarement, l'éducation de Paris prenait le dessus. Ce n'était
pas pour le bonheur de serrer la main d'une
femme qu'il aimait qu'il prenait celle de
madame de Chasteller, mais parce que je
ne sais quoi en lui lui disait qu'il était
ridicule de passer deux heures tête à tête
avec une femme dont les yeux montraient
quelquefois tant de bienveillance, sans

au moins lui prendre la main une fois.

Ce n'est pas impunément que l'on habite Paris depuis l'âge de dix ans. Dans quelque salon que l'on vive, dans quelque honneur qu'y soient tenus la simplicité et le naturel, quelque mépris que l'on y montre pour les grandes hypocrisies, l'affectation et la vanité du pays, avec ses petits projets, arrive jusqu'à l'âme qui se croit la plus pure.

Il résultait de ces imprudences de Leuwen, et surtout de la franchise habituelle de sa manière d'être avec une femme pour laquelle son cœur n'avait aucun secret, et qui lui semblait avoir infiniment d'esprit, que ces entreprises hardies faisaient tache au milieu de sa conduite de tous les jours.

Madame de Chasteller voyait dans ces prétendus transports d'amour l'exécution d'un projet formé. Dans ces instants, elle remarquait avec effroi, chez Leuwen, un certain changement de physionomie sinistre pour elle. Cette expression singulière rappelait à madame de Chasteller les soupçons les plus sinistres et les plus faits pour reculer les espérances de Leuwen auprès d'une femme de ce caractère.

A l'instant où Leuwen venait troubler un bonheur tranquille et intime par ces entreprises ridicules, les idées les plus fâcheuses se présentaient en foule à l'esprit troublé de madame de Chasteller. Tout le bonheur de sa vie dépendait de la probité de Leuwen. Elle lui trouvait des manières charmantes, elle connaissait son esprit ; mais sentait-il tout ce qu'il exprimait ou joignait-il à ses autres qualités celle de comédien habile ?

« Il est jeune, il est riche, il porte un uniforme brillant, il vient de Paris, ne serait-ce après tout qu'un fat ? Tout le monde le dit à Nancy. Il afficherait la timidité au lieu de la confiance naturelle à ces messieurs, parce qu'il me suppose un caractère sérieux ; et moi j'ai la simplicité d'avoir en lui une confiance sans bornes ! Que deviendrai-je si jamais je suis réduite à le mépriser ? »

La possibilité de la fausseté chez l'homme qu'elle aimait allait jusqu'à inspirer à madame de Chasteller des moments de fureur contre elle-même qu'elle n'avait jamais connus. Dans les moments où elle était assaillie de ces soupçons on eût dit qu'elle était malade, tant le changement que ces idées imprimaient à ses traits était prompt, subit et profond. La physionomie qu'elle prenait tout d'un coup était faite pour ôter tout courage à l'amant le plus confiant, et Leuwen était bien loin d'être cet amant confiant. Il n'avait pas

même l'esprit de voir combien ces imprudences irritaient profondément madame de
Chasteller.]

Quoique bien traité en général, et se
croyant aimé quand il était de sang-froid,
Leuwen n'abordait cependant madame de
Chasteller qu'avec une sorte de terreur.
Il n'avait jamais pu se guérir d'un certain
sentiment de trouble en sonnant à sa
porte. Il n'était jamais sûr de la façon
dont il allait être reçu. A deux cents pas de
l'hôtel de Pontlevé, aussitôt qu'il l'apercevait, il n'était plus soi-même. Un fat du
pays l'eût salué qu'il lui eût rendu son
salut avec trouble. La vieille portière de
l'hôtel de Pontlevé était pour lui un être
fatal, auquel il ne pouvait parler sans que
la respiration ne lui manquât.

Souvent, ses phrases s'embrouillaient
en parlant à madame de Chasteller, chose
qui ne lui arrivait avec personne. C'était
cet être-là que madame de Chasteller
soupçonnait d'être un fat, et qu'elle regardait, elle aussi, avec terreur. Il était à ses
yeux le maître absolu de son bonheur.

Un soir, madame de Chasteller eut à
écrire une lettre pressée.

— Voilà un journal pour amuser vos
loisirs, dit-elle en riant et en jetant à
Leuwen un numéro des *Débats* ; et elle
alla en sautant prendre un pupitre fermé

qu'elle vint poser sur la table placée entre
Leuwen et elle.

Comme elle ouvrait le pupitre, en se penchant, avec une petite clef attachée à la
chaîne de sa montre, Leuwen se baissa un
peu sur la table et lui baisa la main.

Madame de Chasteller releva la tête :
ce n'était plus la même femme.

« Il eût pu tout aussi bien me baiser le
front, » pensa-t-elle. La pudeur blessée
la mit hors d'elle-même.

— Je ne pourrai donc jamais avoir
la moindre confiance en vous ? Et ses yeux
exprimaient la plus vive colère. Quoi !
je veux bien vous recevoir, quand j'aurais
dû fermer ma porte pour vous, comme pour
tout le monde ; je vous admets à une
intimité dangereuse pour ma réputation
et dont vous auriez dû respecter les lois
(ici sa physionomie comme sa voix pri-
rent l'air le plus altier) ; je vous traite en
frère, je vous engage à lire un moment,
pendant que j'écris une lettre indispensable, et sans à-propos, sans grâce, vous pro-
fitez de mon peu de défiance pour vous
permettre un geste aussi humiliant, à le
bien prendre, pour vous que pour moi !
Allez, monsieur, je me suis trompée en
vous recevant chez moi.

Il y avait dans le son de sa voix et dans
son air toute la froideur et toute la réso-

lution prise que son orgueil pouvait désirer. Leuwen sentait fort bien tout cela et était atterré.

Cette lâcheté de sa part augmenta le courage de madame de Chasteller. Il aurait dû se lever, saluer froidement madame de Chasteller, et lui dire :

« Vous exagérez, madame. D'une petite imprudence sans conséquence, et peut-être sotte chez moi, vous faites un crime in-folio. J'aimais une femme aussi supérieure par l'esprit que par la beauté, et, en vérité, je ne vous trouve que jolie en ce moment. »

En disant ces belles paroles, il fallait prendre son sabre, l'attacher tranquillement, et sortir.

Bien loin de là : sans songer à ce parti, qu'il eût trouvé trop cruel pour soi et trop dangereux, Leuwen se bornait à être désolé d'être renvoyé. Il s'était bien levé mais il ne partait point ; il cherchait évidemment un prétexte pour rester.

— Je vous céderai la place, monsieur, reprit madame de Chasteller avec une politesse parfaite, au travers de laquelle perçait bien de la hauteur, et comme le méprisant de ce qu'il n'était point parti.

Comme elle repliait son pupitre pour le transporter ailleurs, Leuwen, tout à fait en colère, lui dit :

— Pardon, madame, je m'oubliais.

Et il sortit, outré de dépit contre soi-même et contre elle.

Il n'y avait eu de bon dans sa conduite que le ton de ces deux derniers mots, mais encore ce n'était pas talent, c'était hasard tout pur.

Une fois hors de cet hôtel fatal et délivré des regards curieux des domestiques, peu accoutumés à le voir sortir à cette heure :

« Il faut convenir, se dit-il, que je suis un bien petit garçon de me laisser traiter ainsi ! Je n'ai absolument que ce que je mérite. Quand je suis auprès d'elle, au lieu de chercher à me faire une position un peu convenable, je ne songe qu'à la regarder comme un enfant. A mon retour de l'expédition de N***, il y a eu un moment où il n'eût dépendu que de moi de m'assurer les privilèges les plus solides. J'aurais pu obtenir qu'elle me dît nettement qu'elle m'aime, et de l'embrasser chaque jour en entrant et en sortant. Et je ne puis pas même lui baiser la main ! O grand sot ! »

C'était ainsi que se parlait Leuwen en fuyant par la principale rue de Nancy. Il se faisait bien d'autres reproches encore.

Plein de mépris pour soi-même, il eut cependant l'esprit de se dire :

« Il faut faire quelque chose. »

Il était assez embarrassé de sa soirée,

car c'était le jour de madame de Marcilly maison d'une haute vertu, où, en présence d'un buste de Henri V, les bonnes têtes du pays se réunissaient pour commenter la *Quotidienne* et perdre trente sous au whist.

Leuwen se sentait absolument hors d'état de jouer la comédie. Il eut l'idée heureuse de monter chez madame d'Hocquincourt. De toutes les provinciales qui existèrent jamais, c'était celle qui avait le plus de naturel. Elle eût fait pardonner à la province ; elle avait un naturel impossible à Paris, il y ferait *perdre la cote*.

CHAPITRE XXIX

AH ! vous me décidez, monsieur ! s'écria-t-elle en le voyant entrer. Que je suis heureuse de vous voir ! Je n'irai pas chez madame de Marcilly.

Et elle rappela le domestique qui sortait pour dire de faire dételer les chevaux.

— Mais comment faites-vous pour n'être pas aux pieds de la sublime Chasteller ? Est-ce qu'il y aurait brouille dans le ménage ?

Madame d'Hocquincourt examinait Leuwen d'un air riant et malin.

— Ah ! c'est clair, s'écria-t-elle en riant. Cet air contrit m'a tout dit. Mon malheur est écrit dans ces traits altérés, dans ce sourire forcé ; je ne suis qu'un pis-aller. Allons, contez-moi, puisque je ne suis qu'une humble confidente, contez-moi vos chagrins. Sous quel prétexte vous a-t-on chassé ? Vous chasse-t-on pour recevoir un homme plus aimable, ou vous chasse-t-on parce que vous l'avez mérité ? Mais d'abord, soyez sincère, si vous voulez être consolé.

Leuwen eut beaucoup de peine à se tirer passablement des questions de madame d'Hocquincourt. Elle ne manquait point d'esprit, et, cet esprit se trouvant tous les jours au service d'une volonté ferme et d'une passion vive, il avait acquis toutes les habitudes du bon sens. Leuwen était d'abord trop occupé de sa colère pour savoir donner le change. Dans un moment où, tout en répondant à madame d'Hocquincourt, il pensait malgré lui à ce qui lui arrivait avec madame de Chasteller, il se surprit adressant des propos galants, presque des choses aimables et personnelles à la jeune femme qui, dans un négligé élégant et dans l'attitude de l'intérêt le plus vif, se trouvait à demi couchée sur un canapé, à deux pas devant lui.

Dans la bouche de Leuwen, ce langage avait pour madame d'Hocquincourt tout le mérite de la nouveauté. Leuwen remarqua que madame d'Hocquincourt, occupée de l'effet d'une attitude charmante, qu'elle regardait dans une armoire à glace voisine, cessait de le tourmenter sur madame de Chasteller. Leuwen, devenu machiavélique par le malheur, se dit :

« Le langage de la galanterie, en tête à tête avec une jeune femme qui lui fait l'honneur de l'écouter d'un air presque

sérieux, ne peut guère se dispenser de
prendre un ton hardi et presque passionné. »

Il faut avouer que Leuwen, en faisant
ce raisonnement, trouvait un vif plaisir
à n'être pas un petit garçon avec tout le
monde. Pendant ce temps, madame d'Hocquincourt allait sur son compte de découvertes en découvertes. Elle commençait
à le trouver l'homme le plus aimable
de Nancy. Cela était d'autant plus dangereux qu'il y avait déjà plus de dix-huit
mois que durait M. d'Antin, c'était un
règne bien long et qui étonnait tout le
monde.

Heureusement pour sa durée, le tête
à tête fut interrompu par l'arrivée de
M. de Murcé. C'était un grand jeune homme
maigre, qui portait avec fierté une petite
tête surmontée de cheveux très noirs.
Fort taciturne au commencement d'une
visite, son mérite consistait en une gaieté
parfaitement naturelle et fort drôle à
cause de sa naïveté, mais qui ne le prenait que lorsque depuis une heure ou deux
il se trouvait avec des gens gais. C'était
un être profondément provincial, mais
cependant fort aimable. Aucune de ses
gaietés ne se seraient dites à Paris, mais
elles étaient fort drôles et lui allaient
fort bien.

Bientôt après survint un autre habitué

de la maison, M. de Goëllo. C'était un gros
homme blond et pâle, de beaucoup d'ins-
truction et d'un peu d'esprit, qui s'écoutait parler et disait une fois au moins par
jour qu'il n'avait pas encore quarante
ans, ce qui était vrai : il avait trente-neuf
ans passés. Du reste, c'était un être prudent : répondre oui à la question la plus
simple, ou avancer, dans l'occasion, une
chaise à quelqu'un, était un sujet de déli-
bération qui l'occupait un quart d'heure.
Quand il agissait ensuite, il affectait les
formes de la bonhomie et de l'étourderie
la plus enfantine. Depuis cinq ou six ans,
il était amoureux de madame d'Hocquincourt, il espérait toujours que son tour
viendrait, et quelquefois cherchait à faire
croire aux nouveaux arrivants que son
tour était déjà venu et passé.

Un jour, au cabaret, madame d'Hocquincourt, le voyant occupé de ce rôle,
lui dit :

— Tu es un futur, mon pauvre Goëllo,
qui se fait passé, mais qui ne sera jamais
présent. Car dans ses moments de fougue
d'esprit elle tutoyait ses amis sans que
personne y trouvât rien d'indécent ; on
voyait que c'était l'intimité du brio, qui
est à mille lieues des sentiments tendres.

M. de Goëllo fut suivi, à intervalles
pressés, de quatre ou cinq jeunes gens.

« C'est en vérité, tout ce qu'il y a de mieux et de plus gai dans la ville, se disait Leuwen en les voyant arriver.

— Je sors de chez madame de Marcilly, dit l'un d'eux, où ils sont tout tristes, et affectent d'être encore plus tristes qu'ils ne le sont.

— C'est ce qui est arrivé à N*** qui les rend si aimables.

— Moi, disait un autre, choqué de la façon dont madame d'Hoquincourt regardait Leuwen, quand j'ai vu que nous n'avions ni madame d'Hocquincourt, ni madame de Puylaurens, ni madame de Chasteller, j'ai pensé que je n'avais d'autre ressource que d'enterrer ma soirée dans une bouteille de champagne ; et c'était le parti que j'allais prendre si j'avais trouvé la porte de madame d'Hocquincourt fermée au vulgaire.

— Mais, mon pauvre Téran, reprit madame d'Hocquincourt à cette allusion hostile à la réputation de Leuwen, on ne menace pas de s'enivrer, on s'enivre. Il faut avoir l'esprit de voir cette différence.

— Rien de plus difficile, en effet, que de savoir boire, reprit le pédant Goëllo. (On craignit une anecdote.)

— Qu'allons-nous faire ? Qu'allons-nous faire ? s'écrièrent à la fois Murcé et un des comtes Roller.

C'était la question que tout le monde faisait sans que personne trouvât la réponse, quand parut M. d'Antin. Son air riant éclaircit tous les fronts. C'était un grand jeune homme blond de vingt-huit à trente ans, pour qui l'air sérieux et important était une impossibilité. Il eût annoncé l'incendie de la rue, que sa figure n'eût pas été lugubre. Il était fort joli homme, mais quelquefois on eût pu reprocher à sa charmante figure l'expression un peu louche et stupide de l'homme qui commence à s'enivrer. Quand on le connaissait, c'était une grâce de plus. Le fait est qu'il n'avait pas le sens commun, mais le meilleur cœur du monde et un fond de gaieté incroyable. Il achevait de manger une grande fortune, qu'un père fort avare lui avait laissée depuis trois ou quatre ans. Il avait quitté Paris, où on l'avait pourchassé pour des plaisanteries sur un personnage auguste. C'était un homme unique pour organiser les parties de plaisir, rien ne pouvait languir dans les lieux où il se trouvait. Mais madame d'Hoquincourt connaissait toutes ces grâces, et la surprise, élément si essentiel de son bonheur, était impossible. Goëllo, qui avait appris ce mot de madame d'Hocquincourt, plaisantait lourdement M. d'Antin sur ce qu'il ne faisait

plus rien de neuf, lorsque le comte de
Vassignies entra.

— Vous n'avez qu'un moyen de durer,
mon cher d'Antin, lui dit Vassignies,
devenez raisonnable.

— Je m'ennuierais moi-même. Je n'ai
pas votre courage, moi. J'aurai bien le
temps d'être sérieux quand je serai ruiné ;
alors, pour m'ennuyer d'une manière
utile, je compte me jeter dans la politique
et dans les sociétés secrètes en l'honneur
de Henri V, qui est mon roi à moi. Me
donnerez-vous une place ? En attendant,
messieurs, comme vous êtes fort sérieux et
encore tout endormis de l'amabilité de
l'hôtel Marcilly, jouons à ce jeu italien
que je vous ai appris l'autre jour, le pharaon. M. de Vassignies, qui ne le sait pas,
taillera ; Goëllo ne pourra pas dire que
j'arrange les règles du jeu pour gagner
toujours. Qui sait le pharaon ici ?

— Moi, dit Leuwen.

— Eh ! bien, soyez assez bon pour sur-
veiller M. de Vassignies et lui faire suivre
les règles du jeu. Vous, Roller, vous serez
le croupier.

— Je ne serai rien, dit Roller d'un ton
sec, car je file.

Le fait est que le comte Roller croyait
s'apercevoir que Leuwen, qu'il n'avait
jamais rencontré chez madame d'Hocquin-

court, allait jouer un rôle agréable dans cette soirée, ce que ne pouvant digérer il sortit.

Une bonne partie de la société de Nancy, surtout les jeunes gens, ne pouvait souffrir Leuwen. Il avait eu le triste avantage de leur faire deux ou trois réponses insolentes qui passèrent, même à leurs yeux, pour fort spirituelles, et lui en firent des ennemis à la vie et à la mort.

— Après le jeu, à minuit, reprit d'Antin, quand vous serez ruinés comme de braves jeunes gens bien rangés, nous irons souper à la *Grande Chaumière.* (C'est le meilleur cabaret de Nancy, établi dans le jardin d'un ancien couvent de Chartreux.)

— J'y consens, dit madame d'Hocquincourt, si c'est un pique-nique.

— Sans doute, reprit d'Antin ; et comme M. Lafiteau, qui a d'excellent vin de Champagne, et M. Piébot, le seul glacier du pays, pourraient se coucher, je vais m'occuper, au nom du pique-nique, d'avoir du vin et de le faire frapper. J'enverrai à la *Grande Chaumière.* En attendant, M. Leuwen, voilà cent francs ; faites-moi l'honneur de jouer pour moi, et tâchez de ne pas séduire madame d'Hocquincourt, ou je me venge, et je passe à l'hôtel de Pontlevé pour vous dénoncer.

Tout le monde obéit à ce qu'avait

décidé d'Antin, même le politique Vassignies. On joua, et après un quart d'heure
le jeu fut très animé. C'était sur quoi
d'Antin avait compté pour chasser à
jamais l'envie de bâiller, prise chez madame Marcilly.

— Je jette les cartes par la fenêtre,
dit madame d'Hocquincourt, si quelqu'un
ponte plus de cinq francs. Est-ce que vous
voulez faire de moi une marquise brelan-
dière ?

D'Antin revint ; on partit à minuit et
demi pour le jardin de la *Grande Chaumière*.
Un petit oranger en fleurs, l'unique qui
fût dans Nancy, se trouvait placé au milieu
de la table. Le vin était parfaitement
frappé. Le souper fut fort gai, personne
ne s'enivra, et l'on se sépara les meilleurs
amis du monde à trois heures du matin.

C'est ainsi qu'une femme se perd de
réputation en province ; c'est ce dont
madame d'Hocquincourt se moquait parfaitement. En se levant, le lendemain
matin, elle alla voir son mari, qui lui dit
en l'embrassant :

— Tu fais bien de t'amuser, ma pauvre
petite, puisque tu en as le courage. Sais-tu
ce qui est arrivé à X*** ? Ce roi que nous
haïssons tant se perd, et après lui la république, qui coupera le cou à lui et à
nous.

— A lui, non ; il a trop d'esprit. Et quant à vous, je vous enlève au delà du Rhin.

Leuwen prolongea le plus possible sa demeure à l'hôtel d'Hocquincourt ; il sortit avec les derniers de ses compagnons de soirée, il s'attacha à leur petite troupe qui s'allait diminuant à chaque coin de rue à mesure que chacun prenait le chemin de sa maison ; enfin, il accompagna fidèlement celui de ces messieurs qui demeurait le plus loin. Il parlait beaucoup, et éprouvait une répugnance mortelle à se trouver seul avec soi-même. C'est que, à l'hôtel d'Hocquincourt, tout en écoutant les contes et l'amabilité de ces messieurs, et, cherchant à conserver, par des mots bien placés, la position que madame d'Hocquincourt semblait lui donner et qui n'était pas d'un petit garçon, il avait pris une résolution pour le lendemain.

Il s'agissait de ne pas se présenter à l'hôtel de Pontlevé. Il souffrait.

« Mais il faut, se disait-il, avoir soin de son honneur, et si je m'abandonne moi-même, je verrai s'éteindre dans le mépris la préférence qu'il me semble quelquefois évident qu'elle a pour moi. D'un autre côté, Dieu sait quelle nouvelle insulte elle me prépare si j'arrive chez elle demain ! »

Ces deux pensées, qui se présentaient

successivement, furent un enfer pour lui.

Ce lendemain arriva bien vite, et avec lui parut le sentiment vif du bonheur dont il allait se priver s'il n'allait pas à l'hôtel de Pontlevé. Tout lui semblait fade, décoloré, odieux, en comparaison de ce trouble délicieux qu'il trouverait dans la petite bibliothèque, en face de cette petite table d'acajou devant laquelle elle travaillait en l'écoutant parler. La seule résolution de s'y présenter changeait sa position dès ce moment.

« D'ailleurs, si je n'y vais pas ce soir, ajoutait Leuwen, comment m'y présenter demain ? (Son embarras mortel avait recours aux lieux communs.) Veux-je, après tout, me fermer cette maison ? Et pour une sottise encore, dans laquelle peut-être j'avais tort. Je puis demander une permission au colonel et aller passer trois jours à Metz... Je me punirais moi-même, j'y périrais de douleur. »

D'un autre côté, dans ses sentiments exagérés de délicatesse féminine, madame de Chasteller n'avait-elle point voulu lui faire entendre qu'il fallait rendre ses visites plus rares, par exemple les réduire à une par semaine ? En se présentant si tôt dans une maison de laquelle il avait été exclu en termes si formels, ne s'exposait-il pas à redoubler la colère de madame de

Chasteller et, bien plus, à lui donner de justes motifs de plainte ? Il savait combien elle était susceptible pour ce qu'elle appelait les égards dus à son sexe. Il est très vrai que dans sa lutte désespérée contre le sentiment qu'elle avait pour Leuwen, madame de Chasteller, mécontente du peu de confiance qu'elle pouvait avoir dans ses résolutions les plus arrêtées, était souvent irritée contre elle-même, et lui faisait alors de bien mauvaises querelles.

Avec un peu plus d'expérience de la vie, ces querelles, sans sujet raisonnable de la part d'une femme qui avait autant d'esprit et dont la modestie et l'équité naturelles étaient bien loin de s'exagérer les torts des autres, ces querelles auraient montré à Leuwen de quels combats était le théâtre ce cœur qu'il assiégeait. Mais ce cœur *politique* avait toujours méprisé l'amour et ignorait l'art d'aimer, chose si nécessaire. Jusqu'au hasard qui lui avait fait voir madame de Chasteller et au mouvement de vanité qui lui avait rendu désagréable l'idée qu'une des plus jolies femmes de la ville pût avoir de justes raisons de se moquer de lui, il s'était dit :

« Que penserait-on d'un homme qui, en présence d'une éruption du Vésuve, serait tout occupé à jouer au bilboquet ?»

Cette image imposante a l'avantage de résumer son caractère et celui de ce qu'il y avait de mieux parmi les jeunes gens de son âge. Quand l'amour était venu remplacer dans le cœur de ce jeune romain un sentiment plus sévère, ce qui restait de l'adoration du devoir s'était transformé en honneur mal entendu.

[Dans la position actuelle de Leuwen, le plus petit jeune homme de dix-huit ans, pour peu qu'il eût eu quelque sécheresse d'âme et un peu de ce mépris pour les femmes, si à la mode aujourd'hui, se fut dit : Quoi de plus simple que de se présenter chez madame de Chasteller sans avoir l'air d'attacher la moindre importance à ce qui s'est passé hier, sans même faire mine de se souvenir le moins du monde de cette petite boutade d'humeur, mais prêt à faire toutes les excuses possibles de ce qui s'était passé et ensuite à parler d'autre chose, s'il se trouvait que madame de Chasteller voulût encore attacher quelque importance au crime affreux de lui avoir baisé la main.]

Mais Leuwen était bien loin de ces idées. Au point de bon sens et de vieillesse morale où nous en sommes, il faut, j'en conviens, faire un effort sur soi-même pour pouvoir comprendre les affreux combats dont l'âme de notre héros était le théâtre, et ensuite pour ne pas en rire.

Vers le soir, Leuwen, ne pouvant plus tenir en place, se promenait à pas inquiets sur un bout de rempart solitaire, à trois cents pas de l'hôtel de Pontlevé. Comme Tancrède, il se battait contre des fantômes, et il avait besoin d'un grand courage. Il était plus incertain que jamais, lorsqu'une certaine horloge qu'il entendait de fort près lorsqu'il se trouvait dans la petite chambre de madame de Chasteller vint à sonner sept heures et demie avec cette foule de quarts et de demi-quarts dont les heures sont entourées dans les horloges presque allemandes de l'est de la France.

Le son de cette cloche décida Leuwen. Sans se rendre compte de rien, il eut le vif souvenir de l'état de bonheur qu'il goûtait tous les soirs en entendant ces quarts et ces demi-quarts, et il prit en dégoût profond les sentiments tristes, cruels, égoïstes, auxquels il était en proie depuis la veille. Il est sûr qu'en se promenant sur ce triste rempart, il voyait tous les hommes bas et méchants. La vie lui semblait aride et dépouillée de tout plaisir et de ce qui fait qu'il vaut la peine de vivre. Mais, au son de la cloche, électrisé par cette communauté de sentiments de deux âmes grandes et généreuses, qui fait qu'elles s'entendent à demi-mot, il précipita ses pas vers l'hôtel de Pontlevé.

Il passa rapidement devant la portière.

— Où allez-vous, monsieur ? lui cria-t-elle de sa petite voix tremblante et en se levant de son rouet comme pour lui courir après. Madame est sortie.

— Quoi ! elle est sortie ? Vraiment ? dit Lucien. Et il restait anéanti et comme pétrifié.

La portière prit son immobilité pour de l'incrédulité.

— Il y a près d'une heure, reprit-elle avec un air de candeur, car elle aimait Leuwen ; vous voyez bien la remise ouverte, et le coupé n'y est pas.

Leuwen prit la fuite à ces paroles, et en deux minutes il fut de nouveau sur son rempart. Il regardait sans voir le fossé fangeux, et au-delà la plaine aride et désolée.

« Il faut avouer que j'ai fait là une jolie expédition ! Elle me méprise... et au point de sortir exprès une heure avant celle où elle me reçoit tous les jours. Digne punition d'une lâcheté ! Ceci doit me servir de règle pour l'avenir. Si je n'ai pas le courage de résister de près, eh ! bien, il faut solliciter une permission pour Metz. Je souffrirai, mais personne ne voit l'intérieur de mon cœur, et l'éloignement des lieux me sauvera [de] la possibilité

de commettre ces sortes de fautes qui
déshonorent. Oublions cette femme or-
gueilleuse... Après tout, je ne suis pas
colonel ; il y a plus que de la folie à moi,
il y a insensibilité au mépris de s'obstiner
à lutter contre l'absence de rang. »

Il vola chez lui, attela lui-même les
chevaux à sa calèche en maudissant la
lenteur du cocher, et se fit conduire
chez madame de Serpierre. Madame était
sortie, et la porte était fermée.

« C'est évident, toutes les portes sont
fermées pour moi aujourd'hui. »

Il monta sur le siège et alla au galop
au *Chasseur vert* ; les dames de Serpierre
n'y étaient point. Il parcourut avec fureur
les allées de ce beau jardin. Les musiciens
allemands buvaient dans un cabaret
voisin ; ils l'aperçurent et coururent après
lui.

— Monsieur, monsieur, voulez-vous les
duos de Mozart ?

— Sans doute.

Il les paya et se jeta dans sa voiture
pour regagner Nancy.

Il fut reçu chez madame de Commercy,
où il fut d'une gravité parfaite. Il y fit
deux robs de whist avec M. Rey, grand
vicaire de Mgr l'évêque de Nancy,-sans
que [ce] vieux partenaire grognon pût
lui reprocher la moindre étourderie.

CHAPITRE XXX

APRÈS les deux robs, qui avaient paru à Leuwen d'une longueur interminable, il eut encore à soutenir sa partie dans l'histoire de l'enterrement d'un cordonnier auquel l'un des curés de la ville avait refusé le matin l'entrée de l'église.

Leuwen écoutait en pensant à autre chose cette dégoûtante histoire, quand le grand vicaire s'écria :

— Je n'en veux pour juge que M. Leuwen lui-même, quoique engagé au service.

La patience échappa à Leuwen :

— C'est précisément parce que je suis engagé à ce service, et non pas *quoique*, que j'ai l'honneur de prier M. le grand vicaire de ne rien dire qui me force à faire une réponse désagréable.

— Mais, monsieur, cet homme réunissait les quatre qualités : acquéreur de biens nationaux, détenteur du... à l'époque du décès, marié devant la municipalité, n'ayant pas voulu contracter un nouveau mariage à son lit de mort.

— Vous en oubliez une cinquième, monsieur : payant une part de l'impôt qui pourvoit à vos appointements et aux miens.

Et il partit.

Plusieurs réponses de la sorte auraient pu ruiner la bonne réputation dont Lucien jouissait, mais celle-ci fut à propos.

Cependant, ce mot eut fini par le perdre, ou du moins par diminuer de moitié la considération dont il jouissait dans Nancy, s'il eût dû habiter encore longtemps cette ville.

Il rencontra dans cette maison son ami le docteur Du Poirier qui le prit par un bouton de son uniforme et, bon gré mal gré, l'emmena se promener sur la place d'armes pour achever de lui expliquer son système de restauration pour la France : le Code civil, par les partages qui suivent le décès de chaque père de famille, va amener la division des terres à l'infini. La population augmentera, mais ce sera une population malheureuse et manquant de pain. Il faut rétablir en France les grands ordres religieux ; ils auront de vastes propriétés et feront le bonheur du petit nombre de paysans nécessaires à la culture de ces vastes domaines.

— Croyez-moi, monsieur, rien de funeste

comme une population trop nombreuse
et trop instruite...

Leuwen se conduisit fort bien.

— Cela est plausible, répondait-il...
Il y a beaucoup à dire... Je ne suis point
assez préparé sur ces hautes questions...

Il fit quelques objections, mais ensuite
eut l'air d'admettre les grands principes
du docteur.

« Mais ce coquin-là, se disait-il tout en
écoutant, croit-il à ce qu'il me dit ?
(Il examinait attentivement cette grosse
tête sillonnée de rides si profondes.) Je
vois bien là-dessous la finesse cauteleuse
d'un procureur bas-normand, mais non
la bonhomie nécessaire pour croire à ces
bourdes. Du reste, on ne peut refuser à
cet homme un esprit vif, une parole cha-
leureuse, un grand art à tirer tout le
parti possible des plus mauvais raisonnements, des suppositions les plus gratuites.
Les formes sont grossières, mais, en homme
d'esprit et qui connaît son siècle, loin de
vouloir corriger cette grossièreté il s'y
complaît ; elle fait son originalité, sa mission et sa force ; on dirait qu'il l'exagère
à dessein. C'est un moyen de succès. La
noble fierté de ces hobereaux ne peut pas
craindre qu'on le confonde avec eux. Le
plus sot peut se dire : « Quelle différence
de cet homme à moi ! » Et il en admet plus

volontiers les bourdes du docteur. S'ils triomphent contre 1830, ils en feront un ministre, ce sera leur Corbière.

— ...Mais neuf heures sonnent, dit-il tout à coup au docteur Du Poirier. Adieu, cher docteur, il faut que je quitte ces raisonnements sublimes qui vous porteront à la Chambre et que vous finirez par mettre à la mode. Vous êtes vraiment l'homme éloquent et persuasif par excellence, mais il faut que j'aille faire ma cour à madame d'Hocquincourt.

— C'est-à-dire à madame de Chasteller. Ah! jeune tête! Vous prétendez me donner le change, à moi?

Et le docteur Du Poirier, avant de se coucher, alla encore dans cinq ou six maisons savoir les affaires de tous, les diriger, les aider à comprendre les choses les plus simples, tout en ménageant leur vanité infinie et parlant de leurs aïeux au moins une fois la semaine à chacun, et prêcher sa doctrine des grands établissements de moines quand il n'avait rien de mieux à faire ou quand l'enthousiasme l'emportait.

Il décida chez l'un le jour où l'on ferait la lessive, chez l'autre... Et il décidait bien, car il avait du sens, beaucoup de sagacité, un grand respect pour l'argent, et était sans passion à l'égard de la lessive et de...

Pendant que le docteur parlait lessive, Leuwen, la tête haute, marchait d'un pas ferme, avec la mine intrépide de la résignation et du vrai courage. Il était satisfait de la façon dont il remplissait son devoir. Il monta chez madame d'Hocquincourt, que ses amis de Nancy appelaient familièrement madame d'Hocquin.

Il y trouva le bon M. de Serpierre et le comte de Vassignies. On parlait de l'éternelle politique : M. de Serpierre expliquait longuement, et malheureusement avec preuves, comment les choses allaient au mieux, avant la Révolution, à l'Intendance de Metz, sous M. de Calonne, depuis ministre si célèbre.

— Ce courageux magistrat, disait M. de Serpierre, qui sut poursuivre ce malheureux La Chalotais, le premier des jacobins. On était alors en 1779...[1]

Leuwen se pencha vers madame d'Hocquincourt et lui dit gravement :

Quel langage, madame, et pour vous et pour moi !

Elle éclata de rire. M. de Serpierre s'en aperçut.

— Savez-vous bien, monsieur,... reprit-il d'un air piqué, en s'adressant à Leuwen...

1. Voyez le procès de La Chalotais.

« Ah! mon Dieu! me voici en scène,
pensa celui-ci. Il était écrit que je tomberais du Du Poirier dans le Serpierre. »

— Savez-vous bien, monsieur, conti-
nuait M. de Serpierre d'une voix tonnante,
que les gentilshommes un peu titrés ou
parents des titrés faisaient modérer les
tailles et capitations de leurs protégés
ainsi que leurs propres vingtièmes ? Savez-
vous que quand j'allais à Metz je n'avais
point d'autre auberge, moi qui vous parle,
ainsi que tout ce qu'il y avait de comme il
faut en Lorraine, que l'hôtel de l'Intendance de M. de Calonne ? Là, table somp-
tueuse, des femmes charmantes, les premiers officiers de la garnison, des tables de
jeu, un ton parfait. Ah! c'était le beau
temps! Au lieu de cela, vous avez un petit
préfet morne et sombre, en habit râpé,
qui dîne tout seul, et fort mal, en supposant qu'il dîne !

« Grand Dieu! pensait Leuwen; celui-
ci est encore plus ennuyeux que le Du
Poirier. »

Tandis que pour amener la fin de l'allo-
cution il se contentait de répondre au
discours de M. de Serpierre par une panto-
mime admirative, le peu d'attention qu'il
donnait et à ce qu'il écoutait et à ce qu'il
faisait laissèrent reprendre tout leur empire
aux pensées tendres.

« Il est évident, se disait-il, que, sans être le dernier des hommes, je ne puis plus me présenter chez madame de Chasteller. Tout est fini entre nous. Je ne puis plus me permettre, tout au plus, que quelque rare visite de convenance de temps à autres. En termes de l'art, j'ai eu mon congé. Les comtes Roller, mes ennemis, le grand cousin Blancet, mon rival, qui dîne cinq jours de la semaine à l'hôtel de Pontlevé et prend du thé, tous les soirs, avec le père et la fille, tout cela va bientôt s'apercevoir de ma disgrâce, et je vais être tympanisé d'importance. Gare le mépris, monsieur aux belles livrées jaunes et aux chevaux fringants ! Tous ceux dont vous avez fait trembler les vitres par le retentissement des roues de vos voitures qui ébranlent le pavé, célèbreront à l'envi votre échec ridicule. Vous tomberez bien bas, mon ami ! Peut-être les sifflets vous chasseront-ils de ce Nancy que vous méprisez tant. Jolie façon pour cette ville de se graver dans votre souvenir ! »

Tout en se livrant à ces réflexions agréables, les yeux de Leuwen étaient fixés sur les jolies épaules de madame d'Hocquincourt, qu'une charmante camisole d'été, arrivée de Paris la veille, laissait fort découvertes. Tout à coup, il fut éclairé par une idée :

« Voilà mon bouclier contre le ridicule. Attaquons ! »

Il se pencha vers madame d'Hocquincourt et lui dit tout bas :

— Ce qu'il pense de M. de Calonne qu'il regrette tant, je le pense, moi, de notre joli tête-à-tête de l'autre jour. Je fus bien gauche de ne pas profiter de l'attention sérieuse que je lisais dans vos yeux, pour essayer de deviner si vous vous voudriez de moi pour l'ami du cœur.

— Tâchez de me rendre folle, je ne m'y oppose pas, dit madame d'Hocquincourt d'un air simple et froid. Elle le regardait en silence avec beaucoup d'attention et une petite moue philosophique charmante. Sa beauté, en ce moment, était relevée par un petit air de grave impartialité, délicieux.

— Mais, ajouta-t-elle quand il eut fait tout son effet, comme ce que vous me demandez n'est point un devoir, au contraire, tant que je ne serai pas folle de vos beaux yeux, mais folle à lier, n'attendez rien de moi.

Le reste de la conversation à mi-voix répondit à un début aussi vif.

M. de Serpierre cherchait toujours à engager Leuwen dans ses raisonnements. Lucien l'avait accoutumé à beaucoup de complaisance de sa part quand il se ren-

contrait chez lui sans madame de Chasteller. A la fin, M. de Serpierre vit bien aux
sourires de madame d'Hocquincourt que
l'attention que lui prêtait Leuwen ne
devait être que de la politesse pénible.
Le vénérable vieillard prit le parti de se
rabattre complètement sur M. de Vassignies, et ces messieurs se mirent à se promener dans le salon.

Leuwen était du plus beau sang-froid ;
il cherchait à s'enivrer de la peau si blanche
et si fraîche et des formes si voluptueuses
qui étaient à deux pieds de ses yeux. Tout
en les louant beaucoup, il entendit que le
Vassignies répondait à son partenaire
en tâchant de lui inculquer les grands
ordres religieux de M. Du Poirier, et les
inconvénients de la division des terres et
d'une population trop nombreuse.

La promenade politique de ces messieurs
et la conversation galante de Leuwen
duraient depuis un quart d'heure, lorsque
Leuwen s'aperçut que madame d'Hocquincourt n'était pas sans intérêt pour les
propos tendres qu'il débitait à grand
effort de mémoire. En un clin d'œil, cet
intérêt lui fournit des idées nouvelles
et des paroles qui ne furent pas sans
grâce. Elles exprimaient ce qu'il sentait.

« Quelle différence de cet air riant, poli,
plein de considération, avec lequel elle

m'écoute, et de ce que je rencontre ailleurs ! Et ces bras potelés qui brillent sous cette gaze si transparente ! ces jolies épaules dont la molle blancheur flatte l'œil ! Rien de tout cela auprès de l'autre ! Un air hautain, un regard sévère et une robe qui monte jusqu'au cou. Plus que tout cela, un penchant décidé pour les officiers d'un rang supérieur. Ici l'on me fait entendre, à moi non noble, et sous-lieutenant seulement, que je suis l'égal de tout le monde, au moins. »

La vanité blessée de Leuwen rendait bien vif, chez lui, le plaisir de réussir. MM. de Serpierre et de Vassignies, dans le feu de leur discussion, s'arrêtaient souvent à l'autre bout du salon. Leuwen sut profiter de ces instants de liberté complète, et on l'écoutait avec une admiration tendre [1].

Ces messieurs étaient à l'autre bout du salon depuis plusieurs minutes, arrêtés apparemment par quelque raisonnement frappant de M. de Vassignies en faveur des vastes terres et de la culture en grand, si favorables à la noblesse, quand arriva tout à coup, jusqu'à deux pas de madame d'Hocquincourt, madame de Chasteller, suivant de près, avec sa démarche jeune

1. Cela fait-il entendre que Leuwen osait beaucoup ?

et légère, le laquais qui l'annonçait et que l'on n'avait pas écouté.

Il lui fut impossible de ne pas voir dans les yeux de madame d'Hocquincourt, et même dans ceux de Leuwen, combien elle arrivait peu à propos. Elle se mit à parler beaucoup, avec gaieté et à voix haute, de ce qu'elle avait remarqué dans ses visites de la soirée. De cette façon, madame d'Hocquincourt ne fut point embarrassée. Madame de Chasteller fut même mauvaise langue et commère, choses que jamais Leuwen n'avait vues chez elle.

« De la vie je ne lui aurais pardonné, se dit-il, si elle s'était mise à faire de la vertu et à embarrasser cette pauvre petite d'Hocquincourt. Au milieu de tout cela, elle a fort bien vu la nuance de trouble que commençait à créer mon talent pour la séduction. »

Leuwen était à demi sérieux en se prononçant cette phrase.

Madame de Chasteller lui parla avec liberté et grâce, comme à l'ordinaire. Elle ne disait rien qui fût remarquable, mais, grâce à elle, la conversation était vivante, et même brillante, car rien n'est amusant comme le commérage bien fait[1].

MM. de Vassignies et de Serpierre

---

1. Ce petit La Bruyère d'une ligne fait-il bien ?

avaient quitté leur politique et s'étaient rapprochés, attirés par les grâces de la médisance. Leuwen parlait assez souvent.

« Il ne faut pas qu'elle s'imagine que je suis absolument au désespoir parce qu'elle m'a fermé sa porte. »

Mais en parlant et tâchant d'être aimable, il oublia jusqu'à l'existence de madame d'Hocquincourt. Sa grande affaire au milieu de son air riant et désoccupé était d'observer du coin de l'œil si ses beaux propos avaient quelque succès auprès de madame de Chasteller.

« Quels miracles mon père ne ferait-il pas à ma place, pensait Leuwen, dans une conversation ainsi adressée à une personne pour être entendue par une autre! Il trouverait encore le moyen de la faire satirique ou complimenteuse pour une troisième. Je devrais par le même mot qui doit agir sur madame de Chasteller continuer à faire la cour à madame d'Hocquincourt. »

Ce fut la seule fois qu'il pensa à celle-ci, et encore à travers son admiration pour l'esprit de son père.

L'unique soin de madame de Chasteller était, de son côté, de voir si Leuwen s'apercevait de la vive peine qu'elle avait éprouvée en le trouvant établi ainsi d'un air

d'intimité auprès de madame d'Hocquincourt [1].

« Il faudrait savoir s'il s'est présenté
chez moi avant de venir ici, » pensait-elle.

Peu à peu, il vint beaucoup de monde :
MM. Murcé, de Sanréal, Roller, de Lanfort, et quelques autres inconnus au
lecteur, et dont, en vérité, il ne vaut pas
la peine de lui faire faire la connaissance.
Ils parlaient trop haut et gesticulaient
comme des acteurs. Bientôt parurent
mesdames de Puylaurens, de Saint-Cyran,
enfin M. d'Antin lui-même.

Malgré elle, madame de Chasteller
regardait toujours les yeux de sa brillante
rivale. Après avoir répondu à tout le monde
et fait rapidement le tour du salon, ces
yeux, qui ce soir-là avaient presque le feu
de la passion, revenaient toujours à Leuwen et semblaient le contempler avec une
curiosité vive.

« Ou plutôt, ils lui demandent de
l'amuser, se disait madame de Chasteller.
M. Leuwen lui inspire plus de curiosité que
M. d'Antin, voilà tout. Ses sentiments ne
vont pas au delà *pour aujourd'hui* ; mais
chez une femme de ce caractère, les incertitudes ne sont pas de longue durée [2] ».

1. Peut-être trop de symétrie dans la forme. Est-ce une
grâce ?

2. *Style.* — *Longues ou de longue durée ?* Combat entre

Rarement madame de Chasteller avait eu
une sagacité aussi rapide. Ce soir-là, un
commencement de jalousie la vieillis-
sait.

Quand la conversation fut bien animée
et que madame de Chasteller put se taire
sans inconvénient, sa physionomie devint
assez sombre ; ensuite, elle s'éclaircit tout
à coup :

« M. Leuwen, se dit-elle, ne parle pas à
madame d'Hocquincourt avec le son de
voix qu'on a en parlant à ce qu'on aime. »

Pour se soustraire un peu aux compliments de tous les arrivants, madame de
Chasteller s'était rapprochée d'une table
sur laquelle était jetée une foule de caricatures contre l'ordre de choses. Leuwen
bientôt cessa de parler ; elle s'en aperçut
avec délices.

« Serait-il vrai ? se dit-elle. Quelle différence cependant de ma sévérité, qui
peut-être est un peu prude et tient à mon
caractère trop sérieux, avec la joie, le
laisser-aller, les grâces toujours nouvelles,
toujours naturelles, de cette brillante
d'Hocquincourt ! Elle a eu trop d'amants,
mais d'abord est-ce un défaut aux yeux

---

l'énergie et le beau style, l'élégance, ce dernier n'est quelque
chose qu'autant qu'il exprime non le bel esprit acquis de l'écri-
vain, mais la *délicatesse* qui réveille certaines sensations
fines chez le lecteur.

d'un sous-lieutenant de vingt-trois ans, et qui a des opinions si singulières ? Et d'ailleurs, le sait-il ? »

Leuwen changeait fort souvent de position dans le salon. Il était enhardi à ces mouvements fréquents parce qu'il voyait tout le monde fort occupé de la nouvelle qui venait de se répandre qu'un camp de cavalerie allait être formé près de Lunéville. Cette nouvelle imprévue fit entièrement oublier Leuwen et l'attention que madame d'Hocquincourt lui accordait ce soir-là. Lui, de son côté, avait également oublié les personnes présentes. Il ne se souvenait d'elles que pour craindre les regards curieux. Il brûlait de s'approcher de la table des caricatures, mais il trouvait que de sa part ce serait un manque de dignité impardonnable.

« Peut-être même un manque d'égards envers madame de Chasteller, ajoutait-il avec amertume. Elle a voulu m'éviter chez elle, et j'abuse de ma présence dans le même salon qu'elle pour la forcer à m'écouter ! »

Tout en trouvant ce raisonnement sans réplique, au bout de quelques minutes Leuwen se vit si rapproché de la table sur laquelle madame de Chasteller était un peu penchée, que ne pas lui parler du tout eût été une chose marquée.

« Ce serait du dépit, se dit Leuwen, et c'est ce qu'il ne faut pas. »

Il rougit beaucoup. Le pauvre garçon n'était pas assez sûr dans ce moment des règles du savoir-vivre, elles disparaissaient à ses yeux, il les oubliait.

Madame de Chasteller, en éloignant une caricature pour en prendre une autre, leva un peu les yeux et vit bien cette rougeur, qui ne fut pas sans influence sur elle. Madame d'Hocquincourt, de loin, voyait fort bien aussi tout ce qui se passait près de la table verte, et M. d'Antin, qui cherchait à l'amuser, dans ce moment, par une histoire plaisante, lui parut un conteur infini dans ses développements.

Leuwen osa lever les yeux sur madame de Chasteller, mais il tremblait de rencontrer les siens, ce qui l'eût forcé de parler à l'instant. Il trouva qu'elle regardait une gravure, mais d'un air hautain et presque en colère. La pauvre femme avait eu la mauvaise pensée de prendre la main de Leuwen, qu'il appuyait sur la table en tenant de l'autre une gravure, et de la porter à ses lèvres. Cette idée lui avait fait horreur et l'avait mise dans une véritable colère contre elle même.

« Et j'ose quelque fois blâmer avec hauteur madame d'Hocquincourt ! se dit-elle ; dans le moment encore j'osais la mépriser.

Je jurerais bien qu'une aussi infâme tentation ne s'est pas présentée à elle de toute la soirée. Dieu ! D'où de telles horreurs peuvent-elles me venir[1] ?»

« Il faut en finir, se dit Leuwen, un peu choqué de cet air hautain, et puis n'y plus songer. »

— Quoi ! madame, serais-je assez malheureux pour vous inspirer encore de la colère ? S'il en est ainsi, je m'éloigne à l'instant.

Elle leva les yeux, et ne put s'empêcher de lui sourire avec une extrême tendresse.

— Non, monsieur, lui dit-elle quand elle put parler. J'avais de l'humeur contre moi-même, pour une sotte idée qui m'était venue.

« Dieu ! Dans quelle histoire est-ce que je m'engage ? Il ne me manque plus que de lui en faire confidence ! »

Elle devint si excessivement rouge que madame d'Hocquincourt, dont l'œil ne les avait pas quittés, se dit :

« Les voilà réconciliés, et mieux que jamais. En vérité, s'ils l'osaient, ils se jetteraient dans les bras l'un de l'autre. »

Leuwen allait s'éloigner. Madame de Chasteller le vit.

— Restez auprès de moi, là, lui dit-

1. De la matrice, ma petite !

elle ; mais, en vérité, je ne saurais vous parler en ce moment.

Et ses yeux se remplirent de larmes. Elle se baissa beaucoup et regarda attentivement une gravure.

« Ah ! nous en sommes aux larmes ! » se dit madame d'Hocquincourt.

Leuwen était tout interdit, et se disait :

« Est-ce amour ? Est-ce haine ? Mais il me semble que ce n'est pas de l'indifférence. Raison de plus pour m'éclaircir, et en finir. »

— Vous me faites tellement peur que je n'ose vous répondre, lui dit-il d'un air en effet fort troublé.

— Et que pourriez-vous me dire ? reprit-elle avec hauteur.

— Que vous m'aimez, mon ange. Dites-le-moi, je n'en abuserai jamais.

Madame de Chasteller allait dire : « Eh ! bien, oui, mais ayez pitié de moi, » lorsque madame d'Hocquincourt, qui s'approchait rapidement, frôla la table avec sa robe de toile anglaise toute raide d'apprêt, et ce fut par ce bruit seulement que madame de Chasteller s'aperçut de sa présence. Un dixième de seconde de plus, et elle répondait à Leuwen devant madame d'Hocquincourt.

« Dieu ! Quelle horreur ! pensa-t-elle. Et à quelle infamie suis-je donc réservée

ce soir ? Si je lève les yeux, madame d'Hocquincourt, lui-même, tout le monde, verra
que je l'aime. Ah ! quelle imprudence j'ai
commise en venant ici ce soir ! Je n'ai plus
qu'un parti à prendre : dussé-je périr à
cette place, je vais rester ici, immobile
et en silence. Peut-être ainsi parviendrai-je
à ne plus rien faire dont je doive rougir. »

Les yeux de madame de Chasteller restèrent en effet fixés sur une gravure, et
elle se baissa extrêmement sur la table.

Madame d'Hocquincourt attendit un
instant que madame de Chasteller relevât
les yeux, mais sa méchanceté n'alla pas plus
loin. Elle n'eut point l'idée de lui adresser
quelque parole piquante qui, tout en aug-
mentant son trouble, l'eût forcée à relever
les yeux et à se donner en spectacle. Elle
oublia madame de Chasteller et n'eut plus
d'yeux que pour Leuwen. Elle le trouva
ravissant en ce moment : il avait des yeux
tendres, et cependant un petit air mutin.
Lorsqu'elle ne pouvait pas s'en moquer
chez un homme, cet air mutin décidait de
la victoire.

CHAPITRE XXXI[1]

DANS ses promenades aux environs de Nancy, Lucien remarqua un magnifique cheval anglais.

« Ce cheval vaut dix, douze, quinze mille francs, qui sait ? se disait-il. Mais peut-être il a des défauts... Il me semble un peu serré des épaules. »

L'homme qui le montait était fort à cheval, mais la tournure était celle d'un palefrenier qui a gagné un gros lot à une loterie de Vienne, en Autriche.

« Le cheval serait-il à vendre ? pensait Lucien. Mais jamais je n'oserai, cela est trop cher. »

A la seconde ou troisième fois que Lucien vit ce cheval, il se trouva plus près et remarqua la figure du cavalier, qui était mis avec une recherche extraordinaire, et dont la mine lui sembla affectée, précisé-

---

1. Tout ce chapitre intercalé ici entre crochets, au risque de ralentir un peu le récit, provient du carton R. 288. C'est une esquisse que Stendhal espérait reprendre un jour et qui vient du temps où il peignait la société de Nancy d'après ses observations de Grenoble. N. D. L. E.

ment parce qu'elle cherchait à conserver l'expression non affectée qu'un homme a quand il est seul dans sa chambre à se faire la barbe.

« Ma mère a raison, se dit Lucien. Ces Anglais sont les rois de l'affectation. » Et il ne pensa plus qu'au cheval ; mais son admiration croissait à chaque fois qu'il le rencontrait.

Madame d'Hocquincourt lui faisant compliment, un jour, sur le sien :

— Il n'est pas mal, je lui suis réellement attaché. Mais j'en rencontre un quelquefois qui, s'il n'a pas quelque défaut caché, est pour la légèreté des mouvements de beaucoup supérieur. Ce cheval semble ne pas toucher terre ou plutôt on croirait que la terre est élastique et dans les mouvements vifs, par exemple, au trot, le lance en l'air.

— Vous perdez terre vous-même, mon cher lieutenant. Quel feu ! Les beaux yeux que vous avez quand vous parlez de ce que vous aimez ! Vous êtes un autre homme. En vérité, par pure coquetterie vous devriez aimer, et être amant indiscret, et parler de votre objet.

— Ce que j'aime dans ce moment n'abuse pas de son empire sur moi ; j'aurais peur de mes folies si j'aimais réellement : elles éteindraient bientôt l'amour qu'on pourrait avoir pour moi, et le malheur ne se ferait pas longtemps attendre. Vous autres femmes, vous ne passez pas pour vous exagérer le mérite de ce qu'on vous offre sans cesse, et de trop grand cœur.

Madame d'Hocquincourt fit une petite mine très agréable pour Lucien :

— Et ce cheval aimé est monté par un grand homme blond, de moyen âge, menton en avant et figure d'enfant ?

— Qui monte fort bien, mais en se donnant trop de mouvements des bras.

— Lui de son côté, prétend que les Français ont l'air raides à cheval. Je le connais assez, c'est un milord *anglais* dont le nom s'écrit avec une orthographe extraordinaire, mais se prononce à peu près Link.

— Et que fait-il ici ?

— Il monte à cheval. On le dit exilé d'Angleterre. Voici trois ou quatre ans qu'il nous a fait l'honneur de s'établir parmi nous. Mais comment n'avez-vous pas été à son bal du samedi ?

— Il y a si peu de temps que j'ai l'honneur d'être admis dans la société de Nancy !

— Ce sera donc moi qui aurai celui de vous mener au bal qu'il nous donne régulièrement le premier samedi de chaque mois, hiver comme été. Il n'y en a pas

eu il y a quinze jours parce que c'était
l'avent, et que M. Rey ne veut pas.

— C'est un drôle d'homme que votre M.
Rey et l'empire qu'il exerce sur vous !

— Ah ! mon Dieu ! Pourquoi n'avez-
vous pas dit cela à madame de Serpierre,
que vous aimez tant ? Quel sermon vous
auriez eu !

— C'est votre maître à toutes que ce
M. Rey !

— Que voulez-vous ? Il nous répète
sans cesse que nos pauvres privilèges ne
peuvent redevenir ce qu'ils étaient dans
le bon temps que par le retour des jésuites.
C'est bien triste à penser, mais enfin,
l'indispensable avant tout ; il ne faut pas
que la république revienne pour nous
envoyer à l'échafaud, comme en 93.
D'ailleurs, M. Rey, personnellement, n'est
point ennuyeux ; il m'amuse toujours pendant vingt minutes au moins. Ce sont ses
lieutenants qui sont pesants ; lui est homme de mérite, amusant même ; du moins,
on ne s'ennuie pas quand il parle. Il a
voyagé : il a été employé quatre ans en
Russie, et deux ou trois fois en Amérique.
On l'emploie dans les postes difficiles. Il
nous est venu depuis les *glorieuses*.

— Je lui trouvais l'air un peu américain.

— C'est un américain de Toulouse.

— Me présenterez-vous aussi à M. Rey ?

— Non, vraiment ! Il trouverait cette présentation tout à fait *impropre*. C'est un homme qu'il nous faut ménager, cela a du crédit sur les maris. Mais je vous présenterai au milord Link, lequel est remarquable par ses dîners.

— J'avais compris qu'il ne recevait jamais.

— Ce sont des dîners qu'il se donne à lui-même. On dit qu'il en a chaque jour trois ou quatre de préparés à Nancy et dans les villages environnants ; il va manger celui dont il se trouve le plus rapproché à l'heure de l'appétit.

— Pas mal inventé !

— M. de Vassignies, qui est un savant, dit que Lord Link est grand partisan du système de l'*utile* en toutes choses, et avant tout prêché par un Anglais célèbre... un nom de prophète...

— Jérémie Bentham, peut-être ?

— Justement !

— C'est un ami de mon père.

— Eh ! bien, ne vous en vantez pas aux milords anglais. M. de Vassignies dit que c'est leur *bête noire*, et M. Rey nous assurait l'autre jour que ce Jérémie anglais serait cent fois pis que Robespierre s'il avait le pouvoir. Et le milord Link est détesté de ses collègues pour être partisan

de ce terroriste anglais. Enfin, pour comble de ridicule, il est ruiné et ne peut plus
vivre dans le *vouest ind* (*west end*), c'est
le quartier à la mode de Londres, car il a
tout juste quatre mille livres de rente,
c'est-à-dire cent mille francs.

— Et il les mange ici ?

— Non, il fait des économies malgré
ses quatre dîners, et va de temps à autre
à Paris manger son argent en fort mauvaise
compagnie. Il prétend lui-même qu'il
n'aime la bonne compagnie qu'en province. On dit qu'à Paris il parle ; ici, il
nous fait bien l'honneur de passer toute
une soirée sans desserrer les dents. Mais il
perd toujours à tous les jeux, et je vous
dirai un soupçon qui m'est venu, mais
gardez-moi le secret : j'ai cru voir qu'il
perd exprès. Il est homme à se dire : Je
ne suis pas aimable, surtout pour les sots,
eh ! bien, je perdrai ! Les vieilles femmes
de l'hôtel de Marcilly l'adorent.

— Pas mal en vérité !... Mais c'est vous
qui lui prêtez de l'esprit. A présent que
vous m'expliquez le personnage, il me
semble que je l'ai vu chez madame de
Serpierre. Je disais un jour que, quelque
esprit qu'ait un Anglais, il a toujours l'air
quand on le rencontre le matin, de venir
d'apprendre à l'instant même qu'il est
compris dans une banqueroute ; made-

moiselle Théodelinde me fit des yeux
terribles de réprimande, et plus tard
j'oubliai de lui en demander la raison.

— Elle avait tort, le milord ne se serait
point fâché ; il dit, quand on le lui demande,
qu'il méprise tant les hommes qu'à moins
qu'on ne le prenne par le bouton de son
habit pour lui dire une injure, il ne demande jamais la parole. Est-ce que le
Père éternel me paie pour redresser les
sottises du genre humain ? disait-il un
jour à M. de Sanréal, qui ne savait pas
trop s'il ne devait se fâcher, car il venait
de dire coup sur coup trois ou quatre
sottises bien insipides. Il y a Ludwig
Roller qui prétend que le milord n'est
pas sujet à se fâcher, en vérité je ne vois
pas pourquoi. Depuis Juillet, ce pauvre
Ludwig n'a pas *décoléré* (n'est pas sorti
de colère). Les deux mille francs de sa place
de lieutenant sont un objet pour lui,
d'ailleurs il ne sait plus de quoi parler ;
il étudiait beaucoup son métier, et prétendait devenir maréchal de France.
Ils ont eu un cordon rouge dans la famille.

— Je ne sais pas s'il sera maréchal, mais il
est assommant, avec les théories de M. Rey,
dont il s'est fait le répétiteur. Il prétend
que le code civil est horriblement immoral,
à cause de l'égale division des biens du

père de famille entre les enfants. Il faut absolument rétablir les ordres monastiques et mettre toutes les terres de France en pâturages. Je ne m'oppose point à ce que la France soit un pâturage, mais je m'oppose à ce qu'on parle vingt minutes de la même chose.

— Eh ! bien, tout cela n'est point ennuyeux dans la bouche de M. Rey.

— En revanche, son élève M. Roller m'a fait déserter deux ou trois fois, dès neuf heures, le salon de madame de Serpierre, où il avait pris la parole ; et, ce qu'il y a de pis, c'est qu'il ne savait rien répondre aux objections.

On revint au milord Link.

— Le milord aussi, dit madame d'Hocquincourt, fait de bonnes critiques de notre France.

— Bah ! Je les entends d'ici : pays de démocratie, d'ironie, de mauvaises mœurs politiques. Nous manquons de bourgs pourris, et chez nous on trouve toujours des terres à vendre. Donc nous ne valons rien. Oh ! rien n'est ennuyeux comme l'Anglais qui se prend de colère parce que toute l'Europe n'est pas une servile copie de son Angleterre. Ces gens n'ont de bon que les chevaux et leur patience à conduire un vaisseau.

— Eh ! bien, c'est vous qui blâmez

ab hoc et ab hac. D'abord, ce pauvre milord dit toujours ce qu'il a à dire en deux mots, et puis il dit des choses si vraies qu'on ne les oublie plus. Enfin, il n'est pas Anglais en un point : s'il trouve que vous montez bien à cheval, il vous fera monter les siens, et même le fameux *Soliman,* c'est apparemment celui que vous admirez.

— Diable ! dit Lucien ; ceci change la thèse : je vais faire la cour à ce pauvre mari trompé.

— Venez dîner après-demain, je vais l'engager ; il ne me refuse jamais, et il refuse presque toujours madame de Puylaurens.

— Ma foi, la raison n'est pas difficile à deviner !

— Eh ! bien, je ne sais quel insipide flatteur répétait cela, un beau jour, devant lui et devant moi ; je cherchais une réponse à un compliment aussi fort, quand il me tira d'embarras en disant simplement : Madame de Puylaurens a trop d'esprit. Il fallait voir la mine de d'Antin,qui était entre le milord et moi ; malgré son esprit, il devint rouge comme un coq.

Madame de Puylaurens et d'Antin font profession de se tout dire ; je voudrais bien savoir s'il lui aura conté ce beau dialogue. Qu'auriez-vous fait à sa place ? Etc. Etc. Etc.[1].

— Cela ne prépare point, je l'avoue, à l'aveu d'un tendre penchant. Mais je me garderais bien de vous parler sur ce ton : j'ai trop de peur de vous aimer. Quand vous m'auriez rendu tout à fait fou, vous vous moqueriez de moi !]

1. *Si je voulais une réponse :*
— Mentir, mentir, toujours mentir et protester de sa ranchise.
— C'est bien peu galant, ce que vous me dites là

CHAPITRE XXXII

MADAME DE CHASTELLER avait oublié
son amour pour être uniquement
attentive au soin de sa gloire. Elle
prêta l'oreille à la conversation générale.
[On disait du mal de Louis-Philippe.
Milord Link, qui était au milieu d'eux
depuis une heure sans ouvrir la bouche,
leur dit avec son air inanimé : « Un homme
avait un bel habit ; son cousin le lui vola.
Les amis du premier, en voulant faire la
guerre au second, perçaient et abîmaient
le bel habit. Qu'aurai-je donc si vous triom-
phez ? s'écriait le volé ? — Que restera-t-il
donc de la royauté ? pourrait vous dire
Henri V. L'illusion, qui est nécessaire à
ce genre de comédie, où la prendrai-je ?
Quel Français sera aux anges parce que
le *roi* lui a parlé ? » Cela dit, milord Link
crut avoir payé son billet d'entrée, et
ne desserra plus les dents].

Le camp de Lunéville et ses suites pro-
bables, qui n'étaient rien moins que la
chute immédiate du pouvoir usurpateur
qui avait l'imprudence d'en ordonner la

formation, occupait encore toutes les
attentions. Mais on en était à répéter des
idées et des faits déjà dits plusieurs fois :
on était beaucoup plus sûr de la cavalerie
que de l'infanterie, etc., etc.

« Ce rabâchage, pensa madame de
Chasteller, va bientôt impatienter madame de Puylaurens ; elle va prendre un
parti pour ne pas s'ennuyer. Placée auprès
d'elle et dans les rayons de sa gloire, je
pourrai écouter et me taire, et surtout
M. Leuwen ne pourra plus me parler. »

Madame de Chasteller traversa le salon
sans rencontrer Leuwen. Ce fut un grand
point. Si ce beau jeune homme avait eu
un peu de talent, il se faisait dire qu'on
l'aimait et se fût fait donner parole
qu'on le recevrait tous les jours de la
vie.

On connaissait le goût de madame de
Chasteller pour l'esprit brillant de madame de Puylaurens ; elle se plaça auprès
d'elle. Madame de Puylaurens décrivait
l'abandon malséant et la solitude ennuyeuse où la désertion de la bonne compagnie des environs allait laisser le prince.

Réfugiée dans ce port, madame de
Chasteller, qui se sentait presque les
larmes aux yeux et qui surtout était hors
d'état de regarder Leuwen, rit beaucoup
des ridicules que madame de Puylaurens

donnait à tout ce qui se mêlerait du camp
de Lunéville.

Madame de Chasteller, une fois remise
du mauvais pas et du moment de terreur
qui lui avait fait tout oublier, remarqua
que madame d'Hocquincourt ne quittait
plus d'un pas M. Leuwen. Elle semblait
vouloir le faire parler, mais madame de
Chasteller croyait voir, à la vérité de fort
loin, qu'il était assez taciturne.

« Serait-il choqué du ridicule que l'on
veut jeter sur le prince qu'il sert ? Mais,
il me l'a dit cent fois, il ne sert aucun prince ; il sert la patrie, et trouve fort ridicule
la prétention du premier magistrat qui
fait appeler ce métier *être à son service.*
« *C'est ce que je prétends lui montrer,* ajoute
souvent M. Leuwen, *en aidant à le détrôner
s'il continue à fausser ses paroles, si seulement nous pouvons nous trouver 1000 citoyens à penser de même*[1] ! » Tout cela était
pensé avec un petit acte d'admiration pour
son amant, sans quoi tous ces détails de
politique eussent été bien vite écartés.
Lucien lui avait fait le sacrifice de son
libéralisme, et elle à lui celui de son ultra-
cisme ; ils étaient depuis longtemps parfaitement d'accord là-dessus.

« Ce silence, continua madame de

1. C'est un jacobin qui parle.

Chasteller, voudrait-il montrer de l'insensibilité pour la cour marquée que lui fait
madame d'Hocquincourt? Il doit se croire
bien maltraité par moi ; serait-il malheureux ? En serais-je la cause ? »

Madame de Chasteller n'osait le croire,
et cependant son attention avait redoublé.
Leuwen parlait fort peu en effet, il fallait
comme lui arracher les paroles. Sa vanité
lui avait dit : « Il est possible que madame de Chasteller se moque de vous.
S'il en est ainsi, bientôt tout Nancy
l'imitera. Madame d'Hocquincourt serait-
elle du complot ? En ce cas, auprès d'elle
je ne dois montrer des prétentions que
le lendemain de la victoire, et ici, si l'on
songe à moi, quarante personnes peuvent
m'observer. Dans tous les cas, mes ennemis ne manqueront pas de dire que je
lui fais la cour pour masquer ma déconvenue auprès de Bathilde. Il faut montrer
à ces bourgeois malveillants que c'est
elle qui me fait la cour, et pour cela faire
je ne dirai pas un mot du reste de la
soirée. J'irai jusqu'au manque de politesse. »

Ce caprice de Leuwen redoubla celui de
madame d'Hocquincourt. Elle n'eut plus
d'yeux ni d'oreilles pour M. d'Antin ; elle
lui dit deux ou trois fois d'un air bref et
comme pressée de s'en délivrer :

— Mon cher d'Antin, ce soir vous êtes ennuyeux !

Puis, elle revenait bien vite à l'examen de ce problème si intéressant :

« Quelque chose a choqué Leuwen ; ce silence ne lui est pas naturel. Mais qu'ai-je pu faire qui ai pu lui déplaire ? »

Comme Leuwen ne s'approcha pas une seule fois de madame de Chasteller, madame d'Hocquincourt en conclut aisément que tout était fini entre eux. D'ailleurs, elle devait à son heureux caractère, à son génie naturel ce point de dis-semblance marqué avec la province : elle s'occupait infiniment peu des affaires des autres, et poursuivait en revanche avec une activité incroyable les projets qui se présentaient à sa tête folle. Les siens sur Leuwen furent facilités par une circonstance grave : c'était vendredi le lendemain, et pour ne pas participer à la profanation de cette journée de pénitence, M. d'Hocquincourt, jeune homme de vingt-huit ans aux belles moustaches châtaines, s'était allé coucher longtemps avant minuit. A l'instant de son départ, madame d'Hocquincourt avait fait servir du vin de Champagne et du punch.

« On dit, pensait-elle, que mon bel officier aime à s'enivrer ; il doit être bien joli dans cet état-là. Voyons-le. »

Mais Leuwen ne se départit point d'une fatuité digne de sa patrie ; pendant toute la fin de cette soirée, il ne daigna pas dire trois mots de suite ; ce fut là tout le spectacle qu'il présenta à madame d'Hocquincourt. Elle en fut étonnée au dernier point et à la fin ravie.

« Quel être étonnant, et à vingt-trois ans ! pensait-elle. Quelle différence avec les autres ! »

L'autre partie du duetto pensé par Leuwen était celle-ci : « On ne saurait trop chargé avec ces hobereaux-ci. C'est pour le coup qu'il faut *frapper fort*. »

La bêtise des raisonnements qu'il entendait faire sur le camp de Lunéville, d'où devait sortir évidemment la chute du roi, ne le piquait nullement à cause de l'habit qu'il portait, mais deux ou trois fois elle lui arracha, sur le ton d'une prière éjaculatrice :

« Grand Dieu ! Dans quelle plate compagnie le hasard m'a-t-il jeté ! Que ces gens sont bêtes, et s'ils en avaient l'esprit, peut-être encore plus méchants ! Comment faire pour être plus sot et plus mesquinement bourgeois ? Quel attachement farouche au plus petit intérêt d'argent ! Et ce sont là les descendants des vainqueurs de Charles le Téméraire ! »

Telles étaient ses pensées en buvant

avec gravité les verres de vin de Champagne que madame d'Hocquincourt lui versait avec ravissement.

« Est-ce que je ne pourrai donc pas lui faire quitter cet air hautain ? » pensait-elle.

Et Leuwen ajoutait tout bas :

« Les domestiques de ces gens-ci, après deux ans de guerre dans un régiment commandé par un colonel juste, vaudraient cent fois mieux que leurs maîtres. On trouverait chez ces domestiques un dévouement sincère à quelque chose. Et pour comble de ridicule, ces gens-ci parlent sans cesse de *dévouement*, c'est-à-dire justement de la chose au monde dont ils sont le plus incapables. »

Ces pensées égoïstes, philosophiques, politiques, très fausses peut-être, étaient la seule ressource de Leuwen quand madame de Chasteller le rendait malheureux. Ce qui faisait de Leuwen un sous-lieutenant philosophique, c'est-à-dire triste et assez plat sous l'effet d'un vin de Champagne admirablement frappé, comme c'était la mode alors, c'était une idée fatale qui commençait à poindre dans son esprit.

« Après ce que j'ai osé dire à madame de Chasteller, après ce mot de *mon ange*, d'une familiarité si crue (en vérité, quand je lui parle je n'ai pas le sens commun, je

devrais écrire ce que je veux lui dire ;
où est la femme, quelqu'indulgente qu'elle
soit, qui ne s'offenserait pas d'être appelée
mon ange, surtout quand elle ne répond
pas du même ton ?), après ce mot si
cruellement imprudent, le premier qu'elle
m'adressera va décider de mon sort. Elle
me chassera, je ne la verrai plus... Il
faudra voir madame d'Hocquincourt. Et
combien je vais être excédé par ces em-
pressements continus et sans mesure,
et il faudra m'y soumettre tous les soirs.
Si je m'approche de madame de Chasteller,
mon sort peut se décider ici. Et je ne
pourrais pas répliquer. D'ailleurs, elle
peut être encore dans le premier trans-
port de la colère. Si ce mot est : « Je ne
serai pas chez moi avant le 15 du mois
prochain ? »

Cette idée fit tressaillir Leuwen.

« Sauvons du moins la gloire. Il faut
redoubler de fatuité atroce envers ces
noblilions. Leur haine pour moi ne peut
pas être augmentée, et ces âmes basses
me respecteront en raison directe de
mon insolence[1]. »

A ce moment, un des comtes Roller
disait à M. de Sanréal, déjà fort animé
par le punch :

---

1. C'est un fat qui parle.

« Suis-moi. Il faut que je m'approche de ce fat-là, et lui dise deux mots fermes sur son roi Louis-Philippe. »

Mais alors précisément cette horloge à l'allemande, qui avait tant de pouvoir sur le cœur de Leuwen, sonnait avec tous ses carillons une heure du matin. Madame la marquise de Puylaurens elle-même, malgré son amour pour les heures avancées, se leva, et tout le monde la suivit. Ainsi notre héros n'eut point à montrer sa bravoure ce soir-là.

« Si j'offre mon bras à madame de Chasteller, elle peut me dire un mot décisif. »

Il se tint immobile à la porte et il la vit passer devant lui, les yeux baissés et fort pâle, donnant le bras à M. de Blancet.

« Et c'est là le premier peuple de l'univers ! pensait Leuwen en traversant les rues solitaires et puantes de Nancy pour revenir à son logement. Grand Dieu ! Que doit-il se passer dans les soirées des petites villes de Russie, d'Allemagne, d'Angleterre ! Que de bassesses ! Que de cruautés froidement atroces ! Là règne ouvertement cette classe privilégiée que je trouve, ici, à demi engourdie et *matée* par son exil du budget. Mon père a raison : il faut vivre à Paris, et uniquement avec

les gens qui mènent joyeuse vie. Ils sont
heureux, et par là moins méchants. L'âme
de l'homme est comme un marais infect :
si l'on ne passe vite, on enfonce. »

Un mot de madame de Chasteller
eût changé ces idées philosophiques en
extases de bonheur. L'homme malheureux
cherche à se fortifier par la philosophie,
mais pour premier effet elle l'empoisonne
jusqu'à un certain degré en lui faisant
voir le bonheur impossible.

Le lendemain matin, le régiment eut
beaucoup d'affaires : il fallait préparer
le livret de chaque lancier pour l'inspection qui devait avoir lieu avant le départ
pour le camp de Lunéville ; on devait
inspecter leur habillement pièce par pièce.

— Ne dirait-on pas, se disaient les
vieilles moustaches, que nous allons passer
la revue de Napoléon ?

— C'est plus qu'il n'en faut, disaient
les jeunes sous-officiers, pour la guerre de
pots de chambre et de pommes cuites à
laquelle nous sommes appelés. Quel dégoût !
Mais si jamais il y a guerre, il faut se
trouver ici, et savoir le *métier*.

Après le travail d'inspection dans les
chambres de la caserne, le colonel donna
une heure pour la soupe, fit sonner à cheval,
et il tint le régiment quatre heures à la
manœuvre. Leuwen porta dans ces di-

verses occupations un sentiment de bienveillance pour les soldats ; il se sentait
une tendre pitié des faibles, et, au bout
de quelques heures, il n'était plus qu'a-
mant passionné. Il avait oublié madame
d'Hocquincourt ou, s'il s'en souvenait, ce
n'était que comme d'un pis-aller qui sauve-
rait sa gloire, mais en l'accablant d'ennui.
Son affaire sérieuse, à laquelle il revenait
dès que le mouvement actuel ne s'empa-
rait pas de force de toute son attention,
c'était ce problème : « Comment madame de Chasteller me recevra-t-elle ce
soir ? »

Dès que Leuwen fut seul, son incertitude
à cet égard alla jusqu'à l'anxiété. Après
la pension, il tira sa montre en montant
à cheval.

« Il est cinq heures : je serai de retour
ici à sept heures et demie, et à huit mon
sort sera décidé. Cette façon de parler :
mon ange, est peut-être de mauvais goût
avec tout le monde. Envers une femme
légère, comme madame d'Hocquincourt,
elle pourrait passer ; un mot galant et vif
sur sa beauté l'excuserait. Mais avec
madame de Chasteller ! Par quelle imprudence ce mot si cru a-t-il été mérité
par cette femme sérieuse, raisonnable,
sage ?... Oui, *sage*. Car enfin, je n'ai pas
vu son intrigue avec le lieutenant-colonel

du régiment de hussards[1], et ces gens-ci
sont si menteurs, si calomniateurs ! Quelle
foi peut-on ajouter à ce qu'ils disent ?...
D'ailleurs, voici longtemps que je n'en
entends plus parler... Enfin, pour le tran-
cher net, je ne l'ai pas *vu*, et désormais
je ne veux croire que ce que *j'aurai vu*.
Il y a peut-être des nigauds parmi ces
gens d'hier, qui, voyant le ton que j'ai
pris avec madame d'Hocquincourt et ses
prévenances incroyables, diront que je
suis son amant... Eh ! bien, tel pauvre
diable qui en serait amoureux croirait
à leurs rapports... Non, un homme sensé
ne croit qu'à ce qu'il a vu, et encore bien
vu. Dans les façons de madame de Chasteller, qu'est-ce qui trahit une femme
habituée à ne pas vivre sans amant ?...
On pourrait au contraire l'accuser d'un
excès de réserve, de pruderie. La pauvre
femme ! Hier, plusieurs fois, elle a été
gauche par timidité... Avec moi, souvent,
en tête à tête, elle rougit et ne peut pas
terminer sa phrase ; évidemment, la pensée qu'elle voulait exprimer l'a abandonnée... Comparée à toutes ces dames d'hier
soir, la pauvre femme a l'air de la déesse
de la chasteté. Les demoiselles de Serpierre,
dont la vertu est proverbiale dans le pays,

1. Stendhal par inadvertance écrit cuirassier. N. D. L. E.

à l'esprit près n'ont pas un ton différent du sien. La moitié des idées de madame de Chasteller leur sont invisibles, voilà tout, et ces idées ne peuvent s'exprimer qu'avec un langage un peu philosophique, et qui, par là, a l'air moins retenu. Même, je puis dire à ces demoiselles bien des choses dont madame de Chasteller conçoit la portée et qu'elle ne souffre pas. En un mot, de tous ces gens d'hier soir, à peine croirais-je leur témoignage, quand il s'agirait d'un fait matériel. Je n'ai contre madame de Chasteller de témoignage explicite que celui du maître de poste Bouchard. J'ai eu tort de ne pas cultiver cet homme ; quoi de plus simple que de prendre des chevaux chez lui, et d'aller les choisir dans son écurie ? C'est lui qui m'a donné mon marchand de foin, mon maréchal, ses gens me voient d'un bon œil. Je suis un nigaud. »

Leuwen ne s'avouait pas que la personne de Bouchard lui faisait horreur : c'était le seul homme qui eût parlé ouvertement mal de madame de Chasteller. Les demi-mots qu'il avait surpris un jour chez madame de Serpierre étaient fort indirects. Sa hauteur, à laquelle personne, dans Nancy, se fût bien gardé d'assigner une autre cause que les quinze ou vingt mille francs de rente que son mari lui

avait laissés en mourant, n'était que l'impression de l'impatience que lui causaient
les compliments un peu trop directs dont
cette fortune la rendait l'objet.

Tout en faisant ces tristes raisonnements,
Leuwen maintenait son cheval au grand
trot. Il entendit sonner six heures et demie
à l'horloge d'un petit village à mi-chemin
de Darney.

« Il faut retourner, pensa-t-il, et dans
une heure et demie mon sort sera décidé. »

Tout à coup, au lieu de tourner la tête
de son cheval, il le poussa au galop. Il ne
cessa de galoper qu'à Darney, cette petite
ville où autrefois il était allé chercher
une lettre de madame de Chasteller. Il
tira sa montre, il était huit heures.

« Impossible de voir ce soir madame de
Chasteller, » se dit-il en respirant plus li-
brement. C'était un malheureux condamné
qui vient d'obtenir [un] sursis.

Le lendemain soir, après la journée la
plus occupée de sa vie et pendant laquelle il avait changé deux ou trois fois
de projets, Leuwen fut cependant forcé
de se présenter chez madame de Chasteller. Elle le reçut avec ce qui lui sembla
une froideur extrême : c'était de la
colère contre soi-même, et de la gêne
avec Leuwen.

CHAPITRE XXXIII

S'il se fût présenté la veille, madame de Chasteller s'était décidée : elle l'eût prié de ne venir chez elle, à l'avenir, qu'une fois la semaine. Elle était encore sous l'empire de la terreur causée par le mot que, la veille, madame d'Hocquincourt avait été sur le point d'entendre, et elle de prononcer. Sous l'empire de la soirée terrible passée chez madame d'Hocquincourt, à force de se dire qu'il lui serait impossible, à la longue, de cacher à Leuwen ce qu'elle sentait pour lui, madame de Chasteller s'était arrêtée, avec assez de facilité, à la résolution de le voir moins souvent. Mais à peine ce parti pris, elle en sentit toute l'amertume. Jusqu'à l'apparition de Leuwen à Nancy, elle avait été en proie à l'ennui, mais cet ennui eût été maintenant pour elle un état délicieux, comparé au malheur de voir rarement cet être qui était devenu l'objet unique de ses pensées. La veille, elle l'avait attendu avec impatience ; elle désirait avoir eu le courage de parler.

Mais l'absence de Leuwen dérangea tous ses sentiments. Son courage avait été mis aux plus rudes épreuves ; vingt fois, pendant trois mortelles heures d'attente, elle avait été sur le point de changer de résolution. D'un autre côté, le péril pour l'honneur était immense.

« Jamais mon père, pensait-elle, ni aucun de mes parents ne consentira à ce que j'épouse M. Leuwen, un homme du parti contraire, un *bleu*, et qui n'est pas noble. Il n'y faut pas même penser ; lui-même n'y pense pas. Que fais-je donc ? Je ne puis plus penser qu'à lui. Je n'ai point de mère pour me garder, je manque d'une amie à qui je puisse demander des conseils : mon père m'a séparée violemment de madame de Constantin. A qui, dans Nancy, oserais-je seulement faire entrevoir l'état de mon cœur ? Il faut donc que je sois sévère pour moi-même. Je n'en dois veiller qu'avec plus de vigilance sur la situation dangereuse dans laquelle je me trouve[1]. »

Ces raisonnements se soutenaient assez bien, quand enfin dix heures sonnèrent, ce qui est, à Nancy, le moment après

---

1. En marge de ces deux dernières phrases dont aucune n'est biffée, Stendhal indique qu'il faudra choisir entre elles. N. D. L. E.

lequel il n'est plus permis de se présenter dans une maison non ouverte.

« C'en est fait, se dit madame de Chasteller, il est chez madame d'Hocquincourt. Puisqu'il ne vient plus, ajouta-t-elle avec un soupir, en perdant toute occasion de le voir il est inutile de tant m'interroger moi-même pour savoir si j'aurai le courage de lui parler sur la fréquence de ses visites. Je puis me donner quelque répit. Peut-être même ne viendra-t-il pas demain. Peut-être ce sera lui qui, sans effort de ma part, et tout naturellement, cessera de venir ici tous les jours. »

Lorsque Leuwen parut enfin le lendemain, elle aussi, deux ou trois fois depuis la veille, avait entièrement changé de pensée à son égard. Il y avait des moments où elle voulait lui faire confidence de ses embarras comme à son meilleur ami, et lui dire ensuite : « Décidez. » — « Si, comme en Espagne, je le voyais au travers d'une grille par la fenêtre, moi au rez-de-chaussée de ma maison, et lui dans la rue, à minuit, je pourrais lui dire ces choses dangereuses. Mais si tout à coup il me prend la main en me disant, comme avant-hier, d'un ton si simple et si vrai : « Mon ange, vous m'aimez, » puis-je répondre de moi ? »

Après les salutations d'usage, une fois assis l'un vis-à-vis de l'autre, ils étaient pâles, ils se regardaient, ils ne trouvaient rien à se dire.

— Vous étiez hier, monsieur, chez madame d'Hocquincourt ?

— Non, madame, dit Leuwen, honteux de son embarras et reprenant la résolution héroïque d'en finir et de faire décider son sort une fois pour toutes. Je me trouvais à cheval sur la route de Darney lorsqu'a sonné l'heure à laquelle j'aurais pu avoir l'honneur de me présenter chez vous. Au lieu de revenir, j'ai poussé mon cheval comme un fou pour me mettre dans l'impossibilité de vous voir. Je manquais de courage ; il était au-dessus de mes forces de m'exposer à votre sévérité habituelle pour moi. Il me semblait entendre mon arrêt de votre bouche.

Il se tut, puis ajouta d'une voix mal articulée et qui peignait la timidité la plus complète :

— La dernière fois que je vous ai vue, auprès de la petite table verte [1], je l'avouerai,... j'ai osé, en vous parlant, me servir d'un mot qui, depuis, m'a causé bien des remords. Je crains d'être puni par vous d'une façon sévère, car vous n'avez pas d'indulgence pour moi.

— Oh ! monsieur, puisque vous avez le

1. Il évite le nom d'Hocquincourt.

repentir, je vous pardonne ce mot, dit
madame de Chasteller en essayant de prendre une manière d'être gaie et sans conséquence. Mais j'ai à vous parler, monsieur,
d'objets bien plus importants pour moi.

Et son œil, incapable de soutenir plus
longtemps l'apparence de la gaieté, prit
un sérieux profond.

Leuwen frémit ; il n'avait point assez
de vanité pour que le dépit d'avoir peur
lui donnât le courage de vivre séparé de
madame de Chasteller. Que devenir les
jours où il ne lui serait pas permis de la
voir ?

— Monsieur, reprit madame de Chasteller avec gravité, je n'ai point de mère pour
me donner de sages avis. Une femme qui
vit seule, ou à peu près, dans une ville de
province, doit être attentive aux moindres
apparences. Vous venez souvent chez
moi...

— Eh ! bien ? dit Leuwen, respirant à
peine.

Jusque-là, le ton de madame de Chasteller avait été convenable, sage, froid, aux
yeux de Leuwen du moins. Le son de voix
avec lequel il prononça ce mot : *eh ! bien*,
eût manqué peut-être au Don Juan le plus
accompli ; chez Leuwen il n'y avait aucun
talent, c'était l'impulsion de la nature, le
naturel. Ce simple mot de Leuwen changea

tout. Il y avait tant de malheur, tant
d'assurance d'obéir ponctuellement dans
ce mot, que madame de Chasteller en fut
comme désarmée. Elle avait rassemblé
tout son courage pour combattre un être
fort, et elle trouvait l'extrême faiblesse.
En un instant tout changeait, elle n'avait
plus à craindre de manquer de résolution,
mais bien plutôt de prendre un ton trop
ferme, d'avoir l'air d'abuser de la victoire.
Elle eut pitié du malheur qu'elle causait
à Leuwen.

Il fallait continuer cependant. D'une
voix éteinte et avec des lèvres pâles et
comprimées avec effort pour tâcher d'avoir
l'air de la fermeté, elle expliqua à notre
héros les raisons qui lui faisaient désirer
de le voir moins souvent et moins longtemps, tous les deux jours par exemple.
Il s'agissait d'éviter de faire naître des
idées, bien peu fondées sans doute, au
public qui commençait à s'occuper de ces
visites, et à mademoiselle Bérard surtout,
qui était un témoin bien dangereux.

Madame de Chasteller eut à peine la
force d'achever ces deux ou trois phrases.
La moindre objection, le moindre mot,
quel qu'il fût, de Leuwen, renversait tout
ce projet. Elle avait une vive pitié du
malheur où elle le voyait, elle n'eût jamais
eu le courage de persister, elle le sentait.

Elle ne voyait plus que lui dans la nature
entière. Si Leuwen eût eu moins d'amour
ou plus d'esprit, il eût agi tout autrement ;
mais le fait difficile à excuser en ce siècle,
c'est que ce sous-lieutenant de vingt-trois
ans se trouva incapable d'articuler un
mot contre ce projet qui le tuait. Figurez-
vous un lâche qui adore la vie, et qui entend
son arrêt de mort.

Madame de Chasteller voyait clairement
l'état de son cœur ; elle était elle-même sur
le point de fondre en larmes, elle se sentait
saisie de pitié pour le malheur extrême
qu'elle causait.

« Mais, se dit-elle tout à coup, s'il voit
une larme, me voici plus engagée que
jamais. Il faut à tout prix mettre fin à cette
visite pleine de dangers. »

— D'après le vœu que je vous ai
exprimé,... monsieur,... il y a déjà longtemps que je puis supposer que mademoiselle Bérard compte les minutes que
vous passez avec moi... Il serait plus prudent d'abréger.

Leuwen se leva ; il ne pouvait parler,
à peine si sa voix fut capable d'articuler
à demi :

— Je serais au désespoir, madame...

Il ouvrit une porte de la bibliothèque
qui donnait sur un petit escalier intérieur
qu'il prenait souvent pour éviter de passer

dans le salon et sous les yeux de la terrible mademoiselle Bérard.

Madame de Chasteller l'accompagna, comme pour adoucir par cette politesse ce qu'il pouvait y avoir de blessant dans la prière qu'elle venait de lui adresser. Sur le palier de ce petit escalier, madame de Chasteller dit à Leuwen :

— Adieu, monsieur. A après-demain.

Leuwen se retourna vers madame de Chasteller. Il appuya la main droite sur la rampe d'acajou[1] ; il chancelait évidemment. Madame de Chasteller eut pitié de lui, elle eut l'idée de lui prendre la main à l'anglaise, en signe de bonne amitié. Leuwen, voyant la main de madame de Chasteller s'approcher de la sienne, la prit et la porta lentement à ses lèvres. En faisant ce mouvement, sa figure se trouva tout près de celle de madame de Chasteller ; il quitta sa main et la serra dans ses bras, en collant ses lèvres sur sa joue. Madame de Chasteller n'eut pas la force de s'éloigner et resta immobile et presque abandonnée dans les bras de Leuwen. Il la serrait avec extase[2] et redou-

---

1. Acajou pour diminuer le son s'il est trop fort.
2. Stendhal, après avoir hésité sur le mot *extase*, prend le parti de le maintenir et écrit en marge : — « *Extase*, car il s'apercevait qu'elle ne le fuyait point, qu'elle s'abandonnait. 3 octobre. » Puis en interligne, il ajoute : « Vrai, mais trop fort. Mme Sand dit plus, et est à la mode. » N. D. L. E.

blait ses baisers. A la fin, madame de Chasteller s'éloigna doucement, mais ses yeux
baignés de larmes montraient franchement
la plus vive tendresse. Elle parvint à lui
dire pourtant :

— Adieu, monsieur...

Et comme il la regardait, éperdu, elle
se reprit :

— Adieu, *mon ami*, à demain... Mais
laissez-moi.

Et il la laissa, et il descendit l'escalier,
en se retournant il est vrai pour la regarder [1].

Leuwen descendit l'escalier dans un
trouble inexprimable. Bientôt, il fut ivre
de bonheur, ce qui l'empêcha de voir
qu'il était bien jeune, bien sot.

Quinze jours ou trois semaines suivirent ; ce fut peut-être le plus beau moment
de la vie de Leuwen, mais jamais il ne
retrouva un tel instant d'abandon et de
faiblesse. Vous savez qu'il était incapable
de le faire naître à force d'en sentir le
bonheur.

Il voyait madame de Chasteller tous les
jours ; ses visites duraient quelquefois
deux ou trois heures, au grand scandale de

---

1. Sur quoi l'historien dit : on ne peut pas espérer
d'une femme honnête qu'elle se donne absolument ; encore
faut-il la prendre. *For me.* — Le meilleur chien de chasse ne
peut que faire passer le gibier à portée du fusil du chasseur.
Si celui-ci ne tire pas, le chien n'y peut mais. Le romancier
est comme le chien de son héros.

mademoiselle Bérard. Quand madame de
Chasteller se sentait hors d'état de continuer une conversation un peu passable
avec lui, elle lui proposait de jouer aux
échecs. Quelquefois, il lui prenait timide-
ment la main, un jour même il tenta de
l'embrasser ; elle fondit en larmes, sans le
fuir pourtant, elle lui demanda grâce et
se mit sous la sauvegarde de son honneur.
Comme cette prière était faite de bonne
foi, elle fut écoutée de même. Madame de
Chasteller exigeait qu'il ne lui parlât pas
ouvertement de son amour, mais en revanche souvent elle plaçait la main dans son
épaulette et jouait avec la frange d'argent.
Quand elle était tranquille sur ses entreprises, elle était avec lui d'une gaieté
douce et intime qui, pour cette pauvre
femme, était le bonheur parfait.

Ils se parlaient de tout avec une sincérité parfaite, qui quelquefois eût semblé
bien impolie à un indifférent, et toujours
trop naïve. Il fallait l'intérêt de cette franchise sans bornes sur tout pour faire oublier
un peu le sacrifice qu'on faisait en ne parlant pas d'amour. Souvent un petit mot
indirect amené par la conversation les
faisait rougir ; alors, il y avait un petit
silence. C'était lorsqu'il se prolongeait
trop que madame de Chasteller avait
recours aux échecs.

Madame de Chasteller aimait surtout
que Leuwen lui confiât ses idées sur elle-
même, à diverses époques, dans le premier
mois de leur connaissance, à cette heure...
Cette confidence tendait à affaiblir une
des suggestions de ce grand ennemi de
notre bonheur nommé la prudence. Elle
disait, cette prudence :

« Ceci est un jeune homme d'infiniment
d'esprit et fort adroit qui joue la comédie
avec vous. »

Jamais Leuwen n'osa lui confier le propos
de Bouchard sur le lieutenant-colonel de
hussards et l'absence de toute feinte était si
complète entre eux que deux fois ce sujet,
approché par hasard, fut sur le point de les
brouiller. Madame de Chasteller vit dans
ses yeux qu'il lui cachait quelque chose.

— Et c'est ce que je ne pardonnerais
pas, lui dit-elle avec fermeté.

Elle lui cachait, elle, que presque tous
les jours son père lui faisait une scène à
son sujet.

— Quoi ! ma fille, passer deux heures
tous les jours avec un homme de ce parti,
et encore auquel sa naissance ne permet
pas d'aspirer à votre main !

Venaient ensuite les paroles attendrissantes sur un vieux père presque octogé-
naire abandonné par sa fille, par son unique appui.

Le fait est que M. de Pontlevé avait peur du père de Leuwen. Le docteur Du Poirier lui avait dit que c'était un homme de plaisir et d'esprit, dominé par ce penchant infernal, le plus grand ennemi du trône et de l'autel : *l'ironie.* Ce banquier pouvait être assez méchant pour deviner quel était le motif de son attachement passionné pour l'argent comptant de sa fille, et, qui plus est, le dire.

CHAPITRE XXXIV

PENDANT que la pauvre madame de Chasteller oubliait le monde et croyait en être oubliée, tout Nancy s'occupait d'elle. Grâce aux plaintes de son père, elle était devenue pour les habitants de cette ville le remède qui les *guérissait de l'ennui*. A qui peut comprendre l'ennui profond d'une ville du second ordre, c'est tout dire.

Madame de Chasteller était aussi maladroite que Leuwen : lui, ne savait pas s'en faire aimer tout à fait ; pour elle, comme la société de Nancy était tous les jours moins amusante pour une femme occupée avec passion d'une seule idée. on ne la voyait presque plus chez mesdames de Commercy, de Marcilly, de Puylaurens, de Serpierre, etc., etc. Cet oubli passa pour du mépris et donna des ailes à la calomnie.

On s'était flatté, je ne sais à propos de quoi, dans la famille Serpierre, que Leuwen épouserait mademoiselle Théodelinde ; car, en province, une mère ne rencontre jamais un homme jeune et noble sans voir en lui un mari pour sa fille.

Quand toute la société retentit des plaintes que M. de Pontlevé faisait à tout venant de l'assiduité de Leuwen chez sa fille, madame de Serpierre en fut choquée infiniment plus que ne le comportait même sa vertu si sévère. Leuwen fut reçu dans cette maison avec cette aigreur de l'*espoir de mariage trompé* qui sait se présenter avec tant de variété et sous des formes si aimables dans une famille composée de six demoiselles peu jolies.

Madame de Commercy, fidèle à la politesse de la cour de Louis XVI, traita toujours Leuwen également bien. Il n'en était pas de même du salon de madame de Marcilly : depuis la réponse indiscrète faite, à propos de l'enterrement d'un cordonnier, à M. le grand vicaire Rey, ce digne et prudent ecclésiastique avait entrepris de ruiner la position que notre sous-lieutenant avait obtenue à Nancy. En moins de quinze jours, M. Rey eut l'art de faire pénétrer de toutes parts et d'établir dans le salon de madame de Marcilly que le ministre de la Guerre avait une peur particulière de l'opinion publique de Nancy, ville voisine de la frontière, ville considérable, centre de la noblesse de Lorraine, et peut-être surtout de l'opinion telle qu'elle se manifestait dans le salon de madame de Marcilly. Cela posé, le ministre avait expédié à Nancy un jeune homme, évidemment d'un autre bois que ses camarades, pour bien voir la manière d'être de cette société et pénétrer ses secrets : y avait-on du mécontentement simple, ou était-il question d'agir ? « La preuve de tout ceci, c'est que Leuwen entend sans sourciller des choses sur le duc d'Orléans (Louis-Philippe) qui compromettraient tout autre qu'un observateur. » Il avait été précédé à son régiment d'une réputation de républicanisme que rien ne justifiait, et dont il semblait faire bon marché devant le portrait d'Henri V. Etc., etc.

Cette découverte flattait l'amour-propre de ce salon, dont jusque-là les plus grands événements avaient été neuf à dix francs perdus par M. Un tel au whist, un jour de guignon marqué. Le ministre de la Guerre, qui sait ? peut-être Louis-Philippe lui-même, songeait à leur opinion !

Leuwen était donc un espion du juste milieu. M. Rey avait trop de sens pour croire à une telle sottise, et comme il se pouvait faire qu'il eût besoin de quelque histoire un peu mieux bâtie pour détruire la position de Leuwen dans les salons de mesdames de Puylaurens et

d'Hocquincourt, il avait écrit à M. ***,
chanoine de xxx, à Paris. Cette lettre
avait été renvoyée à un vicaire de la
paroisse sur laquelle résidait la famille
de Leuwen, et M. Rey attendait chaque
jour une réponse détaillée.

Par les soins du même M. Rey, Leuwen
vit tomber son crédit dans la plupart des
salons où il se présentait. Il y fut peu
sensible, et ne s'arrêta même pas trop
à cette idée, car le salon d'Hocquincourt
faisait exception, et une brillante exception. Depuis le départ de M. d'Antin,
madame d'Hocquincourt avait si bien
fait que son tranquille mari avait pris
Leuwen en amitié particulière. M. d'Hocquincourt avait su un peu de mathéma-
tiques dans sa jeunesse ; l'histoire, loin
de le distraire de ses idées noires sur l'a-
venir, l'y replongeait plus avant.

« Voyez les marges de l'*Histoire d'Angleterre* de Hume ; à chaque instant, vous
y lisez une petite note marginale, disant :
*N. se distingue, Ses actions, Ses grandes
qualités, Sa condamnation, Son exécution.*
Et nous copions cette Angleterre ; nous
avons commencé par le meurtre d'un roi,
nous avons chassé son frère, comme
elle son fils. » Etc., etc.

Pour éloigner la conclusion qui, revenant
sans cesse : *la guillotine nous attend*, lui

avait persuadé de revenir à la géométrie,
qui d'ailleurs peut être utile à un militaire, il acheta des livres, et quinze jours
après découvrit par hasard que Leuwen
était précisément l'homme fait pour le
diriger. Il avait bien songé à M. Gauthier,
mais M. Gauthier était un républicain ;
mieux valait cent fois renoncer au calcul
intégral. On avait sous la main M. Leuwen,
homme charmant et qui venait tous les
soirs dans l'hôtel. Car voici ce qui s'était
établi :

A dix heures ou dix heures et demie au
plus tard, la décence et la peur de mademoiselle Bérard forçaient Leuwen à quitter
madame de Chasteller. Leuwen était peu
accoutumé à se coucher à cette heure ;
il allait chez madame d'Hocquincourt.
Sur quoi il arriva deux choses : M. d'Antin,
homme d'esprit, qui ne tenait pas infiniment à une femme plutôt qu'à l'autre,
voyant le rôle que madame d'Hocquincourt
lui préparait, reçut une lettre de Paris qui
le força à un petit voyage. Le jour du
départ, madame d'Hocquincourt le trouva
bien aimable ; mais, à partir du même moment, Leuwen le devint beaucoup moins.
En vain, le souvenir des conseils d'Ernest
Dévelroy lui disait : « Puisque madame de
Chasteller est une vertu, pourquoi ne pas
avoir une maîtresse en deux volumes ?

Madame de Chasteller pour les plaisirs du cœur, et madame d'Hocquincourt pour les instants moins métaphysiques. » Il lui semblait qu'il mériterait d'être trompé par madame de Chasteller s'il la trompait lui-même. La vraie raison de la vertu héroïque de notre héros, c'est que madame de Chasteller, elle seule au monde, semblait une femme à ses yeux. Madame d'Hocquincourt n'était qu'importune pour lui, et il redoutait mortellement les tête-à-tête avec cette jeune femme, la plus jolie de la province. Jamais il n'avait éprouvé cette folie, et il s'y livrait tête baissée.

La froideur subite de ses discours après le départ de d'Antin porta presque jusqu'à la passion le caprice de madame d'Hocquincourt ; elle lui disait, même devant sa société, les choses les plus tendres. Leuwen avait l'air de les recevoir avec un sérieux glacial que rien ne pouvait dérider.

Cette folie de madame d'Hocquincourt fut peut-être ce qui fit le plus haïr Leuwen parmi les hommes prétendus raisonnables de Nancy. M. de Vassignies lui-même, homme de mérite, M. de Puylaurens, personnage d'une toute autre force de tête que MM. de Pontlevé, de Sanréal, Roller, et parfaitement inaccessibles aux idées adroitement semées par M. Rey, commencèrent à trouver fort incommode ce petit étranger grâce auquel madame d'Hocquincourt n'écoutait plus un seul mot de tout ce qu'on pouvait lui dire. Ces messieurs aimaient à parler un quart d'heure tous les soirs à cette femme si jeune, si appétissante, si bien mise. M. d'Antin ni aucun de ses prédécesseurs n'avaient donné à madame d'Hocquincourt la mine froide et distraite qu'elle avait maintenant en écoutant leurs propos galants.

— Il nous confisque cette jolie femme, notre unique ressource, disait le grave M. de Puylaurens. Impossible de faire avec une autre une partie de campagne passable. Or, maintenant, quand on propose une course, au lieu de saisir avec enthousiasme une occasion de faire trotter des chevaux, madame d'Hocquincourt refuse tout net.

Elle savait bien qu'avant dix heures et demie Leuwen n'était pas libre. D'ailleurs, M. d'Antin savait tout mettre en train, la joie redoublait dans les lieux où il paraissait, et Leuwen, sans doute par orgueil, parlait fort peu et ne mettait rien en train. C'était un éteignoir.

Telle commençait à être sa position, même dans le salon de madame d'Hocquincourt, et il n'avait plus pour lui absolument que l'amitié de M. de Lanfort et

le cas que madame de Puylaurens, inexo
rable sur l'esprit, faisait de son esprit.

Losqu'on sut que madame Malibran,
allant ramasser des thalers en Allemagne,
allait passer à deux lieues de Nancy,
M. de Sanréal eut l'idée d'organiser un
concert. Ce fut une grande affaire, qui
lui coûta cher. Le concert eut lieu, madame de Chasteller n'y vint pas, madame
d'Hocquincourt y parut environnée de
tous ses amis. On vint à parler d'ami de
cœur, on fit sur ce thème de la morale
de concert.

— Vivre sans un ami de cœur, disait
M. de Sanréal plus qu'à demi-ivre de gloire
et de punch, ce serait la plus grande des
sottises, si ce n'était pas une impossibilité.

— Il faut se hâter de choisir, dit M. de
Vassignies.

Madame d'Hocquincourt se pencha vers
Leuwen, qui était devant elle.

— Et si celui qu'on a choisi, lui dit-elle
à voix basse, porte un cœur de marbre,
que faut-il faire ?

Leuwen se retourna en riant, il fut
bien surpris de voir qu'il y avait des larmes dans les yeux qui étaient fixés sur
les siens. Ce miracle lui ôta l'esprit, il
songea au miracle au lieu de songer
à la réponse. Elle se borna de sa part à un
sourire banal.

En quittant le concert on revint à pied,
et madame d'Hocquincourt prit son bras.
Elle ne parlait guère. Au moment où tout le
monde la saluait, dans la cour de son hôtel,
elle serra le bras de Leuwen ; il la quitta
avec les autres.

Elle monta chez elle et fondit en larmes,
mais elle ne le haït point, et le lendemain,
à une visite du matin, comme madame
de Serpierre blâmait avec la dernière
aigreur la conduite de madame de Chasteller, madame d'Hocquincourt se tut
et ne dit pas un mot contre sa rivale.
Le soir, Leuwen, pour dire quelque chose,
lui faisait compliment sur sa toilette :

— Quel admirable bouquet ! Quelles
jolies couleurs ! Quelle fraîcheur ! C'est
l'emblème de la beauté qui le porte !

— Vous croyez ? Eh ! bien, soit ; il représente mon cœur, et je vous le donne.

Le regard qui accompagna ce dernier
mot n'avait plus rien de la gaieté qui
avait régné jusque-là dans la conversation.
Il ne manquait ni de profondeur ni de
passion, et à un homme sensé ne pouvait
laisser aucun doute sur le sens du don
du bouquet. Leuwen le prit, ce bouquet,
dit des choses plus ou moins dignes de
Dorat sur ces jolies fleurs, mais ses yeux
furent gais, légers. Il comprenait fort
bien, et ne voulut pas comprendre.

Il fut violemment tenté, mais il résista. Le soir du lendemain, il eut l'idée de conter son aventure à madame de Chasteller avec l'air de lui dire : « Rendez-moi ce que vous me coûtez, » mais il n'osa pas.

Ce fut une de ses erreurs : en amour il faut oser, ou l'on s'expose à d'étranges revers. Madame de Chasteller avait déjà appris avec douleur le départ de M. d'Antin. Le lendemain du concert madame de Chasteller sut par les plaisanteries fort claires de son cousin Blancet que, la veille, madame d'Hocquincourt s'était *donnée en spectacle* ; le goût qu'elle commençait à prendre pour Leuwen était *une vraie fureur*, disait le cousin. Le soir, Leuwen trouva madame de Chasteller fort sombre ; elle le traita mal. Cette humeur sombre ne fit que s'accroître les jours suivants, et il régna entre eux des moments de silence d'un quart d'heure ou vingt minutes. Mais ce n'était plus ce silence délicieux d'autrefois, qui forçait madame de Chasteller à avoir recours à une partie d'échecs.

Étaient-ce là les mêmes êtres qui, huit jours auparavant, n'avaient pas assez de toutes les minutes de deux longues heures pour s'apprendre tout ce qu'ils avaient à se dire ?

CHAPITRE XXXV

LE surlendemain, madame de Chastel-ler fut saisie d'une fièvre violente. Elle avait des remords affreux, elle voyait sa réputation perdue. Mais tout cela n'était rien : elle doutait du cœur de Leuwen [1].

Sa dignité de femme était effrayée par la nouveauté du sentiment qu'elle éprou-vait, et surtout par la violence de ses trans-ports. Ce sentiment était d'autant plus vif qu'elle ne craignait plus pour sa vertu. Dans un cas d'extrême danger, un voyage à Paris, où Leuwen ne pouvait la suivre, la mettait à l'abri de tous les périls, tout en la séparant violemment du seul lieu de la terre où elle crût le bonheur possi-ble.

Depuis quelques jours, la possibilité de ce remède l'avait rassurée, lui avait rendu en quelque sorte une vie tranquille. Une lettre, envoyée à l'insu du marquis,

---

1. Le cœur d'une femme tendre, le chœur de jeunes fats piqués, opposition.

et par un exprès, à madame de Constantin, son amie intime, pour lui demander conseil, avait rapporté une réponse favorable et approuvé le voyage de Paris en un cas extrême. Ses remords une fois adoucis, madame de Chasteller était heureuse.

Tout à coup, aux récits, aux plaisanteries grossières, quoique exprimées en bons termes, dont, le lendemain du concert de madame Malibran, M. de Blancet fut prodigue sur ce qui s'était passé la veille, elle fut surprise d'une douleur atroce, et dont son âme pure avait honte.

« Blancet n'a pas de tact, se dit-elle, il est au nombre de ceux qui sentent péniblement la supériorité de M. Leuwen. Il exagère peut-être ; comment M. Leuwen, si sincère avec moi, qui m'a avoué un jour qu'il avait cessé de m'aimer, me tromperait-il aujourd'hui ?...

» Rien de plus facile à expliquer, reprit avec amertume le parti de la prudence. Il est agréable et de bon goût pour un jeune homme d'avoir deux maîtresses à la fois, surtout si l'une d'elles est triste, sévère, se retranchant toujours derrière les craintes d'une ennuyeuse vertu, tandis que l'autre est gaie, aimable, jolie, et ne passe pas pour désespérer ses amants par sa sévérité. M. Leuwen peut me dire :

Ou ne soyez pas pour moi d'une si haute vertu, ne me faites pas une scène lorsque j'essaie de vous prendre la main...(Il est vrai que je l'ai traité bien mal pour un mince sujet !...) »

Après un silence, elle continua avec un soupir :

« ...Ne soyez pas de cette vertu outrée, ou permettez-moi de profiter d'un moment d'admiration que madame d'Hocquincourt peut éprouver pour mon petit mérite.

» — Mais quelque peu délicat que soit ce raisonnement, reprit avec rage le parti de l'amour, encore fallait-il me faire cette déclaration. Tel était le rôle d'un honnête homme. Mais M. de Blancet exagère peut-être... Il faut éclaircir tout ceci. »

Elle demanda ses chevaux et se fit conduire précipitamment successivement chez mesdames de Serpierre et de Marcilly. Tout fut confirmé ; madame de Serpierre alla même bien plus loin que M. de Blancet.

En rentrant chez elle, madame de Chasteller ne pensait presque plus à Leuwen ; toute son imagination, enflammée par le désespoir, était occupée à se figurer les charmes et l'amabilité séduisante de madame d'Hocquincourt. Elle les comparait à sa manière d'être retirée, triste, sévère. Cette comparaison la poursuivit toute la nuit ; elle passa par tous les sentiments qui font l'horreur de la plus noire jalousie.

Tout l'étonnait, tout effrayait sa retenue de femme, sa... [1] dans la passion dont elle était victime. Elle n'avait eu que de l'amitié pour le général de Chasteller et de la reconnaissance pour ses procédés parfaits. Elle n'avait pas même l'expérience des livres : on lui avait peint tous les romans, au *Sacré-Cœur*, comme des livres obscènes. Depuis son mariage, elle ne lisait presque pas de romans ; il ne fallait pas connaître ce genre de livres, quand on était admis à la conversation d'une auguste princesse. D'ailleurs, les romans lui semblaient grossiers.

« Mais puis-je dire même que je suis fidèle à ce qu'une femme se doit à elle-même ? se dit-elle veis le matin de cette nuit cruelle. Si M. Leuwen était là, vis-à-vis de moi, me regardant en silence, comme il fait quand il n'ose me dire tout ce qu'il pense, malheureux par les folles exigences que prescrit ma vertu, c'est -à-dire mon intérêt personnel, pourrais-je supporter ses reproches muets ? Non, je céderais... Je n'ai aucune vertu, et je fais le malheur de ce que j'aime... »

Cette complication de douleurs fut

---

1. Le mot est en blanc dans le manuscrit. N. D. L. E.

trop forte pour sa santé ; une forte fièvre se déclara.

La tête exaltée par la fièvre, qui dès le premier jour alla jusqu'au délire, elle voyait sans cesse sous ses yeux madame d'Hocquincourt gaie, aimable, heureuse, parée de fleurs charmantes à ce concert de madame Malibran(on lui avait parlé du fameux bouquet), ornée de mille grâces séduisantes, et Leuwen était à ses pieds. Ensuite, revenait ce raisonnement :

« Mais, malheureuse que je suis, qu'ai-je accordé à M. Leuwen qui puisse l'engager avec moi ? A quel titre puis-je prétendre l'empêcher de répondre aux prévenances d'une femme charmante, plus jolie que moi, et surtout bien autrement aimable, et aimable comme il faut l'être pour plaire à un jeune homme habitué à la société de Paris : une gaieté toujours nouvelle et jamais méchante ? »

En suivant ces tristes raisonnements, madame de Chasteller ne put s'empêcher de demander un petit miroir ovale. Elle s'y regardait. A chaque expérience de ce genre, elle se trouva moins bien. Enfin, elle conclut qu'elle était décidément laide, et en aima davantage Leuwen du bon goût qu'il avait de lui préférer madame d'Hocquincourt.

Le second jour, la fièvre fut terrible et

les chimères qui déchiraient le cœur de madame de Chasteller encore plus sombres. La vue seule de mademoiselle Bérard lui donnait des convulsions. Elle ne voulut point voir M. de Blancet ; elle avait horreur de lui, elle le voyait sans cesse lui racontant ce concert fatal. M. de Pontlevé lui faisait deux visites de cérémonie chaque jour. Le docteur Du Poirier la soigna avec l'activité et la suite qu'il mettait à tout ce qu'il entreprenait ; il venait trois fois le jour à l'hôtel de Pontlevé. Ce qui frappa surtout madame de Chasteller dans ses soins, c'est qu'il lui défendit absolument de se lever ; dès lors, elle ne put plus espérer de voir Leuwen. Elle n'osait prononcer son nom et demander à sa femme de chambre s'il venait demander de ses nouvelles. Sa fièvre était augmentée par l'attention continue et impatiente avec laquelle elle prêtait l'oreille pour chercher à entendre le bruit des roues de son tilbury, qu'elle connaissait si bien.

Leuwen se permettait de venir chaque matin. Le troisième jour de la maladie, il quittait l'hôtel de Pontlevé fort inquiet des réponses ambiguës de M. Du Poirier. En montant en tilbury, il lança son cheval avec trop de rapidité, et, sur la place garnie de tilleuls taillés en parasol qu'on appelait promenade publique, passa fort

près de M. de Sanréal. Celui-ci sortait de
déjeuner et, en attendant le dîner, s'appuyant sur le bras du comte Ludwig
Roller, promenait son oisiveté dans les
rues de Nancy.

Ce couple formait un contraste bur-
lesque. Sanréal, quoique fort jeune, était
énorme, haut en couleur, n'avait pas
cinq pieds de haut, et portait d'énormes
favoris d'un blond hasardé. Ludwig Roller, long, blême, malheureux, avait l'air
d'un moine mendiant qui a déplu à son
supérieur. Au haut d'un grand corps de
cinq pieds dix pouces au moins, une petite
tête blême recouverte de cheveux noirs
retombant sur les oreilles en couronne,
comme ceux d'un moine ; des traits maigres
et immobiles entouraient un œil éteint et
insignifiant ; un habit noir, serré et râpé,
achevait le contraste entre l'ex-lieutenant
de cuirassiers, pour qui sa solde était une
fortune, et l'heureux Sanréal, dont depuis
[de] longues années l'habit ne pouvait plus
se boutonner, et qui jouissait de quarante
mille livres de rente au moins. A l'aide
de cette fortune il passait pour fort brave,
car il avait des éperons en fer brut longs
de trois pouces, ne pouvait pas dire trois
mots sans jurer, et ne parlait guère un
peu au long que pour s'embarquer dans
quelque histoire de duel à faire frémir.

Il était donc fort brave, quoique ne s'étant jamais battu, apparemment à cause de la peur qu'on avait de lui. D'ailleurs, il possédait l'art de lancer les frères Roller sur les gens qui lui déplaisaient.

Depuis les journées de Juillet, suivies de leur démission, ces messieurs s'ennuyaient bien plus qu'auparavant ; entre eux trois ils avaient un cheval, et ne sortaient guère avec plaisir de leur apathie que pour se battre en duel, ce dont ils s'acquittaient fort bien, et ce talent faisait leur considération.

Comme il n'était que midi quand le tilbury de Leuwen fit trembler le pavé sous les pas de l'énorme Sanréal, il n'était encore entré dans aucun café et ne se trouvait pas tout à fait gris. Soutenu par Ludwig Roller, il s'amusait à prendre sous le menton les jeunes paysannes qui passaient à sa portée. Il donnait des coups de cravache aux tentes placées devant la porte des cafés et aux chaises rangées sous ces tentes ; il effeuillait aussi les branches des tilleuls de la promenande publique qui pendaient trop bas.

Le passage rapide du tilbury le tira de ces aimables passe-temps.

— Crois-tu qu'il ait voulu nous braver ? dit-il à Ludwig Roller en le regardant avec un sérieux de matamore.

— Écoute, lui dit le comte Ludwig en pâlissant, ce fat-là est assez poli, et je ne crois pas qu'il ait voulu nous offenser avec son tilbury ; mais je ne l'en déteste que plus, à cause de sa politesse. Il sort de l'hôtel de Pontlevé ; il prétend nous enlever en toute douceur, et sans nous fâcher, la plus jolie femme de Nancy et la plus riche héritière, du moins dans la classe où toi et moi pouvons choisir une femme... Et cela, ajouta Roller d'un ton ferme, je ne le souffrirai pas.

— Dis-tu vrai ? répondit Sanréal, enchanté.

— Dans ces choses-là, mon cher, répliqua Roller d'un ton sec et piqué, tu dois savoir que je ne dis jamais faux[1].

— Est-ce que tu vas me faire des phrases, à moi ? répondit Sanréal d'un air de spadassin. Nous nous connaissons. L'essentiel est qu'il ne nous échappe pas ; l'animal est futé et s'est bien tiré de deux duels qu'il a eus à son régiment...

— Des duels à l'épée ! C'est une belle affaire ! On a appliqué deux sangsues à la blessure qu'il a faite au capitaine Bobé. Mais avec moi, morbleu ! ce sera un bon duel au pistolet, et à dix pas ; et s'il ne me tue pas, je te réponds qu'il lui faudra plus de deux sangsues.

1. Style piquant ou style *vrai*. Combat

— Allons chez moi ; il ne faut pas parler de ces choses devant les espions du juste milieu qui remplissent notre promenade. J'ai reçu hier une caissette de kirschwasser de Fribourg-en-Brisgau. Envoyons prévenir tes frères et Lanfort.

— Ai-je besoin de tant de monde, moi ? Une demi feuille de papier va faire l'affaire. Et le comte Ludwig marchait vivement vers un café.

— Si tu veux faire le brutal avec moi, je te plante là... Il s'agit d'empêcher que, par quelque tour de passe-passe, ce maudit Parisien ne nous mette dans notre tort, et par suite ne se moque de nous. Qui l'empêche de répandre dans son régiment que nous avons formé entre nous, jeune noblesse lorraine, une société d'assurance pour ne pas nous laisser enlever les veuves qui ont de bonnes dots ?

Les trois Roller, Murcé et Goëllo, que le garçon de café trouva à dix pas de là, faisant une poule au billard, furent bientôt rassemblés dans le bel hôtel de M. de Sanréal, enchantés d'avoir à parler de quelque chose ; aussi parlaient-ils tous ensemble. Le conseil se tenait autour d'une superbe table d'acajou massif. Il n'y avait pas de nappe, pour imiter les dandys anglais, mais sur l'acajou circulaient de magnifiques flacons de cristal de la manufacture

voisine de Baccarat. Un Kirschwasser
limpide comme de l'eau de roche, une
eau-de-vie d'un jaune ardent comme le
madère, brillaient dans ces flacons. Il se
trouva bientôt que chacun des trois frères
Roller voulait se battre avec Leuwen.
M. de Goëllo, fat de trente-six ans, sec et
ridé, qui dans sa vie avait prétendu à
tout, et même à la main de madame de
Chasteller, plaidait sa cause avec poids
et mesure, et voulait se battre le premier
avec Leuwen, car enfin il se trouvait lésé
plus qu'aucun.

— Est-ce qu'avant son arrivée je ne
prêtais pas à la dame des romans anglais
de Baudry ?

— Baudry toi-même, dit M. de Lanfort
qui était survenu. Ce beau monsieur nous
a tous offensés, et personne plus que le
pauvre d'Antin, mon ami, qui est allé se
dépiquer.

— Digérer ses cornes, interrompit
Sanréal en riant très fort.

— D'Antin est mon ami de cœur, reprit Lanfort choqué de ce ton grossier.
S'il était ici, il se battrait avec vous tous,
plutôt que de n'avoir pas affaire le pre
mier à cet aimable vainqueur. Et pour
toutes ces raisons, moi aussi je veux me
battre.

Le courage de Sanréal se trouvait

depuis vingt minutes dans une situation pénible. Il voyait fort bien que tout le monde voulait se battre, lui seul n'avait point annoncé de prétention. Celle de Lanfort, être doux, aimable, élégant par excellence, le poussa à bout.

— Dans tous les cas, messieurs, dit-il enfin d'une voix contrainte et criarde, je me trouve le second sur la liste : c'est Roller et moi qui avons fait le projet dans la grande promenade, sous les jeunes tilleuls.

— Il a raison, dit M. de Goëllo ; tirons au sort à qui défera le pays de cette peste publique. (Et il se rengorgea, fier de la beauté de la phrase.)

— A la bonne heure, dit Lanfort ; mais, messieurs, qu'on ne se batte qu'une fois. Si M. Leuwen doit avoir affaire à quatre ou cinq d'entre nous, l'*Aurore* s'emparera de cette histoire, je vous en avertis, et vous vous verrez dans les journaux de Paris.

— Et s'il tue un de nos amis ? dit Sanréal. Faudra-t-il donc laisser le mort sans vengeance ?

La discussion se prolongea jusqu'au dîner, que Sanréal avait fait préparer abondant et excellent. On se donna parole d'honneur en se quittant, à six heures, de ne parler de cette affaire à qui que ce

soit ; et, avant huit heures, M. Du Poirier
savait tout [1].

Or, il y avait ordre précis de Prague
d'éviter toute querelle entre la noblesse
et les régiments du camp de Lunéville
ou des villes voisines. Le soir, M. Du Poirier s'approcha de Sanréal avec la grâce
d'un bouledogue en colère ; ses petits
yeux avaient le brillant de ceux d'un
chat irrité [2].

— Demain, vous me donnez à déjeuner
à dix heures. Invitez MM. Roller, de
Lanfort, de Goëllo, et tous ceux qui sont
du projet. Il faut qu'ils m'entendent.

Sanréal eût bien voulu se fâcher, mais
il craignit un mot piquant de Du Poirier
qui serait répété par tout Nancy. Il
accepta d'un signe de tête presque aussi
gracieux que la mine du docteur.

Le lendemain, tous les convives du
déjeuner firent la mine quand ils appri-
rent à qui ils auraient affaire. Il arriva
d'un air affairé.

— Messieurs, dit-il aussitôt et sans
saluer personne, la religion et la noblesse
ont bien des ennemis ; les journaux entre
autres, qui racontent à la France et enveniment tout ce que nous faisons. S'il
ne s'agissait ici que de bravoure chevale-

---

1. Style lourd, mais vrai.
2. Vrai, mais peu gracieux. Vu ce matin.

resque, je me contenterais d'admirer et je
me garderais bien d'ouvrir la bouche, moi,
pauvre plébéien, fils d'un petit marchand,
et qui ai l'honneur de m'adresser aux
représentants de tout ce qu'il y a de plus
noble en Lorraine. Mais, messieurs, il me
semble que vous êtes un peu en colère. La
colère seule, sans doute, vous a empêché de
faire une réflexion qui est de mon domaine
à moi. Vous ne voulez pas qu'un petit
officier vous enlève madame de Chasteller ?
Eh ! bien, quelle force au monde peut
empêcher madame de Chasteller de quitter
Nancy et de s'établir à Paris ? Là, environnée de ses amies qui lui donneront de
la force, elle adressera à M. de Pontlevé
les lettres les plus touchantes du monde.
« Je ne puis être heureuse qu'avec M. Leuwen, » dira-t-elle, et elle le dira bien parce
que, d'après ce que vous avez observé,
elle le pense. M. de Pontlevé refuse-t-il,
ce qui est douteux, car sa fille parle sérieusement, et il ne voudra pas rompre
avec une personne qui a 400.000 francs
dans les fonds publics, M. de Pontlevé
refuse-t-il ? Madame de Chasteller, forti-
fiée par les conseils de ses amies de Paris,
parmi lesquelles nous comptons des dames
de la plus haute distinction, madame de
Chasteller se passe fort bien du consen-
tement d'un père de province.

Etes-vous sûrs de tuer M. Leuwen raide ? En ce cas, je n'ai rien à dire ; madame de Chasteller ne l'épousera pas. Mais croyez-moi, elle n'épousera, pour cela, aucun de vous ; c'est, selon moi, une femme d'un caractère sérieux, tendre, obstiné. Une heure après la mort de M. Leuwen, elle fait mettre ses chevaux, en va prendre d'autres à la poste prochaine, et Dieu sait où elle s'arrêtera ! A Bruxelles, à Vienne peut-être, si son père a des objections invincibles contre Paris. Quoi qu'il en soit, tenez-vous-en à ceci : si Leuwen est mort, vous la perdez pour toujours. S'il est blessé, tout le département saura la cause du duel ; avec sa timidité, elle se croit déshonorée, et le jour où Leuwen est hors de danger elle s'enfuit à Paris, où un mois après il la rejoint. En un mot, la seule timidité de madame de Chasteller la retient à Nancy ; donnez-lui un prétexte, et elle part.

En tuant Leuwen, vous satisfaites un bel accès de colère, je l'avoue, et à vous sept vous le tuerez sans doute, mais les beaux yeux et la dot de madame de Chasteller s'éloignent de vous à tout jamais.

Ici l'on murmura, mais l'audace de Du Poirier en fut doublée.

— Si deux ou trois de vous, reprit-il avec énergie et en élevant la voix, se

battent successivement contre Leuwen,
vous passez pour des assassins, et le régiment tout entier prend parti contre vous.

— C'est justement ce que nous deman-
dons, s'écria Ludwig Roller avec toute
la fureur d'une colère longtemps contenue.

— C'est cela, dirent ses frères. Nous
verrons les bleus.

— Et c'est justement ce que je vous
défends, messieurs, au nom de M. le
commissaire du roi en Alsace, Franche-
Comté et Lorraine.

Tout le monde se leva à la fois. On
s'insurgea contre l'audace de ce petit
bourgeois qui prenait ce ton avec la
fleur de la noblesse du pays. C'était
précisément dans ces occasions que jouissait la vanité de Du Poirier ; son génie
fougueux aimait ces sortes de batailles.
Il n'était pas sans sentir vivement les
marques de mépris, et avait besoin, dans
l'occasion, d'écraser l'orgueil des gen
tilhommes.

Après des torrents de paroles insensées,
dictées par la vanité puérile qu'on appelle
orgueil de la naissance, la présente bataille tourna tout à fait à l'avantage du
tacticien Du Poirier.

— Voulez-vous désobéir non à moi, qui
suis un ver de terre, mais à notre roi
légitime, Charles X ? leur dit-il quand il

vit que chacun à son tour s'était donné le
plaisir de parler de ses aïeux, de sa bravoure, et de la place qu'il avait occupée
dans l'armée avant les fatales journées
de 1830... Le roi ne veut pas se brouiller
avec ses régiments. Rien de plus impoli-
tique qu'une querelle entre son corps
de noblesse et un régiment.

Du Poirier répéta cette vérité si souvent
et avec tant de termes différents qu'elle
finit par pénétrer dans ces têtes peu habi-
tuées à comprendre le nouveau. Les
amours-propres capitulèrent au moyen
d'un bavardage dont Du Poirier calcula
la durée à trois quarts d'heure ou une heure.

Pour tâcher de perdre moins de temps,
Du Poirier, dont l'âpre vanité commençait à être calmée par l'ennui, prit sur soi
d'adresser un mot agréable à tout le monde.
Il fit la conquête de M. de Sanréal, qui
fournissait des raisons aux Roller, en lui
demandant du vin brûlé. Sanréal avait
inventé une façon nouvelle de faire ce
breuvage adorable et courut à l'office
le préparer lui-même.

Quand tout le monde eut accordé la
dictature à Du Poirier :

— Voulez-vous réellement, messieurs,
éloigner M. Leuwen de Nancy, et ne pas
perdre madame de Chasteller ?

— Sans doute, répondit-on avec humeur.

— Eh ! bien, j'en sais un moyen assuré...
Vous le devinerez probablement en y son-
geant.

Et son œil malin jouissait de leur air
attentif.

— Demain à pareille heure, je vous dirai quel est ce moyen ; il n'y a rien de plus
simple. Mais il a un défaut, il exige un
secret profond pendant un mois. Je demande de ne m'ouvrir qu'à deux commissaires désignés par vous, messieurs.

En disant ces paroles, il sortit brusquement, et à peine sorti Ludwig Roller le
chargea d'injures atroces. Tous suivirent
cet exemple, à l'exception de Lanfort,
qui dit :

— Il a un fichu physique, il est laid, mal-
propre, son chapeau a bien dix-huit mois
de date, il est familier jusqu'à la grossièreté. La plupart de ses défauts tiennent
à sa naissance : son père était marchand
de chanvre, comme il nous l'a dit. Mais
les plus grands rois se sont servis d'ignobles conseillers. Du Poirier est plus fin
que moi, car du diable si je devine son
moyen infaillible. Et toi, Ludwig, qui
parles tant, le devineras-tu ?

Tout le monde rit, excepté Ludwig,
et Sanréal, enchanté de la tournure que
prenaient les affaires, les engagea à déjeuner pour le lendemain. Mais avant

de se séparer, quelque piqué que l'on fût contre Du Poirier, on désigna les deux commissaires qui devaient s'aboucher avec lui, et naturellement le choix tomba sur les deux personnes qui auraient le plus crié de n'être pas nommées, MM. de Sanréal et Ludwig Roller.

En quittant ces fougueux gentilshommes, Du Poirier alla d'un pas pressé chercher, au fond d'une rue étroite, un petit prêtre que le sous-préfet croyait son espion dans la bonne compagnie et qui, comme tel, accrochait un assez bon lopin des *fonds secrets.*

— Vous allez dire à M. Fléron, mon cher Olive, que nous avons reçu une dépêche de Prague, sur laquelle nous avons délibéré cinq heures, en séance, chez M. de Sanréal ; mais cette dépêche est d'une telle importance que demain, à dix heures et demie, nous nous réunissons de nouveau au même lieu.

L'abbé Olive avait de Mgr l'évêque la permission de porter un habit bleu extrêmement râpé et des bas gris de fer. Ce fut dans ce costume qu'il alla trahir M. Du Poirier et annoncer à M. l'abbé Rey, grand vicaire, la commission qu'il venait de recevoir du docteur. Ensuite, il se glissa chez le sous-préfet qui, sur cette grande nouvelle, ne dormit pas de la nuit.

Le lendemain, de grand matin, il fit
dire à l'abbé Olive qu'il paierait cinquante
écus une copie fidèle de la dépêche de
Prague, et il osa écrire directement au
ministre de l'Intérieur, au risque de
déplaire à son préfet, M. Dumoral, ancien
libéral renégat et homme toujours inquiet.
M. Fléron écrivit aussi à ce dernier, mais
la lettre fut jetée à la boîte une heure
trop tard et de façon à laisser vingt-quatre
heures d'avance à l'avis important donné
au ministre par le simple sous-préfet.

CHAPITRE XXXVI

Quoi ! se dit Du Poirier en apprenant le choix des deux commissaires qu'on lui avait donnés, ces animaux-là ne sauront pas même nommer deux commissaires ! Du diable si je leur raconte mon projet ! »

A la réunion du lendemain, Du Poirier, plus grave et plus rogue que de coutume, prit par le bras MM. Ludwig Roller et de Sanréal et les conduisit dans le cabinet du dernier, qu'il ferma à clef. Du Poirier fut avant tout fidèle aux formes, il savait que c'était la seule chose que Sanréal comprendrait dans cette affaire.

Une fois placés dans trois fauteuils, Du Poirier dit après un petit silence :

— Messieurs, nous sommes ici réunis pour le service de Sa Majesté Charles X, notre roi légitime. Vous me jurez un secret absolu même sur le peu qu'il m'est permis de vous révéler aujourd'hui ?

— Parole d'honneur ! dit Sanréal, ahuri de respect et de curiosité.

— Eh ! f.....! dit Roller, impatienté.

— Messieurs, vos domestiques sont payés par les républicains ; cette secte se glisse partout, et sans un secret absolu, même envers nos meilleurs amis, le bon parti ne pourrait parvenir à rien et vous, messieurs, ainsi que moi, pauvre plébéien, nous nous verrions vilipendés dans l'*Aurore*.

En faveur du lecteur, j'abrège infiniment le discours que Du Poirier se vit dans la nécessité de débiter à cet homme riche et à cet homme brave. Comme il ne voulait leur rien dire, il allongea encore plus qu'il n'était nécessaire.

— Le secret que j'espérais pouvoir vous soumettre, dit-il enfin, n'est plus à moi. Pour le moment, je ne suis chargé que de demander à votre bravoure, dit-il en s'adressant surtout à Sanréal, une trêve qui lui coûtera beaucoup.

— Certes ! dit Sanréal.

— Mais, messieurs, quand on est membre d'un grand parti, il faut savoir faire des sacrifices à la volonté générale, eût-elle tort. Autrement, on *n'est rien*, on ne parvient à rien. On ne mérite que le nom d'enfant perdu. Il faut, messieurs, que personne d'entre vous ne provoque M. Leuwen avant quinze grands jours.

— Il faut... Il faut... répéta Ludwig Roller avec amertume.

— Vers cette époque, M. Leuwen quit-

tera Nancy, ou du moins il n'ira plus
chez madame de Chasteller. C'est, ce me
semble, ce que vous désirez, et ce que je
vous ai montré que vous n'obtiendriez
pas par un duel[1].

Il fallut répéter cela en termes différents
pendant une heure. Les deux commissaires
prétendaient que leur droit, comme leur
devoir, étaient de savoir un secret.

— Quel rôle jouerons-nous, disait
Sanréal, si ces messieurs qui nous attendent
dans mon salon apprennent que nous
sommes restés ici une heure entière pour
ne rien apprendre ?

— Eh ! bien, laissez croire que vous
savez, dit froidement Du Poirier ; je
vous seconderai.

Il fallut encore une bonne heure pour
faire accepter ce *mezzo termine* à la vanité
de ces messieurs.

Le docteur Du Poirier se tira bien de
cette épreuve de patience, au milieu de
laquelle son orgueil jouissait. Il aimait
surtout à parler et à avoir à convaincre
des personnages ennemis. C'était un
homme d'un extérieur repoussant mais
d'un esprit ferme, vif, entreprenant.
Depuis qu'il se mêlait d'intrigues politiques, l'art de guérir, où il avait obtenu

1. Exprès cette grossièreté.

l'une des premières places, l'ennuyait.
Le service de Charles X, ou ce qu'il
appelait *la politique*, donnait un aliment
à son envie de faire, de travailler, d'être
compté. Ses flatteurs lui disaient : « Si
des bataillons prussiens ou russes nous
ramènent Charles X, vous serez député,
ministre, etc. Vous serez le Villèle de
cette nouvelle position. »

— Alors comme alors, répondait Du
Poirier.

En attendant, il avait tous les plaisirs de
l'ambition conquérante. Voici comment :
MM. de Puylaurens et de Pontlevé avaient
reçu des pouvoirs de qui de droit pour
diriger les efforts des royalistes dans la
province dont Nancy était le chef-lieu ;
Du Poirier ne devait être que l'humble
secrétaire de cette commission ou plutôt
de ce pouvoir occulte, lequel n'avait
qu'une chose de raisonnable : il ne se divi-
sait pas. Il était confié à M. de Puylaurens,
en son absence à M. de Pontlevé, en
l'absence de ce dernier à M. Du Poirier,
et cependant depuis un an Du Poirier
faisait tout. Il rendait des comptes fort
légers aux deux titulaires de l'emploi
et ceux-ci ne se fâchaient pas trop. C'est
qu'il avait l'art de leur faire entrevoir
la guillotine, ou tout au moins le château
de Ham, au bout de leurs menées, et ces

messieurs, qui n'avaient ni zèle, ni fana-
tisme, ni dévouement, étaient bien aises,
au fond, de laisser se compromettre ce
bourgeois hardi et grossier, sauf à se brouiller avec lui et à tâcher de le jeter au bas
de l'échelle, s'il y avait succès quelconque
ou troisième restauration.

Du Poirier n'avait nulle haine contre
Leuwen ; mais dans son ardeur de faire,
puisqu'il s'était chargé de le faire déguer-
pir, il voulait, et voulait fermement, en
venir à bout.

Le premier jour, lorsqu'il demanda
deux commissaires à la réunion Sanréal,
le second lorsqu'il se débarrassa de la
curiosité inquiète de ces deux commissaires,
il n'avait encore aucun plan bien arrêté.
Celui qu'il suivit ne se présenta à lui que
par parties successives, et à mesure qu'il
se persuada que laisser avoir lieu ce duel
qu'il avait défendu au nom du roi serait
une défaite marquée, un *fiasco* pour sa réputation et son influence en Lorraine
dans la moitié jeune du parti.

Il commença par confier, sous le sceau
du secret, à mesdames de Serpierre, de
Marcilly et de Puylaurens, que madame
de Chasteller était plus malade qu'on ne
le pensait, et que sa maladie serait longue
tout au moins. Il engagea madame de
Chasteller à souffrir un vésicatoire à la

jambe et l'empêcha ainsi de marcher pendant un mois[1]. Peu de jours après, il arriva chez elle d'un air sérieux qui devint sombre en lui tâtant le pouls, et il l'engagea à toutes les cérémonies religieuses qui, en province, sont comprises dans ce seul mot : se faire administrer. Tout Nancy retentit de ce grand événement, et l'on peut juger de l'impression qu'il fit sur Leuwen : madame de Chasteller était donc en danger de mort ?

« Mourir n'est donc que cela ? se disait madame de Chasteller, qui était loin de se douter qu'elle n'avait qu'une fièvre fort ordinaire. La mort ne serait rien absolument si j'avais M. Leuwen là, auprès de moi. Il me donnerait du courage si je venais à en manquer. Au fait, sans lui la vie aurait eu peu de charmes pour moi. On me fait bouder au fond de cette province, où avant lui ma vie était si triste... Mais il n'est pas noble, mais il est soldat du juste milieu ou, ce qui est encore pis, de la république... »

Madame de Chasteller parvint à désirer la mort.

Elle était sur le point de haïr madame d'Hocquincourt, et quand elle surprenait

---

1. Est-ce ignoble ? Mais tout est ignoble en fait d'intrigue aux yeux de nos délicats. Il faudrait réussir avec des feuilles de rose.

ce commencement de haine dans son cœur,
elle se méprisait. Comme depuis quinze
grands jours elle ne voyait plus Leuwen,
le sentiment qu'elle avait pour lui ne lui
donnait que du malheur.

Leuwen, dans son désespoir était allé
mettre à la poste à Darney trois lettres,
heureusement fort prudentes, lesquelles
avaient été interceptées par mademoiselle
Bérard, maintenant parfaitement d'accord
avec le docteur Du Poirier.

Leuwen ne quittait plus le docteur.
Ce fut une fausse démarche. Leuwen
était loin d'être assez savant en hypocrisie
pour pouvoir se permettre la société
intime d'un intrigant sans moralité. Sans
s'en douter, il l'offensa mortellement.
Le docteur, piqué de la naïveté du mépris
de Leuwen pour les fripons, les renégats,
les hypocrites, parvint à le haïr. Étonné
de la chaleur de son bon sens lorsqu'il
était question entre eux du peu d'apparence du retour des Bourbons :

— Mais à ce compte, moi, lui dit un
jour le docteur poussé à bout, je ne suis
donc qu'un imbécile ?

Il continua tout bas :

« Nous allons voir, jeune insensé, ce qu'il
va advenir de ton plus cher intérêt. Rai-
sonne sur l'avenir. répète des idées que
tu trouves toutes faites dans ton Carrel,

moi je suis maître de ton présent et vais te le faire sentir. Moi, vieux, ridé, mal mis, homme de mauvaises manières à tes yeux, je vais t'infliger la douleur la plus cruelle, à toi beau, jeune, riche, doué par la nature de manières si nobles, et en tout si différent de moi, Du Poirier. J'ai usé les trente premières années de ma vie mourant de froid dans un cinquième étage, en tête à tête avec un squelette ; toi, tu t'es donné la peine de naître, et tu prétends en secret que quand ton *gouvernement raisonnable* sera établi on ne punira que par le mépris les hommes forts tels que moi ! Cela serait bête à ton parti ; en attendant, c'est bête à toi de ne pas deviner que je vais te faire du mal, et beaucoup. Souffre, jeune bambin ! »

Et le docteur se mit à parler à Leuwen de la maladie de madame de Chasteller dans les termes les plus inquiétants. S'il voyait le sourire effleurer les lèvres de Leuwen, il lui disait :

— Tenez, c'est dans cette église qu'est le caveau de famille des Pontlevé. Je crains bien, ajoutait-il avec un soupir, que bientôt il ne soit rouvert.

Il attendait depuis plusieurs jours que Leuwen, fou comme le sont les amants, entreprît de voir en secret madame de Chasteller.

Depuis la conférence avec les jeunes
gens du parti chez M. de Sanréal, Du
Poirier, qui méprisait assez la méchanceté
plate et sans but de mademoiselle Bérard,
s'était rapproché d'elle. Il chercha à lui
faire jouer un rôle dans la famille : c'était
à elle de préférence, et non pas à M. de
Pontlevé, à M. de Blancet ou aux autres
parents, qu'il s'ouvrait sur le prétendu
danger de madame de Chasteller.

Il y avait une grande difficulté au projet qui peu à peu se débrouillait dans la
tête de M. Du Poirier : c'était la présence
continuelle de mademoiselle Beaulieu,
femme de chambre de madame de Chasteller, et qui adorait sa maîtresse.

Le docteur la gagna en lui témoignant
toute confiance, et fit consentir mademoiselle Bérard à ce que souvent, en sa présence, il s'entretînt de préférence avec
mademoiselle Beaulieu sur les soins nécessaires à la malade jusqu'à la prochaine
visite de lui docteur.

Cette bonne femme de chambre comme
la très peu bonne mademoiselle Bérard
croyaient également madame de Chasteller fort dangereusement malade.

Le docteur confia à la femme de chambre qu'il supposait qu'un chagrin de
cœur augmentait la maladie de sa maîtresse. Il insinua qu'il trouverait *naturel*

que M. Leuwen cherchât à voir encore
une fois madame de Chasteller.

— Hélas ! M. le docteur, il y a quinze
jours que M. Leuwen me tourmente pour
le laisser venir ici pour cinq minutes. Mais
que dirait le monde ? J'ai refusé absolument.

Le docteur répondit par une quantité
de phrases arrangées de façon à ce que
l'intelligence de la femme de chambre
fût hors d'état de jamais les répéter, mais
dans le fait ces phrases engageaient indi-
rectement cette bonne fille à permettre
l'entrevue demandée.

Enfin, il arriva qu'un soir M. de Pontlevé, d'après l'ordre du docteur, alla
faire sa partie de whist chez madame de
Marcilly, partie interrompue par deux ou
trois accès de larmes. Justement, M. le
vicomte de Blancet n'avait pu résister à
une partie de chasse pour le passage des
bécasses [1]. Leuwen vit à la fenêtre de
mademoiselle Beaulieu le signal dont
l'espérance donnait encore à la vie quelque
intérêt pour lui. Leuwen vola chez lui,
revint habillé en bourgeois, et enfin,
annoncé avec des précautions infinies par
la bonne femme de chambre, qui ne quitta
pas le voisinage du lit, il put passer dix

1. A vérifier. Les bécasses passent en octobre et novembre.

minutes avec madame de Chasteller.

[Détails d'amour... Madame d'Hocquincourt nommée à la fin par madame de
Chasteller :

— Je ne m'y suis pas présenté depuis
que vous êtes malade [1].]

---

1. Détails jetés à la suite d'un blanc, pour une scène
qui n'a jamais été écrite. N. D. L. E.

CHAPITRE XXXVII

L E lendemain, le docteur trouva madame de Chasteller sans fièvre et tellement bien, qu'il eut peur d'avoir
perdu tous les soins qu'il se donnait depuis
trois semaines. Il affecta l'air très inquiet
devant la bonne mademoiselle Beaulieu. Il
partit comme un homme pressé, et revint
une heure après, à une heure insolite.

— Beaulieu, lui dit-il, votre maîtresse
tombe dans le marasme.

— Oh! mon Dieu, monsieur!

Ici, le docteur expliqua longuement ce
que c'est que le marasme.

— Votre maîtresse a besoin de lait de
femme. Si quelque chose peut lui sauver
la vie, c'est l'usage du lait d'une jeune
et fraîche paysanne. Je viens de faire courir
dans tout Nancy, je ne trouve que des
femmes d'ouvriers, dont le lait ferait plus
de mal que de bien à madame de Chasteller.
Il faut une jeune paysanne...

Le docteur remarqua que Beaulieu
regardait attentivement la pendule.

— Mon village, Chefmont, n'est qu'à

cinq lieues d'ici. J'arriverai de nuit, mais n'importe...

— Bien, très bien, brave et excellente Beaulieu. Mais si vous trouvez une jeune nourrice, ne lui faites pas faire les cinq lieues tout d'une traite. N'arrivez qu'après-demain matin ; le lait échauffé serait un poison pour votre pauvre maîtresse.

— Croyez-vous, monsieur le docteur, que voir encore une fois M. Leuwen puisse faire du mal à madame ? Elle vient en quelque sorte de m'ordonner de le faire entrer ce soir s'il se présente. Elle lui est si attachée !...

Le docteur croyait à peine au bonheur qui lui arrivait,

— Rien de plus *naturel*, Beaulieu. (Il insistait toujours sur le mot *naturel*.) Qui est-ce qui vous remplacera ?

— Anne-Marie, cette brave fille si dévote.

— Eh ! bien, donnez vos instructions à Anne-Marie. Où M. Leuwen se place-t-il en attendant le moment où vous pouvez l'annoncer ?

— Dans la soupente où couchait Joseph autrefois, dans l'antichambre de madame.

— Dans l'état où est votre pauvre maîtresse, elle n'a pas besoin de trop d'émotions à la fois. Si vous m'en croyez, vous ferez défendre la porte pour tout le monde absolument, même pour M. de Blancet.

Ce détail et beaucoup d'autres furent convenus entre le docteur et mademoiselle Beaulieu. Cette bonne fille quitta Nancy à cinq heures, laissant ses fonctions à Anne-Marie.

Or, depuis longtemps Anne-Marie, que madame de Chasteller ne gardait que par bonté et qu'elle avait été sur le point de renvoyer une ou deux fois, était entièrement dévouée à mademoiselle Bérard, et son espion contre Beaulieu.

Voici ce qui arriva : à huit heures et demie, dans un moment où mademoiselle Bérard parlait à la vieille portière, Anne-Marie fit passer dans la cour Leuwen qui, deux minutes après, fut placé dans un retranchement en bois peint qui occupait la moitié de l'antichambre de madame de Chasteller. De là, Leuwen voyait fort bien ce qui se passait dans la pièce voisine et entendait presque tout ce qui se disait dans l'appartement entier.

Tout à coup, il entendit les vagissements d'un enfant à peine né. Il vit arriver dans l'antichambre le docteur essoufflé portant l'enfant dans un linge qui lui parut taché de sang.

— Votre pauvre maîtresse, dit-il en toute hâte à Anne-Marie, est enfin sauvée.

L'accouchement a eu lieu sans accident. M. le marquis est-il hors de la maison ?

— Oui, monsieur.

— Cette maudite Beaulieu n'y est pas ?

— Elle est en route pour son village.

— Sous un prétexte je l'ai envoyée chercher une nourrice, puisque celle que j'ai retenue au faubourg ne veut pas d'un enfant clandestin.

— Et M. de Blancet ?

— Ce qu'il y a de bien singulier, c'est que votre maîtresse ne veut pas le voir.

— Je le crois pardieu bien, dit Anne-Marie, après un tel cadeau !

— Après tout, peut-être l'enfant n'est pas de lui.

— Ma foi ! ces grandes dames, ça ne va pas souvent à l'église, mais en revanche cela a plus d'un amoureux.

— Je crois entendre gémir madame de Chasteller, je rentre, dit le docteur. Je vais vous envoyer mademoiselle Bérard.

Mademoiselle Bérard arriva. Elle exécrait Leuwen, et dans une conversation d'un quart d'heure eut l'art, en disant les mêmes choses que le docteur, d'être bien plus méchante. Mademoiselle Bérard était d'avis que ce gros poupon, comme elle l'appelait, appartenait à M. de Blancet ou au lieutenant-colonel de hussards[1].

1. *Cuirassiers*, écrit Stendhal distrait. N. D. L. E.

— Ou à M. de Goëllo, dit naturellement Anne-Marie.

— Non, pas à M. de Goëllo, dit mademoiselle Bérard[1], madame ne peut plus le souffrir. C'était de lui la fausse couche qui faillit, dans les temps, la brouiller avec ce pauvre M. de Chasteller.

On peut juger de l'état où se trouvait Leuwen. Il fut sur le point de sortir de sa cachette et de s'enfuir, même en présence de mademoiselle Bérard.

« Non, se dit-il ; elle s'est moquée de moi comme d'un vrai blanc-bec que je suis. Mais il serait indigne de la compromettre. »

A ce moment, le docteur, craignant de la part de mademoiselle Bérard quelque raffinement de méchanceté trop peu vraisemblable, vint à la porte de l'antichambre.

— Mademoiselle Bérard ! Mademoiselle Bérard ! dit-il d'un air alarmé, il y a une hémorragie. Vite, vite, le sceau de glace que j'ai apporté sous mon manteau.

Dès qu'Anne-Marie fut seule, Leuwen sortit en remettant sa bourse à Anne-Marie, en quoi faisant il vit, bien malgré lui, l'enfant qu'elle portait avec ostentation et qui, au lieu de quelques minutes de vie,

---

1. Stendhal répète par erreur le nom d'*Anne-Marie*, qu'il vient de faire parler dans la réplique précédente ajoutée en surcharge. N. D. L. E.

avait bien un mois ou deux. C'est ce que
Leuwen ne remarqua pas. Il dit avec beau-
coup de tranquillité apparente à Anne-
Marie :

— Je me sens un peu indisposé. Je ne
verrai madame de Chasteller que demain.
Voulez-vous venir parler à la portière
pendant que je sortirai ?

Anne-Marie le regardait avec des yeux
extrêmement ouverts :

« Est-ce qu'il est d'accord, lui aussi ? »
pensait-elle.

Heureusement pour le succès des projets du docteur, comme le geste de Leuwen
la pressait fort, elle n'eut pas le temps de
commettre une indiscrétion ; elle ne dit
rien, alla déposer l'enfant sur un lit dans
la chambre voisine, descendit chez la
portière.

« Cette bourse si pesante, se disait-elle,
est-elle remplie d'argent ou de jaunets ? »

Elle conduisit la portière au fond de sa
loge, et Leuwen put sortir inaperçu.

Il courut chez lui et s'enferma à clef
dans sa chambre. Ce ne fut qu'à ce moment qu'il se permit de considérer en
plein tout son malheur. Il était trop
amoureux pour être furieux, dans ce premier moment, contre madame de Chasteller.

« M'a-t-elle jamais dit qu'elle n'eût

aimé personne avant moi ? D'ailleurs,
vivant avec moi comme avec un frère
par ma sottise et ma très grande sottise,
me devait-elle une telle confidence ?...
Mais, ma chère Bathilde, je ne puis donc
plus t'aimer ? » s'écriait-il tout à coup
en fondant en larmes.

« Il serait digne d'un homme, pensa-t-il
au bout d'une heure, d'aller chez madame
d'Hocquincourt, que j'abandonne sotte-
ment depuis un mois, et de chercher à
prendre une revanche. »

Il s'habilla en se faisant une violence
mortelle et, comme il allait sortir, il tomba
évanoui dans le salon.

Il revint à lui quelques heures après ;
un domestique le heurta du pied, en allant
voir à trois heures du matin s'il était
rentré.

— Ah ! le voilà encore ivre-mort ! Quelle
saleté pour un maître ! dit cet homme.

Leuwen entendit fort bien ces paroles ;
il se crut d'abord dans l'état que disait
ce domestique ; mais tout à coup l'affreuse
vérité lui apparut, et il fut bien plus malheureux que dans la soirée.

Le reste de la nuit se passa dans une
sorte de délire. Il eut un instant l'ignoble
idée d'aller faire des reproches à madame
de Chasteller ; il eut horreur de cette
tentation. Il écrivit au lieutenant-colonel

Filloteau qui, par bonheur, commandait le régiment, qu'il était malade, et sortit de Nancy fort matin, espérant n'être pas vu.

Ce fut dans cette promenade solitaire qu'il sentit en plein toute l'étendue de son malheur.

« Je ne puis plus aimer Bathilde ! » se disait-il tout haut de temps en temps.

A neuf heures du matin, comme il se trouvait à six lieues de Nancy, l'idée d'y rentrer lui parut horrible.

« Il faut que j'aille à Paris à franc étrier, voir ma mère. »

Ses devoirs comme militaire avaient disparu à ses yeux, il se sentait comme un homme qui approche des derniers moments. Toutes les choses du monde avaient perdu leur importance à ses yeux, deux objets surnageaient seuls : sa mère et madame de Chasteller.

Pour cette âme épuisée par la douleur, l'idée folle de ce voyage fut comme une consolation, la seule qu'il entrevît. C'était une distraction.

Il renvoya son cheval à Nancy et écrivit au colonel Filloteau pour le prier de ne pas faire parler de son absence.

« Je suis mandé secrètement par le ministre de la Guerre. »

Ce mensonge se trouva sous sa plume

parce qu'il eut la crainte folle d'être pour-
suivi.

Il demanda un cheval à une poste.
Comme, sur son air égaré, on lui faisait
quelques objections, il se dit envoyé par
le colonel Filloteau, du 27e de lanciers, à
une compagnie du régiment qui était dé-
tachée à Reims pour faire la guerre aux
ouvriers.

Les difficultés qu'il eut pour obtenir le
premier cheval ne se renouvelèrent plus,
et trente-deux heures après il était à Paris.

Près d'entrer chez sa mère, il pensa
qu'il lui ferait peur ; il alla descendre à
un hôtel garni voisin, et ne revint chez
lui que quelques heures plus tard.

[— Maman, je suis fou. Je n'ai pas manqué à l'honneur, mais à cela près je suis le
plus malheureux des hommes.

— Je vous pardonne tout, lui dit-elle
en lui sautant au cou. Ne crains aucun
reproche, mon Lucien. Est-ce une affaire
d'argent ? J'en ai.

— C'est bien autre chose. J'aimais, et
j'ai été trompé.]

LUCIEN LEUWEN

SECONDE PARTIE

Lecteur bénévole,

En arrivant à Paris, il me faut faire de grands efforts pour ne pas tomber dans quelque personnalité. Ce n'est pas que je n'aime beaucoup la satire, mais en fixant l'œil du lecteur sur la figure grotesque de quelque ministre, le cœur de ce lecteur fait banqueroute à l'intérêt que je veux lui inspirer pour les autres personnages. Cette chose si amusante, la satire personnelle, ne convient donc point, par malheur, à la narration d'une histoire. Le lecteur est tout occupé à comparer mon portrait à l'original grotesque, ou même odieux, de lui bien connu. Il le voit sale ou noir, comme le peindra l'histoire.

Les personnalités sont charmantes quand elles sont vraies et point exagérées, et c'est une tentation que ce que nous voyons

depuis vingt ans est bien fait pour nous
ôter.

« Quelle duperie, dit Montesquieu, que
de calomnier l'Inquisition ! » Il eût dit
de nos jours : « Comment ajouter à l'amour
de l'argent, à la crainte de perdre sa place,
et au désir de tout faire pour deviner
la fantaisie du maître, qui font l'âme de
tous les discours hypocrites de tout ce
qui mange plus de cinquante mille au
budget ? »

Je professe qu'au-dessus de cinquante
mille francs la vie privée doit cesser
d'être murée.

Mais la satire de ces heureux du budget
n'entre point dans mon plan. Le vinaigre
est en soi une chose excellente, mais
mélangé avec une crème, il gâte tout.
J'ai donc fait tout ce que j'ai pu pour que
vous ne puissiez reconnaître, ô lecteur
bénévole, un ministre de ces derniers
temps qui voulut jouer de mauvais tours
à Leuwen. Quel plaisir auriez-vous à voir
en détail que ce ministre était voleur,
mourant de peur de perdre sa place,
et ne se permettant pas un mot qui ne
fût une fausseté ? Ces gens-là ne sont
bons que pour leur héritier. Comme
rien d'un peu spontané n'est jamais entré
dans leur âme, la vue intérieure de cette
âme vous donnerait du dégoût, ô lecteur

bénévole, et bien plus encore si j'avais le malheur de vous faire deviner les traits doucereux ou ignobles qui recouvraient cette âme plate.

C'est bien assez de voir ces gens-là quand on va les solliciter le matin.

Non ragioniam di loro, ma guarda e passa.

CHAPITRE XXXVIII

J E ne veux point abuser de mon titre de père pour vous contrarier ; soyez libre, mon fils.

Ainsi, établi dans un fauteuil admirable, devant un bon feu, parlait d'un air riant M. Leuwen père, riche banquier déjà sur l'âge, à Lucien Leuwen, son fils et notre héros [1].

Le cabinet où avait lieu la conférence entre le père et le fils venait d'être arrangé avec le plus grand luxe sur les dessins de M. Leuwen lui-même. Il avait placé dans ce nouvel ameublement les trois ou quatre

---

1. [— Mon cher Lucien, j'ai chargé votre mère de vous gronder, s'il y a lieu. J'ai rempli les devoirs d'un bon père, je vous ai mis à même de recevoir deux coups d'épée. Vous connaissez la vie de régiment, vous connaissez la province ; préférez-vous la vie de Paris ? Donnez vos ordres, mon prince. Il n'y a qu'une chose à laquelle on ne consentira pas ; c'est le mariage.

— Il n'en est pas question, mon père.

. . . .

M. Leuwen père. Une autre fois :

— On voit trop d'âme à travers vos paroles. Vous ne manquez pas d'esprit, mais vous parlez trop de ce que vous sentez, trop. Cela attire les fourbes de toute espèce. Tâchez donc d'amuser en parlant aux autres de ce qui ne vous intéresse nullement.]

bonnes gravures qui avaient paru dans l'année en France et en Italie, et un admirable tableau de l'école romaine dont il venait de faire l'acquisition. La cheminée de marbre blanc contre laquelle s'appuyait Leuwen avait été sculptée à Rome dans l'atelier de Tenerani, et la glace de huit pieds de haut sur six de large, placée au-dessus, avait figuré dans l'exposition de 1834 comme absolument sans défaut. Il y avait loin de là au misérable salon dans lequel, à Nancy, Lucien promenait ses inquiétudes. En dépit de sa douleur profonde, la partie parisienne et vaniteuse de son âme était sensible à cette différence. Il n'était plus dans des pays barbares, il se trouvait de nouveau au sein de sa patrie.

— Mon ami, dit M. Leuwen père, le thermomètre monte trop vite, faites-moi le plaisir de pousser le bouton de ce ventilateur numéro 2... là... derrière la cheminée... Fort bien. Donc, je ne prétends nullement abuser de mon titre pour *abréger* votre liberté. Faites absolument ce qui vous conviendra.

Lucien, debout contre la cheminée, avait l'air sombre, agité, tragique, l'air en un mot que nous devrions trouver à un jeune premier de tragédie malheureux par l'amour. Il cherchait avec un effort pénible et visible à quitter l'air farouche du malheur pour prendre l'apparence du respect et de l'amour filial le plus sincère, sentiments très vivants dans son cœur. Mais l'horreur de sa situation depuis la dernière soirée passée à Nancy avait remplacé sa physionomie de bonne compagnie par celle d'un jeune brigand qui paraît devant ses juges.

— Votre mère prétend, continua M. Leuwen père, que vous ne voulez pas retourner à Nancy ? Ne retournez pas en province ; à Dieu ne plaise que je m'érige en tyran. Pourquoi ne feriez-vous pas des folies, et même des sottises ? Il y en a une, pourtant, mais une seule, à laquelle je ne consentirai pas, parce qu'elle a des suites : c'est le mariage. Mais vous avez la ressource des *sommations respectueuses*,... et pour cela je ne me brouillerai pas avec vous. Nous plaiderons, mon ami, en dînant ensemble.

— Mais, mon père, répondit Lucien revenant de bien loin, il n'est nullement question de mariage.

— Eh ! bien, si vous ne songez pas au mariage, moi j'y songerai. Réfléchissez à ceci : je puis vous marier à une fille riche et pas plus sotte qu'une pauvre, et il est fort possible qu'après moi vous ne soyez pas riche. Ce peuple-ci est si fou,

qu'avec une épaulette une fortune bornée
est très supportable pour l'amour-propre.
Sous l'uniforme, la pauvreté n'est que la
pauvreté, ce n'est pas grand'chose, il n'y
a pas le mépris. Mais tu croiras ces choses-
là, dit M. Leuwen en changeant de ton,
quand tu les auras vues toi-même... Je
dois te sembler un radoteur... Donc, brave
sous-lieutenant, vous ne voulez plus de
l'état militaire ?

— Puisque vous êtes si bon que de raisonner avec moi au lieu de commander,
non, je ne veux plus de l'état militaire en
temps de paix, c'est-à-dire : passer ma
soirée à jouer au billard et à m'enivrer
au café, et encore avec défense de prendre
sur la table de marbre mal essuyée d'autre
journal que le *Journal de Paris*. Dès que
nous sommes trois officiers à [nous] promener ensemble, un au moins peut passer
pour espion dans l'esprit des deux autres.
Le colonel, autrefois intrépide soldat,
s'est transformé, sous la baguette du juste
milieu, en sale commissaire de police.

M. Leuwen père sourit comme malgré
lui. Lucien le comprit, et ajouta avec
empressement :

— Je ne prétends point tromper un
homme aussi clairvoyant ; je ne l'ai jamais
prétendu, croyez-le bien, mon père ! Mais
enfin, il fallait bien commencer mon conte

par un bout. Ce n'est donc point pour des
motifs raisonnables que, si vous le per-
mettez, je quitterai l'état militaire. Mais
cependant, c'est une démarche raisonnable. Je sais donner un coup de lance
et commander à cinquante hommes qui
donnent des coups de lance, je sais vivre
convenablement avec trente-cinq camarades, dont cinq ou six font des rapports
de police. Je sais donc le *métier*. Si la guerre
survient, mais une vraie guerre, dans
laquelle le général en chef ne trahisse
pas son armée, et que je pense comme
aujourd'hui, je vous demanderai la permission de faire une campagne ou deux.
La guerre, suivant moi, ne peut pas durer
davantage, si le général en chef ressemble
un peu à Washington. Si ce n'est qu'un
pillard habile et brave, comme Soult,
je me retirerai une seconde fois.

— Ah ! c'est là votre politique ! reprit
son père avec ironie [1]. Diable ! c'est de la
haute vertu ! Mais la politique, c'est
bien long ! Que voulez-vous pour vous
personnellement ?

— Vivre à Paris, ou faire de grands
voyages : l'Amérique, la Chine. ·

— Vu mon âge et celui de votre mère,
tenons-nous-en à Paris. Si j'étais l'enchan-

---

1. Oui, *ironie :* la vertu de bonne foi l'irrite.

teur Merlin et que vous n'eussiez qu'un
mot à dire pour arranger le matériel de
votre destinée, que demanderiez-vous ?
Voudriez-vous être commis dans mon
comptoir, ou employé dans le bureau particulier d'un ministre qui va se trouver
en possession d'une grande influence
sur les destinées de la France, M. de Vaize,
en un mot ? Il peut être ministre de l'Intérieur demain.

— M. de Vaize ? Ce pair de France qui
a tant de génie pour l'administration ?
Ce grand travailleur ?

— Précisément, répondit M. Leuwen en
riant et admirant la haute vertu des inten-
tions et la bêtise des perceptions.

— Je n'aime pas assez l'argent pour
entrer au comptoir, répondit Lucien.
Je ne pense pas assez au *métal*, je n'ai
jamais senti vivement et longtemps son
absence. Cette absence terrible ne sera
pas toujours là, en moi, pour répondre
victorieusement à tous les dégoûts. Je
craindrais de manquer de persévérance
une seconde fois si je nommais le comptoir.

— Mais si après moi vous êtes pauvre ?

— Du moins à la dépense que j'ai faite
à Nancy, maintenant je suis riche ; et
pourquoi cela ne durerait-il pas bien longtemps encore ?

— Parce que 65 n'est pas égal à 24.

— Mais, cette différence...

La voix de Lucien se voilait.

— Pas de phrases, monsieur ! Je vous rappelle à l'ordre. La politique et le sentiment nous écartent également de l'objet à l'ordre du jour :

Sera-t-il dieu, table ou cuvelle?

C'est de vous qu'il s'agit, et c'est à quoi nous cherchons une réponse. Le comptoir vous ennuie et vous aimez mieux le bureau particulier du comte de Vaize ?

— Oui, mon père.

— Maintenant paraît une grande difficulté : serez-vous assez coquin pour cet emploi ?

Lucien tressaillit ; son père le regarda avec le même air gai et sérieux tout à la fois. Après un silence, M. Leuwen père reprit :

— Oui, monsieur le sous-lieutenant, serez-vous assez coquin ? Vous serez à même de voir une foule de petites manœuvres ; voulez-vous, vous subalterne, aider le ministre dans ces choses, ou le contrecarrer? Voudrez-vous *faire aigre,* comme un jeune républicain qui prétend repétrir les Français pour en faire des anges ? *That is the question,* et c'est là-dessus que vous me répondrez ce soir, après l'Opéra,

car ceci est un secret : pourquoi n'y aurait-
il pas crise ministérielle en ce moment ?
La Finance et la Guerre ne se sont-elles
pas dit les gros mots pour la vingtième fois ?
Je suis fourré là-dedans, je puis ce soir,
je puis demain, et peut-être je ne pourrai
plus après-demain vous nicher d'une façon
brillante.

— Je ne vous dissimule pas que les
mères jetteront les yeux sur vous pour
vous faire épouser leurs filles ; en un mot,
la position *la plus honorable*, comme disent
les sots, mais serez-vous assez coquin
pour la remplir ? Réfléchissez donc à ceci :
jusqu'à quel point vous sentez-vous la
force d'être un coquin, c'est-à-dire d'aider
à faire une petite coquinerie, car depuis
quatre ans il n'est plus question de verser
du sang...

— Tout au plus de voler l'argent,
interrompit Lucien.

— *Du pauvre peuple !* interrompit à
son tour M. Leuwen père d'un air piteux :
ou de l'employer un peu différemment
qu'il ne l'emploierait lui-même, ajouta-t-il
du même ton. Mais il est un peu bête, et
ses députés un peu sots et pas mal intéres-
sés...

— Et que désirez-vous que je sois ?
demanda Lucien d'un air simple.

— Un coquin, reprit le père, je veux dire

un homme politique, un Martignac, je
n'irai pas jusqu'à dire un Talleyrand. A
votre âge et dans vos journaux, on appelle
cela être un coquin. Dans dix ans, vous
saurez que Colbert, que Sully, que le car-
dinal [de] Richelieu, en un mot que tout
ce qui a été homme politique, c'est-à-dire
dirigeant les hommes, s'est élevé au moins
à ce premier degré de coquinerie que je
désire vous voir. N'allez pas faire comme
N... qui, nommé secrétaire général de la
police, au bout de quinze jours donna sa
démission parce que cela était trop sale.
Il est vrai que dans ce temps on faisait
fusiller *Frotté* par des gendarmes chargés
de le conduire de sa maison en prison, et
qu'avant que de partir les gendarmes sa-
vaient qu'il tenterait de fuir, et les obli-
gerait à le tuer.

— Diable ! dit Lucien.

— Oui. Le préfet C***[1], ce brave homme
préfet à Troyes et mon ami, dont vous vous
souvenez peut-être, un homme de cinq
pieds six pouces à cheveux gris, à Plancy.

— Oui, je m'en souviens très bien. Ma
mère lui donnait la belle chambre à damas
rouge, à l'angle du château.

— C'est cela. Eh ! bien, il perdit sa
préfecture dans le Nord, à Caen ou envi-

1. *Cafarelli*, écrit d'abord Stendhal. N. D. L. E.

rons, enfin, parce qu'il ne voulut pas être
assez coquin, et je l'approuvai fort : un
autre fit l'affaire Frotté. Ah ! diable, *mon
jeune ami*, comme disent les pères nobles,
vous êtes étonné ?

— *On le serait à moins*, répond souvent
le jeune premier, dit Lucien. Je croyais
que les jésuites seuls et la Restauration...

— Ne croyez rien, mon ami, que ce
que vous aurez vu, et vous en serez plus
sage. Maintenant, à cause de cette maudite
liberté de la presse, dit M. Leuwen en
riant, il n'y a plus moyen de traiter les
gens à la Frotté. Les ombres les plus noires
du tableau actuel ne sont plus fournies
que par des pertes d'argent ou de place...

— Ou par quelques mois de prison
préventive !

— Très bien. A ce soir réponse décisive,
claire, nette, sans phrases sentimentales
surtout. Demain peut-être je ne pourrai
plus *rien pour mon fils.*

Ces mots furent dits d'une façon à la
fois noble et sentimentale, comme eût
fait Monvel, le grand acteur.

— A propos, dit M. Leuwen père en
revenant, vous savez sans doute que
sans votre père vous seriez à l'*Abbaye*.
J'ai écrit au général D... ; j'ai dit que je
vous avais envoyé un courrier parce que
votre mère était fort malade. Je vais

passer à la Guerre pour que votre congé antidaté arrive au colonel. Écrivez-lui, de votre côté, et tâchez de le séduire [1].

— Je voulais vous parler de l'Abbaye. Je pensais à deux jours de prison, et à remédier à tout par ma démission...

— Pas de démission, mon ami ; il n'y a que les sots qui donnent leur démission. Je prétends bien que vous serez toute votre vie un jeune militaire de la plus haute distinction attiré par la politique, une véritable *perte pour l'armée*, comme disent les *Débats*.

---

1. [*Lettre à M. le lieutenant-colonel Filloteau, commandant le* 25° *de lanciers.*

Mon colonel,

J'ai à vous demander bien des pardons. Le 11 du courant, je reçus à cinq heures du soir une lettre en quatre lignes du ministère de la guerre portant l'ordre de me rendre à Paris en toute hâte et sans nul délai. *Votre colonel est prévenu de la présente disposition*, disait Son Excellence. J'eus l'honneur de me présenter deux fois chez vous. Désolé de ne pas vous trouver, j'appris que vous étiez au *Chasseur vert*. J'y courus, mais vous n'y étiez point. Il se faisait tard, l'ordre était de partir sans nul délai. J'eus l'honneur de vous écrire avant de partir ; j'apprends avec le plus profond regret que mon domestique a égaré ma lettre. Je serais désolé que vous pussiez voir dans ce malheur, par moi vivement senti, un manque de respect. J'avais des devoirs précis envers mon colonel, j'en avais de non moins sacrés envers le chef obligeant qui a daigné me protéger. Je devais à mes camarades l'expression du regret de les quitter...

Ne devant pas, suivant toute apparence, retourner de longtemps au régiment, je vous prie, mon colonel, d'accepter le don de mes chevaux. Etc., etc.]

CHAPITRE XXXIX

LA distraction violente causée par la réponse catégorique, décisive, demandée par son père, fut une première consolation pour Lucien. Pendant le voyage de Nancy à Paris, il n'avait pas réfléchi : il fuyait la douleur, le mouvement physique lui tenait lieu de mouvement moral. Depuis son arrivée, il était dégoûté de soi-même et de la vie. Parler avec quelqu'un était un supplice pour lui, à peine pouvait-il prendre assez sur soi pour parler une heure de suite avec sa mère.

Dès qu'il était seul, ou il était plongé dans une sombre rêverie, dans un océan sans limites de sentiments déchirants ; ou, raisonnant un peu, il se disait :

« Je suis un grand sot, je suis un grand fou ! J'ai estimé ce qui n'est pas estimable : le cœur d'une femme ; et, le désirant avec passion, je n'ai pas pu l'obtenir. Il faut ou quitter la vie, ou me corriger profondément. »

Dans d'autres moments, où un attendrissement ridicule prenait le dessus :

« Peut-être l'eussé-je obtenue, se disait-il, sans la cruauté de l'aveu à faire : « Un autre m'a aimée, et je suis... »

« Car il y a des jours où elle m'aimait vraiment... Sans le cruel état où elle se trouvait, elle m'eût dit : « Eh ! bien, oui, je vous aime ! » Mais alors il fallait ajouter : « L'état où je me trouve... » Car elle a de l'honneur, j'en suis sûr... Elle m'a mal connu ; cet aveu n'eût pas détruit l'étrange sentiment que j'ai pour elle. Toujours j'en ai eu honte, et toujours il m'a dominé.

« Elle a été faible, et moi, suis-je parfait ? Mais pourquoi m'abuser ? disait-il en s'interrompant avec un sourire amer. Pourquoi parler le langage de la raison ? Quand j'aurais trouvé en elle des défauts choquants, que dis-je ? des vices déshonorants, j'aurais été cruellement combattu, mais je n'aurais pu cesser de l'aimer. Désormais, qu'est-ce que la vie pour moi ? Un long supplice. Où trouver le plaisir, où trouver seulement un état exempt de peines ? »

Cette sensation triste finissait par amortir toutes les autres. Il parcourait tous les états de la vie, les voyages comme le séjour à Paris, la richesse extrême, le pouvoir, partout il trouvait un dégoût invincible. L'homme qui venait lui parler

lui semblait toujours le plus ennuyeux
de tous.

Une seule chose le tirait de l'inaction
profonde et faisait agir son esprit : c'était
de revenir sur les événements de Nancy.
Il frémissait en rencontrant sur une carte
géographique le nom de cette petite ville ;
ce nom le poursuivait dans les journaux :
tous les régiments qui revenaient de Lunéville semblaient devoir passer par là. Le
nom de Nancy ramenait toujours invariablement cette idée :

« Elle n'a pu se résoudre à me dire :
« J'ai un grand secret que je ne puis vous
confier... Mais à cela près, je vous aime
uniquement. » Souvent en effet je la
voyais profondément triste, cet état me
semblait extraordinaire, inexplicable... Si
j'allais à Nancy me jeter à ses pieds ?...
Et lui demander pardon de ce qu'elle m'a
fait cocu, » ajoutait le parti Méphistophélès en ricanant.

Après avoir quitté le cabinet de son père,
cet ordre de pensées semblait s'être attaché
au cœur de Lucien avec plus d'acharne-
ment que jamais.

« Et il faut qu'avant demain matin,
se disait-il avec terreur, je prenne une
décision, que *j'aie foi en moi-même*...
Est-il un être au monde dont j'estime
aussi peu le jugement ? »

Il était extrêmement malheureux ; le fond de tous ses raisonnements était cette folie :

« A quoi bon choisir un état pour la troisième fois ? Puisque je n'ai pas su plaire à madame de Chasteller [1], que saurai-je jamais ? Quand on possède une âme comme la mienne, à la fois faible et impossible à contenter, on va se jeter à la Trappe. »

Le plaisant, c'est que toutes les amies de madame Leuwen lui faisaient compliment sur l'excellente tenue que son fils avait acquise. « C'est maintenant l'homme sage, disait-on de toutes parts, l'homme fait pour satisfaire l'ambition d'une mère. »

Dans son dégoût pour les hommes, Lucien n'avait garde de leur laisser [deviner] ses pensées ; il ne leur répondait que par des lieux communs bien maniés.

Tourmenté par la nécessité de donner le soir même une réponse décisive, il alla dîner seul, car il fallait parler et *être aimable* à la maison ou bien il pleuvait des épigrammes, et l'usage était de n'épargner personne.

Après dîner, Lucien erra sur le boulevard et ensuite dans les rues ; il craignait de rencontrer des amis sur le boulevard,

---

1. Contradiction.

et chaque minute était précieuse et pouvait
lui donner l'idée d'une réponse. En passant
la rue de***, il entra machinalement
dans un cabinet de lecture mal éclairé et
où il espérait trouver peu de monde. Un
domestique rendait un livre à la demoiselle du comptoir ; il lui trouva une mise
d'une fraîcheur charmante et de la grâce
(Lucien rentrait de province).

Il ouvrit le livre au hasard ; c'était
un ennuyeux moraliste qui avait divisé
sa drogue par portraits détachés, comme
Vauvenargues : *Edgar, ou le Parisien de
vingt ans.*

« Qu'est-ce qu'un jeune homme qui
ne connaît pas les hommes ? qui n'a vécu
qu'avec des gens polis, ou des subordonnés,
ou des gens dont il ne choquait pas les
intérêts ? Edgar n'a pour garant de son
mérite que les magnifiques promesses
qu'il se fait à soi-même. Edgar a reçu
l'éducation la plus distinguée, il monte à
cheval, il mène admirablement son cabriolet, il a, si vous l'exigez, toute l'ins-
truction de Lagrange, toutes les vertus
de Lafayette, qu'importe ! Il n'a point
éprouvé l'effet des autres sur lui-même,
il n'est sûr de rien ni sur les autres ni,
à plus forte raison, sur soi-même. Ce
n'est tout au plus qu'un brillant *peut-être*.
Que sait-il au fond ? Monter à cheval,

parce que son cheval n'est pas poli et le
jette par terre s'il fait un faux mouvement.
Plus sa société est polie, moins elle ressemble à son cheval, moins il vaut. Laisse-t-il
s'enfuir ces rapides années de dix-huit
à trente sans *se colleter avec la nécessité*,
comme dit Montaigne, il n'est plus même
un *peut-être* ; l'opinion le dépose dans
l'ornière des gens communs, elle cesse
de le regarder, elle ne voit plus en lui
qu'un être comme tout le monde, important seulement par le nombre de billets
de mille francs que ses fermiers placent
sur son bureau.

« Moi, philosophe, je néglige le bureau
chargé de billets, je regarde l'homme qui
les compte. Je ne vois en lui qu'un être
jaune, ennuyé, réduit quelquefois par
son ineptie à se faire l'*exagéré* d'un parti,
l'*exagéré* des Bouffes et de Rossini, l'*exagéré* du juste milieu se réjouissant du nombre
des morts sur les quais de Lyon, l'*exagéré*
de Henri V répétant que Nicolas va lui
prêter deux cent mille hommes et quatre
cents millions. Que m'importe, qu'importe au monde ? Edgar s'est laissé
tomber à n'être qu'un sot !

« S'il va à la messe, s'il proscrit autour
de lui toute conversation gaie, toute
plaisanterie sur quoi que ce soit, s'il fait
des aumônes bien entendues, vers cin-

quante ans les charlatans de toutes les
sortes, ceux de l'Institut comme ceux
de l'archevêché, proclameront qu'il a
toutes les vertus ; par la suite, ils le porteront peut-être à être l'un des douze
maires de Paris. Il finira par fonder
un hôpital. *Requiescat in pace.* Colas vivait,
Colas est mort. »

Lucien relisait chaque phrase de cette
morale deux et même trois fois ; il en examinait le sens et la portée. Sa rêverie sombre fit lever le nez aux lecteurs du *Journal
du soir* ; il s'en aperçut, paya avec humeur,
sortit. Il se promenait sur la place de
Beauvau, devant le cabinet littéraire.

« *Je serai un coquin,* » s'écria-t-il tout
à coup. Il passa encore un quart d'heure
à bien tâter son courage, puis appela un
cabriolet et courut à l'Opéra.

— Je vous cherchais, lui dit son père
qu'il trouva errant dans le foyer.

Ils montèrent rapidement dans la loge de
M. Leuwen père, ils y trouvèrent trois
demoiselles, et Raimonde en costume de
sylphide.

« *They can not understand.* (Elles ne
comprendront pas un mot à ce que nous
dirons ; ainsi, ne nous gênons pas.)

— Messieurs, nous lisons dans vos
yeux, dit mademoiselle Raimonde, des
choses beaucoup trop sérieuses pour nous ;

nous allons sur le théâtre. Soyez heureux,
si vous le pouvez sans nous.

— Eh ! bien, vous sentez-vous l'âme
assez scélérate pour entrer dans la carrière
des honneurs [1] ?

— Je serai sincère avec vous, mon père.

1. Stendhal avait quelques jours auparavant déjà écrit
cette scène entre le père et le fils, mais moins poussée.
Il garda les deux se réservant de choisir. Voici la première
N. D. L. E.

[— Je ne vois que ce moyen pour acquérir de l'expérience
et me *colleter* avec la nécessité ; mais une plaisanterie comme
celle de Caron ou du duc d'Enghien me ferait fuir au bout
du monde...

— Vous voyez bien que M. N*** vit encore, dont le
système actuel ne mène les hommes que par l'argent.

— Et la prison préventive ?

— Cela ne regarde pas votre ministère et, j'espère, ne
vous regardera pas, dit M. Leuwen père de ce ton dégagé
et *bon enfant* qui met fin aux conversations. Je vais donner
ma parole et la vôtre. Amusez ces demoiselles.

L'une d'elles (la sylphide) avait été du souper donné
par Lucien huit mois auparavant. Elle essaya de lui parler avec gaieté.

— Ma petite Raimonde, vous êtes plus jolie que jamais,
lui dit Lucien ; mais j'ai perdu la vue. Actuellement,
je n'aime plus que les chevaux et la chasse ; les femmes
m'ennuient.

Ce qu'il prouva en regardant uniquement le théâtre,
où l'on donnait *Don Juan*.

— Parlez, riez, absolument comme si je n'y étais pas,
ajouta-t-il, voyant qu'elles se gênaient.

— Je ne suis pas dupe, dit Raimonde. Ce ne sont ni
les chevaux, ni la chasse qui nous enlèvent le plaisir de
vous entendre, ce sont les emprunts espagnols... ·

— Monsieur aurait-il des coupons de l'emprunt Gué-
bart ? dit Mlle Séraphie en prenant un petit air grave.

Lucien ne répondit pas, et bientôt elles jasèrent et s'amu-
sèrent entre elles comme s'il n'eût pas été dans la loge.

Lucien regardait la salle.

« Me voici au milieu de ce qu'il y a de plus élégant à
Paris. »]

L'excès de votre indulgence m'étonne et
augmente ma reconnaissance et mon
respect. Par l'effet de malheurs sur lesquels je ne puis m'expliquer, même avec
mon père, je me trouve dégoûté de moi-
même et de la vie. Comment choisir telle
ou telle carrière ? tout m'est également
indifférent, et je puis dire odieux. Le seul
état qui me conviendrait serait d'abord
celui d'un mourant à l'Hôtel-Dieu, ensuite
peut-être celui d'un sauvage qui est obligé
de chasser ou de pêcher pour sa subsistance
de chaque jour. Cela n'est ni beau ni
honorable pour un homme de vingt-quatre
ans, aussi personne au monde n'aura
jamais cette confidence...

— Quoi ! pas même votre mère ?

— Ses consolations augmenteraient mon
martyre ; elle souffrirait trop de me voir
dans ce malheureux état...

L'égoïsme de M. Leuwen eut une jouis-
sance qui l'attacha un peu à son fils.
« Il a, se dit-il, des secrets pour sa mère
qui n'en sont pas pour moi. »

« ... Si je reviens à la sensibilité pour
les choses extérieures, il se peut que je
me trouve étrangement choqué des exigences de l'état que j'aurai choisi. Une place
dans votre comptoir pouvant se quitter
sans scandaliser personne, je devrais
peut-être la choisir.

— Je dois vous mettre en possession d'une donnée importante de plus : vous serez plus utile à mes intérêts comme secrétaire du ministre de l'Intérieur que comme chef de correspondance dans mon bureau. Vos qualités comme homme du monde me seraient inutiles dans mon bureau.

Lucien fut adroit pour la première fois depuis *son cocuage* (c'était le mot qu'il employait avec une amère ironie, car, pour torturer davantage son âme, il se regardait comme un mari trompé et s'appliquait la masse de ridicule et d'antipathie dont le théâtre et le monde vulgaire affublent cet état. Comme s'il y avait encore des caractères d'état ![1])

Lucien allait conclure pour la place au ministère, principalement par curiosité : il connaissait le comptoir, et n'avait pas la moindre idée de l'intérieur intime d'un ministre. Il se faisait une fête d'approcher M. le comte de Vaize, travailleur infatigable et le premier administrateur de France, disaient les journaux, un homme qu'on comparait au comte Daru de l'Empereur.

A peine son père eut-il cessé de parler :
— Ce mot me décide, s'écria-t-il avec

1. Longueur, peut-être.

une fausseté naïve qui pouvait donner de
l'espoir pour l'avenir. Je penchais pour
le comptoir, mais je m'engage au ministère sous la condition que je ne contri-
buerai à aucun assassinat comme le
maréchal Ney, le colonel Caron, Frotté,
etc. Je m'engage tout au plus pour des
friponneries d'argent ; et enfin, peu sûr
de moi-même, je ne m'engage que pour
un an.

— C'est bien peu pour le monde. On
dira : « Il ne peut pas tenir en place plus
de six mois. » Peut-être aurez-vous du
dégoût dans les commencements, et de
l'indulgence pour les faiblesses et les
friponneries des hommes six mois plus
tard. Pouvez-vous, par amitié pour moi,
me sacrifier six mois de plus et me promettre de ne pas quitter les bureaux de
la rue de Grenelle avant dix-huit mois ?

— Je vous donne ma parole pour dix-
huit mois, toujours à moins d'assassinat,
par exemple si mon ministre engageait
quatre ou cinq officiers à se battre en
duel successivement contre un député trop
éloquent, incommode pour le budget.

— Ah ! mon ami, dit M. Leuwen en
riant de tout son cœur, d'où sortez-vous ?
Allez il n'y aura jamais de ces duels-là, et
pour cause.

— Ce serait là, continua son fils fort

sérieusement, un cas rédhibitoire. Je
partirais à l'instant pour l'Angleterre.

— Mais qui sera juge des crimes,
homme vertueux ?

— Vous, mon père.

— Les friponneries, les mensonges, les
manœuvres d'élections ne rompront pas
notre marché ?

— Je ne ferai pas les pamphlets menteurs...

— Fi donc ! Cela regarde les gens de
lettres. Dans le genre sale, vous dirigez,
vous ne faites jamais. Voici le principe :
tout gouvernement, même celui des États-
Unis, ment toujours et en tout ; quand il
ne peut pas mentir au fond, il ment sur les
détails. Ensuite, il y a les bons mensonges
et les mauvais ; les *bons* sont ceux que
croit le petit public de cinquante louis de
rente à douze ou quinze mille francs,
les *excellents* attrapent quelques gens à
voiture, les *exécrables* sont ceux que personne ne croit et qui ne sont répétés que
par les ministériels éhontés. Ceci est entendu. Voilà une première *maxime d'État* ; cela
ne doit jamais sortir de votre mémoire
ni de votre bouche.

— J'entre dans une caverne de voleurs,
mais tous leurs secrets, petits et grands,
sont confiés à mon honneur.

— Doctement. Le gouvernement es-

camote les droits et l'argent du populaire
tout en jurant tous les matins de les respecter. Vous souvenez-vous du fil rouge
que l'on trouve au centre de tous les cor-
dages, gros ou petits, appartenant à la
marine royale d'Angleterre, ou plutôt vous
souvenez-vous de *Werther*, je crois, où
j'ai lu cette belle chose ?

— Très bien.

— Voilà l'image d'une corporation ou
d'un homme qui a un mensonge *de fond*
à soutenir. Jamais de vérité *pure et simple*.
Voyez les doctrinaires.

— Le mensonge de Napoléon n'était
pas aussi grossier, à beaucoup près.

— Il n'y a que deux choses sur lesquelles
on n'ait pas encore trouvé le moyen d'être
hypocrite : amuser quelqu'un dans la
conversation, et gagner une bataille. Du
reste, ne parlons pas de Napoléon. Laissez
le sens moral à la porte en entrant au
ministère, comme de son temps on laissait
l'amour de la patrie en entrant dans sa
garde. Voulez-vous être un *joueur d'échecs*
pendant dix-huit mois et n'être rebuté par
aucune affaire d'argent ? Le sang seul
vous arrêterait ?

— Oui, mon père.

— Eh ! bien, n'en parlons plus [1].

---

1. Cette conversation est peut-être un peu longue, mais
M. Leuwen père voulait être bien clair, bien explicite.

Et M. Leuwen père s'enfuit de sa loge. Lucien remarqua qu'il marchait comme un homme de vingt ans. C'est que cette conversation avec un niais l'avait mortellement excédé[1].

Lucien, étonné d'avoir pris intérêt à la politique, regardait la salle de l'Opéra.

« Me voici au milieu de ce qu'il y a de plus élégant à Paris. Je vois ici à profusion tout ce qui me manquait à Nancy. »

A ce nom chéri, il tira sa montre.

« Il est onze heures. Dans nos jours de confiance intime ou de grande gaieté, je prolongeais jusqu'à onze heures ma visite du soir. »

Une idée bien lâche, qu'il avait déjà repoussée plusieurs fois, se présenta avec une vivacité à laquelle il ne put résister :

« Si je campais là le ministère, et re-

pour qu'une fois initié dans les affaires de télégraphe, son fils ne vînt pas à déranger la machine par dégoût.

1. [Et M. Leuwen père s'enfuit de sa loge, où bientôt affluèrent les belles demoiselles et à leur suite deux ou trois *viveurs* de tous les âges, comme M. Leuwen père. Tout le monde était bien venu à lui adresser une épigramme ; il répondait s'il pouvait, et ne se fâchait jamais ; mais, à moins d'être provoqué, personne chez lui ne se serait hasardé à lui parler de choses sérieuses. Lucien voyait fort bien cet usage Pendant que tout Paris parlait de la démission des cinq ministres et de la formation d'un nouveau ministère, Lucien, voyant sans cesse une des personnes les mieux instruites, par dignité n'osait pas lui parler politique. Plusieurs fois, les jours suivants, il fut tenté de parler politique à son père. « Mais j'aurais l'air de revenir sur notre marché », pensa-t-il. Et il se tut.]

tournais à Nancy et au régiment ? Si je lui demandais pardon du secret qu'elle m'a fait, ou plutôt si je ne lui parlais pas de ce que j'ai vu, ce qui est plus juste, pourquoi ne me recevrait-elle pas comme la veille de ce jour fatal ? En quoi puis-je être offensé raisonnablement, moi qui ne suis point son amant, de rencontrer la preuve qu'elle a eu un amant avant de me connaître ?

« Mais ma façon d'être avec elle serait-elle la même ? Tôt ou tard, elle saurait la vérité ; je ne pourrais m'empêcher de la lui dire si elle me la demandait et là, comme il m'est déjà arrivé plusieurs fois, *l'absence de vanité* me ferait mépriser comme un homme sans cœur. Serai-je tranquille avec le sentiment que si l'on me connaissait l'on me mépriserait, et surtout moi ne pouvant pas lui en faire confidence ? »

Cette grande question agitait le cœur de Leuwen, tandis que ses yeux s'arrêtaient avec une sorte d'attention machinale sur chacune des femmes qui remplissaient les loges à la mode. Il en reconnut plusieurs, elles lui semblèrent des comédiennes de campagne.

« Mais, grand Dieu ! je deviens fou à la lettre, se dit-il quand sa lorgnette fut arrivée au bout du rang des loges. J'appliquais absolument le même mot de

comédiennes de campagne aux femmes qui
remplissaient le salon de mesdames de
Puylaurens ou d'Hocquincourt. Un homme opprimé par une fièvre dangereuse
peut trouver amère la saveur de l'eau
sucrée ; l'essentiel est que personne ne
s'aperçoive de ma folie. Je ne dois dire
absolument que des choses communes, et
jamais rien qui s'écarte le moins du monde
de l'opinion reçue dans la société où je
me trouverai. Le matin, une grande assiduité dans mon bureau, si j'ai un bureau,
ou de longues promenades à cheval ;
le soir, afficher une passion pour le spectacle, fort naturelle après huit mois d'exil
en province ; dans les salons, quand je ne
pourrai absolument éviter d'y paraître,
un goût démesuré pour l'*écarté*. »

Les réflexions de Lucien furent interrom-
pues par une obscurité soudaine : c'est
qu'on éteignait les lampes de toutes parts.

« Bon, se dit-il avec un sourire amer, le
spectacle m'intéresse tellement, que je
suis le dernier à le quitter. »

[Dans le fait, il était moins malheureux.
Dix fois par jour, la pensée de Nancy
était remplacée par celle-ci : « A quel
genre de besogne est-ce qu'ils vont me
mettre ? » Il lisait tous les journaux avec
un intérêt bien nouveau pour lui. Le seul

indice politique qu'il eut fut celui-ci : sa mère lui dit :

— Tu écris bien mal ; tu ne formes pas tes lettres.

— Il n'est que trop vrai.

— Eh ! bien, si tu vas rue de Grenelle, écris encore plus mal ; que jamais ton écriture ne puisse passer sous les yeux du roi sans être recopiée, cela te sauvera de l'ennui de transcrire des pièces secrètes et ce qui vaut mieux, ton écriture ne restera pas attachée à des choses qui peuvent être un souvenir pénible dans dix ans. Grâce à Dieu, mon cher Lucien, tu as trente-huit ans de moins que le roi. Vois les changements qui ont eu lieu en France depuis trente-huit ans. Pourquoi l'avenir ne ressemblerait-il pas au passé? La révolution est faite dans les choses, dit toujours ton père pour me tranquilliser. Mais une ambition effrénée n'est-elle pas descendue dans les rangs les plus infimes ? Un garçon cordonnier veut devenir un Napoléon.

Une conversation politique ne finit jamais, celle-ci se prolongea à l'infini entre une mère femme d'esprit et un fils inquiet de ce qu'on allait faire de lui. Pour la première fois, le fantôme importun de Nancy ne vint pas emporter l'attention de Leuwen.]

Huit jours après l'entretien à l'Opéra, le *Moniteur* portait l'acceptation de la démission de M. N..., ministre de l'Intérieur, la nomination à cette place de M. le comte de Vaize, pair de France, des ordonnances analogues pour quatre autres ministères, et beaucoup plus bas, dans un coin obscur :

« Par ordonnance du... MM. N..., N..., et Lucien Leuwen ont été nommés maîtres des requêtes. M. L. Leuwen est chargé du bureau particulier de M. le comte de Vaize, ministre de l'Intérieur. »

CHAPITRE XL

Pendant que Leuwen recevait de son père les premières leçons de sens commun, voici ce qui se passait à Nancy :

Quand, le surlendemain du brusque départ de Lucien, ce grand événement fut connu de M. de Sanréal, du comte Roller et des autres conspirateurs qui avaient dîné ensemble pour arranger un duel contre lui, ils pensèrent tomber de leur haut. Leur admiration pour M. Du Poirier fut sans bornes ; ils ne pouvaient deviner ses moyens de succès.

Suivant un premier mouvement toujours généreux et dangereux, ces messieurs oublièrent leur répugnance pour ce bourgeois aux mauvaises manières, et allèrent en corps lui faire une visite. Et comme le provincial est avide de tout ce qui peut prendre un air officiel et le tirer de la monotonie de sa vie habituelle, ces messieurs montèrent avec gravité au troisième étage du docteur. Ils entrèrent en saluant sans mot dire et, s'étant rangés en haie contre la muraille, M. de Sanréal porta la parole. Parmi beaucoup de lieux communs, la phrase suivante frappa Du Poirier :

« Si vous songez à la Chambre des Députés de Louis-Philippe et qu'il vous convienne de paraître aux élections, nous vous promettons nos voix et toutes celles dont chacun de nous peut disposer. »

Le discours fini, M. Ludwig Roller s'avança d'un air gauche, et ensuite se tut par timidité. Sa figure blonde et sèche se couvrit d'un nombre infini de rides nouvelles, il fit une grimace et enfin dit d'un air piqué :

« Moi seul, peut-être, je ne dois pas de remerciements à M. Du Poirier ; il m'a privé du plaisir de punir un insolent, ou du moins de l'essayer. Mais je devais ce sacrifice aux ordres de S. M. Charles X et, quoique partie lésée dans cette circonstance, je n'en fais pas moins à M. Du Poirier les mêmes offres de service que ces messieurs, quoique, à vrai dire, je ne sache pas si, à cause du serment à Louis-Philippe, ma conscience me permettra de paraître aux élections. »

L'orgueil de Du Poirier et sa manie de parler en public triomphaient. Il faut avouer qu'il parla admirablement ; il se garda bien d'expliquer pourquoi et comment Lucien était parti, et cependant sut attendrir ses auditeurs : Sanréal pleurait tout à fait ; Ludwig Roller lui-même serra la main du docteur avec cordialité en quittant son cabinet.

La porte fermée, Du Poirier éclata de rire [1]. Il venait de parler pendant quarante minutes, il avait eu beaucoup de succès, il se moquait parfaitement des gens qui l'avaient écouté. C'était là, pour ce coquin singulier, les trois éléments du plaisir le plus vif.

« Voilà une vingtaine de voix qui me sont acquises, si toutefois d'ici aux élections ces animaux-là ne prennent pas la mouche à propos de quelqu'une de mes démarches ; cela peut mériter considération. J'apprends de tous les côtés que M. de Vassignies n'a pas plus de cent vingt voix assurées, et il y aura trois cents électeurs présents ; ce qu'il y a de plus pur dans notre saint parti lui reproche le serment qu'il devra prêter en entrant à la Chambre, lui serviteur particulier d'Henri V. Pour moi, je suis plébéien ; c'est un avantage. Je loge au troisième étage, je n'ai pas de voiture. Les amis de M. de Lafayette et de la révolution de Juillet doivent, à haine égale, me préférer à M. de Vassignies, cousin de l'empereur d'Autriche, et qui a en poche le

---

1. *Eclata*, etc., phrase peu noble, mais bien claire et bien courte.

brevet de gentilhomme de la chambre...
si jamais il y a une chambre du roi...
Je leur jouerai ici la farce d'être libéral,
comme Dupont (de l'Eure), l'honnête homme du parti maintenant qu'ils ont enterré
M. de Lafayette.

Un autre chef de parti, aussi honnête
que Du Poirier l'était peu, mais bien plus
fou, car il s'agitait beaucoup sans le moindre espoir de gagner de l'argent, M. Gauthier le républicain, était resté fort étonné
et encore plus affligé du départ de Lucien.

« Ne m'avoir rien dit, à moi qui l'aimais ! Ah ! cœurs parisiens ! politesse
infinie et sentiment nul ! Je le croyais
un peu différent des autres, je croyais
voir qu'il y avait de la chaleur et de l'enthousiasme au fond de cette âme !... »

Les mêmes sentiments, mais poussés
à un bien autre degré d'énergie, agitaient
le cœur de madame de Chasteller.

« ... Ne m'avoir pas écrit, à moi qu'il
jurait de tant aimer, à moi, hélas, dont
il voyait bien la faiblesse ! »

Cette idée était trop horrible. Madame
de Chasteller finit par se persuader que la
lettre de Lucien avait été interceptée.

« Est-ce que je reçois une réponse de
madame de Constantin ? se disait-elle ;
et je lui ai écrit six fois au moins depuis
que je suis malade. »

Le lecteur doit savoir que madame
Cunier, la directrice de la poste aux
lettres de Nancy, pensait bien. A peine
M. le marquis de Pontlevé vit-il sa fille
malade et dans l'impossibilité de sortir,
qu'il se transporta chez madame Cunier,
petite dévote de trois pieds et demi de
haut. Après les premiers compliments :

— Vous êtes trop bonne chrétienne,
madame, et trop bonne royaliste, lui
dit-il avec onction, pour n'avoir pas une
idée juste de ce que doit être l'autorité
du roi (*id est* Charles X) et des commissaires établis par lui durant son absence.
Les élections vont avoir lieu, c'est un
événement décisif. La prudence oblige,
de vrai, à certains ménagements ; mais là
est le droit, madame : Prague avant tout.
Et, n'en doutez pas, on tient un registre
fidèle de tous les services, et..., madame
la directrice, il entre dans mon pénible
devoir de le dire, tout ce qui ne nous aide
pas dans ces temps difficiles est contre
nous. Etc., etc.

A la suite de ce dialogue entre ces deux
graves personnages, d'une longueur et
d'une prudence infinies et d'un ennui
encore plus grand pour le lecteur s'il lui
était présenté (car aujourd'hui, après
quarante ans de comédie, qui ne se figure
ce que peut donner l'entretien d'un vieux

marquis égoïste et d'une dévote de profession ?), [après qu'une hypocrisie habituelle et savante eut enveloppé les pensées d'un père qui veut hériter de sa fille, et qu'une fausseté plus plate et moins déguisée eut emmiellé les réponses de madame Cunier, dame de charité, dévote de profession, timide encore plus et qui songe avant tout à ne pas perdre une bonne place de onze cents francs dans le cas où Charles X ou Henri V remonterait sur le trône de ses pères, après avoir parlé, pour débuter, de franchise, de cordialité, de vertu pendant sept quarts d'heure] on en vint à la conclusion des articles suivants :

1º Aucune lettre du sous-préfet, du maire, du lieutenant de gendarmerie, etc., ne sera jamais livrée à M. le marquis. Madame Cunier lui montrera seulement, sans s'en dessaisir, les lettres écrites par M. le grand vicaire Rey, par M. l'abbé Olive, etc.

Toute la conversation de M. de Pontlevé avait porté sur ce premier article. En cédant, il obtint un triomphe complet sur le second :

2º Toutes les lettres adressées à madame de Chasteller seront remises à M. le marquis, qui se charge de les donner à madame sa fille, qui est retenue au lit par la maladie.

3º Toutes les lettres écrites par madame de Chasteller seront montrées à M. le marquis.

Il fut tacitement convenu que le marquis pourrait s'en saisir pour les faire parvenir par une voie plus économique que la poste. Mais dans ce cas, qui entraînait une perte de deniers pour le gouvernement, madame Cunier, sa représentante dans la présente affaire, pouvait naturellement s'attendre à un cadeau d'un panier de bon vin du Rhin de seconde qualité.

Dès le surlendemain de cette conversation, madame Cunier remit un paquet, fermé par elle, au vieux Saint-Jean, valet de chambre du marquis. Ce paquet contenait une toute petite lettre de madame de Chasteller à madame de Constantin. Le ton en était doux et tendre ; madame de Chasteller aurait voulu demander des conseils à son amie, mais n'osait s'expliquer.

« Bavardage insignifiant, » se dit le marquis en la serrant dans son bureau. Et, un quart d'heure après, on vit passer le vieux valet de chambre portant à madame Cunier un panier de seize bouteilles de vin du Rhin.

Le caractère de madame de Chasteller était la douceur et la nonchalance. Rien ne parvenait à agiter cette âme douce,

noble, amante de ses pensées et de la
solitude. Mais placée par le malheur hors
de son état habituel, les décisions ne lui
coûtaient rien : elle envoya son valet de
chambre jeter à la poste, au bourg de
Darney, une lettre adressée à madame
de Constantin.

Une heure après le départ du valet de
chambre, quelle ne fut pas la joie de
madame de Chasteller en voyant madame de Constantin entrer dans sa
chambre. Ce moment fut bien doux pour
les deux amies.

— Quoi ! ma chère Bathilde, dit enfin
madame de Constantin, quand on put
parler après les premiers transports, six
semaines sans un mot de toi ! Et c'est par
hasard que j'apprends d'un des agents
que M. le préfet emploie pour les élections
que tu es malade et que ton état donne
des inquiétudes...

— Je t'ai écrit huit lettres au moins.

— Ma chère, ceci est trop fort ; il est
un point où la bonté devient duperie...

— Il croit bien faire...

Ceci voulait dire : « Mon père croit bien
faire », car l'indulgence de madame de
Chasteller n'allait pas jusqu'à ne pas voir
ce qui se passait autour d'elle ; mais le
dégoût inspiré par les petites manœuvres
dont elle suivait le développement n'avait

ordinairement d'autre effet que de redoubler son amour pour l'isolement. Ce qui
lui convenait de la société, c'étaient les
plaisirs des beaux-arts, le spectacle, une
promenade brillante, un bal très nombreux.
Quand elle voyait un salon avec six personnes, elle frémissait, elle était sûre que
quelque chose de bas allait la blesser vivement. La crainte de cette sensation
désagréable lui faisait redouter tout dialogue entre elle et une seule personne.

C'était un caractère tout opposé qui
faisait compter pour beaucoup dans la
société madame de Constantin. Une humeur vive et entreprenante, s'attaquant
aux difficultés et aimant à se moquer de
tous les ridicules ennemis, faisait considérer madame de Constantin comme
l'une des femmes du département qu'il
était le plus dangereux d'offenser. Son
mari, très bel homme et assez riche,
s'occupait avec passion de tout ce qu'elle
lui indiquait. Depuis deux ans, par exemple, il ne songeait qu'à un moulin à vent,
en pierre, qu'il faisait construire sur une
vieille tour voisine de son château et qui
devait lui rapporter quarante pour cent.
Depuis trois mois, il négligeait le moulin
et ne songeait qu'à la Chambre des
Députés. Comme il n'avait point d'esprit,
n'avait jamais offensé personne, et passait

pour s'acquitter avec complaisance et exactitude des petites commissions qu'on lui donnait, il avait des chances.

— Nous croyons être assurés de l'élection de M. de Constantin. Le préfet le porte en seconde ligne par la peur qu'il a du marquis de Croisans, *notre rival*, ma chère.

Madame de Constantin dit ce mot en riant.

— Le candidat ministériel sera perdu. C'est un friponneau assez méprisé, et la veille de l'élection on fera courir trois lettres de lui qui prouvent clairement qu'il s'adonne un peu au noble métier d'espion. Cela explique sa croix du 1er de mai dernier, qui a outré d'envie jalouse tout l'arrondissement de Beuvron. Je te dirai en grand secret, chère Bathilde, que nos malles sont faites ; quel ridicule si nous ne l'emportons pas ! ajouta-t-elle en riant. Mais aussi, si nous réussissons, le lendemain du grand jour nous partons pour Paris, où nous passons au moins six grands mois. Et tu viens avec nous.

Ce mot fit rougir madame de Chasteller.

— Eh ! bon Dieu, ma chère, dit madame de Constantin en s'interrompant, que se passe-t-il donc ?

Madame de Chasteller était pourpre. Elle aurait été heureuse en ce moment

que madame de Constantin eût reçu la
lettre que le valet de chambre portait
à Darney ; là se trouvait le mot fatal :
« Une personne que tu aimes a donné son
cœur. »

Madame de Chasteller dit enfin avec
une honte infinie :

— Hélas ! mon amie, il y a un homme
qui doit croire que je l'aime, et, ajouta-t-
elle en baissant tout à fait la tête, il ne
se trompe guère.

— Que tu es folle ! s'écria madame de
Constantin en riant. Réellement, si je te
laisse encore un an ou deux à Nancy,
tu vas prendre toutes les manières de
sentir d'une religieuse. Et où est le mal,
grand Dieu ! qu'une jeune veuve de vingt-
quatre ans, qui n'a pour unique soutien
qu'un père de soixante-dix ans qui,
par excès de tendresse, intercepte toutes
ses lettres, songe à choisir un mari,
un appui, un soutien ?...

— Hélas ! ce ne sont pas toutes ces
bonnes raisons ; je mentirais si j'acceptais
tes louanges. Il se trouve par hasard
qu'il est riche et bien né, mais il aurait
été pauvre et fils d'un fermier qu'il en
eût été tout de même.

Madame de Constantin exigea une histoire suivie ; rien ne l'intéressait comme
les histoires d'amour sincères, et elle

avait une amitié passionnée pour madame
de Chasteller.

— Il commença par tomber deux fois
de cheval sous mes fenêtres...

Madame de Constantin fut saisie d'un
rire fou[1] ; madame de Chasteller fut très
scandalisée. Enfin, les yeux remplis de
larmes, madame de Constantin put dire
en s'interrompant vingt fois :

— Ainsi, ma chère Bathilde..., tu ne
peux pas appliquer... à ce puissant vainqueur... le mot obligé de la province :
c'est un beau cavalier !

L'injustice faite à Lucien ne fit que redoubler l'intérêt avec lequel madame de
Chasteller raconta à son amie tout ce qui
s'était passé depuis six mois. Mais toute
la partie tendre ne toucha guère madame
de Constantin : elle ne croyait pas aux
grandes passions. Cependant, sur la fin
du récit, qui fut infini, elle devint pensive.
Le récit terminé, elle se taisait.

— Ton M. Leuwen, dit-elle enfin à
son amie, est-il un Don Juan terrible
pour nous autres pauvres femmes, ou
est-ce un enfant sans expérience ? Sa
conduite n'a rien de naturel.

— Dis qu'elle n'a rien de commun,
rien de convenu d'avance, reprit madame

---

1. Quatre rires ; mais je vois cela chez le modèle.

de Chasteller avec une vivacité bien rare
chez elle ; et elle ajouta avec une sorte
d'enthousiasme :

— C'est pour cela qu'il m'est cher. Ce
n'est point un nigaud qui a lu des romans.

Le discours des deux amies fut infini
sur ce point. Madame de Constantin
garda ses méfiances, elles furent même
augmentées par le profond intérêt qu'à son
grand chagrin elle découvrait chez son
amie.

Madame de Constantin avait espéré
d'abord un petit amour bien convenable
pouvant conduire à un mariage avantageux si toutes les convenances se ren-
contraient ; sinon, un voyage en Italie
ou les distractions d'un hiver à Paris effa-
çait de reste le ravage produit par trois
mois de visites journalières. Au lieu de
cela, cette femme douce, timide, indolente
et que rien ne pouvait émouvoir, elle
la trouvait absolument folle et prête à
prendre tous les partis.

— Mon cœur me dit, disait de temps
en temps madame de Chasteller, qu'il
m'a lâchement abandonnée. Quoi ! ne pas
m'écrire !

— Mais de toutes les lettres que je t'ai
écrites, pas une seule n'est arrivée, disait
avec feu madame de Constantin ; car elle
avait une qualité bien rare en ce siècle :

elle n'était jamais de mauvaise foi avec
son amie, même pour son bien ; à ses yeux,
mentir eût tué l'amitié.

— Comment n'a-t-il pas dit à un postillon, reprenait madame de Chasteller
avec un feu bien singulier, comment
n'a-t-il pas dit à un postillon, à dix lieues
d'ici : Mon ami, voilà cent francs, allez
vous même remettre cette lettre à madame de Chasteller, à Nancy, rue de la
Pompe. Donnez la lettre à elle-même, et
non à une autre.

— Il aura écrit en partant, écrit de
nouveau en arrivant à Paris.

— Et voilà neuf jours qu'il est parti !
Jamais je ne lui ai avoué tout à fait mes
soupçons sur le sort de mes lettres ; mais
il sait ce que je pense sur toutes choses.
Mon cœur me le dit, il sait que mes lettres
sont ouvertes.

CHAPITRE XLI

L ES soupçons de madame de Chasteller lui fournirent une objection
décisive à la proposition de suivre
madame de Constantin à Paris si son mari
était nommé député.

— N'aurais-je pas l'air, lui dit-elle, de
courir après M. Leuwen ?

Pendant les quinze jours qui suivirent,
cette objection occupa seule les moments
les plus intimes de la conversation des
deux amies.

Trois jours après l'arrivée de madame de
Constantin, mademoiselle Bérard fut payée
magnifiquement et renvoyée. Madame de
Constantin, avec son activité ordinaire,
interrogea la bonne mademoiselle Beaulieu et renvoya Anne-Marie.

M. le marquis de Pontlevé, extrêmement
attentif à ces petits évènements domestiques, comprit qu'il avait une rivale
invincible dans l'amie de sa fille.

C'était un peu l'espoir de madame de
Constantin : son activité continue rendit
la santé à madame de Chasteller. Elle

voulut être menée dans le monde et, sous
ce prétexte, elle força son amie à paraître
presque chaque soir chez mesdames de
Puylaurens, d'Hocquincourt, de Marcilly,
de Serpierre, de Commercy, etc.

Madame de Constantin voulait bien
établir que madame de Chasteller n'était
pas au désespoir du départ de M. Leuwen.

« Sans s'en douter, se disait-elle, cette
pauvre Bathilde aura commis quelque
imprudence. Et si nous ne détruisons pas
ce mauvais bruit ici, il peut nous poursuivre jusqu'à Paris. Ses yeux sont si beaux
qu'ils en sont parlants malgré elle,

> E sotto l'usbergo del sentirsi pura

ils auront regardé ce jeune officier avec un
de ces regards qu'aucune explication au
monde ne peut justifier. »

En voiture, un soir, en allant chez
madame de Puylaurens :

— Quel est l'homme le plus actif, le
plus impertinent, le plus influent de toute
votre jeunesse ? dit madame de Constantin.

— C'est M. de Sanréal sans doute,
répondit madame de Chasteller en souriant.

— Eh ! bien, je vais attaquer ce grand
cœur dans ton intérêt. Dans le mien,
dis-moi, dispose-t-il de quelques voix ?

— Il a des notaires, un agent, des fermiers. Cet homme est aimable parce qu'il a quarante mille livres de rente au moins.

— Et qu'en fait-il ?

— Il s'enivre soir et matin, et il a des chevaux.

— C'est-à-dire qu'il s'ennuie. Je vais le séduire. Est-ce que jamais une femme un peu bien a voulu le séduire ?

— J'en doute. Il faudrait d'abord trouver le secret de ne pas mourir d'ennui en l'écoutant.

Les jours de mélancolie profonde, où madame de Chasteller éprouvait une répugnance invincible à sortir, madame de Constantin s'écriait :

— Il faut que j'aille chasser aux voix pour mon mari. *Dans le vaste champ de l'intrigue, il ne faut rien négliger.* Quatre voix, trois voix nous venant de l'arrondissement de Nancy peuvent tout décider. Songe que je meurs d'envie d'entendre Rubini, et que du vivant d'un beau-père avare je n'ai qu'un moyen au monde de retourner à Paris : la députation.

En peu de jours, madame de Constantin devina, sous une écorce grossière, impatientante, mais point ennuyeuse, l'esprit supérieur du docteur Du Poirier, et se lia tout à fait avec lui. Cet ours n'avait jamais vu une jolie femme non malade lui adresser la parole deux fois de suite. En province, les médecins n'ont pas encore succédé aux confesseurs.

— Vous serez notre collègue, cher docteur, lui disait-elle ; nous voterons ensemble, nous ferons et déferons les ministres... Nos dîners vaudront bien les leurs, et vous me donnerez votre voix, n'est-ce pas ? Douze voix toujours bien unies se feraient compter... Mais j'oubliais : vous êtes légitimiste furibond, et nous anti-républicains modérés...

Au bout de quelques jours, madame de Constantin fit une découverte bien utile : madame d'Hocquincourt était au désespoir du départ de Leuwen. Le silence farouche de cette femme si gaie, si parlante, qui autrefois était l'âme de la société, sauvait madame de Chasteller ; personne presque ne songeait à dire qu'elle aussi avait perdu *son attentif*. Madame d'Hocquincourt n'ouvrait la bouche que pour parler de Paris et de ses projets de voyage aussitôt après les élections.

Un jour, madame de Serpierre dit méchamment à madame d'Hocquincourt, qui parlait de Paris :

— Vous y retrouverez M. d'Antin.

Madame d'Hocquincourt la regarda avec un étonnement profond qui fut bien amusant pour madame de Constantin :

madame d'Hocquincourt avait oublié
l'existence de M. d'Antin !

Madame de Constantin ne trouva de
propos réellement dangereux pour son
amie que dans le salon de madame de Serpierre.

— Mais, disait madame de Constantin à
son amie, comment peut-on avoir la
prétention de marier une fille aussi cruellement, aussi ridiculement laide à un jeune
homme riche de Paris, et sans que ce
jeune homme ait jamais dit un seul mot
encourageant ? Cela est fou réellement.
Il faudrait des millions pour qu'un Parisien osât entrer dans un salon avec une
telle figure.

— M. Leuwen n'est pas ainsi, tu ne le
connais pas. S'il l'aimait, le blâme de la
société serait méprisé par lui, ou plutôt
il ne le verrait pas.

Et elle expliqua pendant cinq minutes
le caractère de Lucien. Ces explications
avaient le pouvoir de rendre madame de
Constantin très pensive.

Mais à peine madame de Constantin eut-
elle vu cinq ou six fois la bonne Théodelinde qu'elle fut touchée de la tendre
amitié qu'elle avait prise pour Leuwen.
Ce n'était pas de l'amour, la pauvre fille
n'osait pas ; elle connaissait et s'exagérait peut-être tous les désavantages de

sa taille et de sa figure. C'était sa mère qui avait des prétentions, fondées sur ce que sa haute noblesse lorraine honorait trop un petit roturier.

— Mais que fait-on à Paris de ce lustre-là ? lui disait un jour Théodelinde.

Le vieux M. de Serpierre plut aussi beaucoup à madame de Constantin : il avait un cœur admirable de bonté et passait son temps à soutenir des doctrines atroces.

— Ceci me rappelle, disait madame de Constantin à son amie, ce qu'on nous faisait tant admirer au *Sacré-Cœur* : le bon duc N. faisant atteler son carrosse à sept heures du matin, au mois de février, pour aller solliciter le *poing coupé*. On discutait alors la loi du sacrilège à la Chambre des Pairs, et il s'agissait d'établir la pénalité pour les voleurs de vases sacrés dans les églises.

Madame de Constantin, avec sa jolie figure un peu commune, mais si appétissante à regarder, avec son activité, sa politesse parfaite, son adresse insinuante, eut bientôt fait la paix de son amie avec la maison Serpierre. Madame de Serpierre dit bien d'un air mutin, la dernière fois qu'on traita cette question délicate :

— Je garde ma pensée.

— A la bonne heure, ma chère amie,

dit le bon lieutenant de roi à Colmar ; mais ne parlons plus de cela, autrement les méchants diront que nous allons à la chasse aux maris.

Il y avait bien six ans que le bon M. de Serpierre n'avait trouvé un mot aussi dur. Celui-ci fit époque dans sa famille et la réputation de Leuwen, jusque-là séducteur de mauvaise foi de mademoiselle Théodelinde, fut restaurée.

Tous les jours, pour fuir le malheur d'être rencontrées par des *électeurs* auxquels il eût fallu faire accueil, les deux amies faisaient de grandes promenades au *Chasseur vert*. Madame de Chasteller aimait à revoir ce charmant *café-hauss*. Ce fut là que l'ultimatum sur le voyage de Paris fut arrêté.

— Ta conscience elle-même, si timorée, ne pourra t'appliquer ce mot si humiliant et si vulgaire : *courir après un amant*, si tu te jures à toi-même de ne jamais lui parler.

— Eh ! bien, soit ! dit madame de Chasteller saisissant cette idée. A ces conditions, je consens, et mes scrupules s'évanouissent. Si je le rencontrais au bois de Boulogne, s'il s'approchait de moi et m'adressait la parole, je ne lui répondrais pas un seul mot avant d'avoir revu le *Chasseur vert*.

Madame de Constantin la regardait étonnée.

— Si je voulais lui parler, continua madame de Chasteller, je partirais pour Nancy, et ce n'est qu'après avoir touché barre ici que je me permettrais de lui répondre.

Il y eut un silence.

— Ceci est un vœu, reprit madame de Chasteller avec un sérieux qui fit sourire madame de Constantin, et puis la jeta dans une humeur sombre.

Le lendemain, en allant au *Chasseur vert*, madame de Constantin remarqua un cadre dans la voiture. C'était une belle Sainte-Cécile, gravée par Perfetti, offerte jadis à madame de Chasteller par Leuwen. Madame de Chasteller pria le maître du Café de placer cette gravure au-dessus de son comptoir.

— *Je vous la redemanderai peut-être un jour.* Et jamais, dit-elle tout bas en s'éloignant avec madame de Constantin, je n'aurai la faiblesse d'adresser même un seul mot à M. Leuwen tant que cette gravure sera ici. C'est ici qu'a commencé cette préoccupation *fatale*.

— Halte-là sur ce mot *fatal* ! Grâce au ciel, l'amour n'est point un *devoir*, c'est un plaisir ; ne le prenons donc point au tragique. Quand ton âge réuni au mien

fera cinquante ans, alors nous serons
tristes, raisonnables, lugubres, tant qu'il
te plaira ; nous ferons ce beau raisonnement
de mon beau-père : « Il pleut, tant pis !
Il fait beau, tant pis encore ! » Tu t'en-
nuyais à périr, jouant la colère contre
Paris sans être en colère. Arrive un beau
jeune homme...

— Mais il n'est pas très bien...

— Arrive un jeune homme, sans épi-
thète ; tu l'aimes, tu es occupée, l'ennui
s'envole bien loin, et tu appelles cet amour-
là *fatal* !

Le départ arrêté, il y eut de grandes
scènes à ce sujet avec M. de Pontlevé.
Heureusement, madame de Constantin
soutint la plus grande part du dialogue,
et le marquis avait une peur mortelle de
sa gaieté quelquefois ironique.

— Cette femme-là *dit tout* ; il n'est pas
difficile d'être aimable quand on ne se
refuse rien, répétait-il un soir, fort piqué,
à madame de Puylaurens. Il n'est pas difficile d'avoir de l'esprit quand on se permet tout.

— Eh ! bien, mon cher marquis, engagez
madame de Serpierre, que voilà là-bas, à
ne se rien refuser, et nous allons voir si
nous serons amusés.

— Des propos toujours ironiques, répliqua le marquis avec humeur ; rien

n'est sacré aux yeux de cette femme-là !

— Jamais personne au monde n'eut l'esprit de madame de Constantin, dit M. de Sanréal, prenant la parole d'un air imposant, et si elle se moque des prétentions ridicules, à qui la faute ?

— Aux prétentions ! dit madame de Puylaurens, curieuse de voir ces deux êtres se gourmer.

— Oui, ajouta Sanréal d'un air pesant, aux prétentions, aux tyrannies.

Heureux d'avoir une idée, plus heureux d'être approuvé par madame de Puylaurens, ce qui ne lui était peut-être jamais arrivé, M. de Sanréal tint la parole pendant un gros quart d'heure, et retourna sa pauvre idée dans tous les sens.

— Y a-t-il rien de plus plaisant, madame, dit tout bas madame de Constantin à madame de Puylaurens, qu'un homme sans esprit qui rencontre une idée ! Cela est scandaleux ! Et le rire fou de ces deux dames fut pris pour une marque d'approbation par Sanréal. « Cet être aimable doit m'adorer. Madame de Constantin avait raison. »

Elle accepta deux ou trois dîners magnifiques qui réunirent toute la bonne compagnie de Nancy. Quand M. de Sanréal, faisant sa cour à madame de Constantin, ne trouvait rien absolument à dire,

madame de Constantin lui demandait sa
voix au collège électoral pour la centième
fois. Elle était sûre de quelque protesta-
tion bizarre ; il lui jurait qu'il lui était
dévoué, lui, son homme d'affaires, son
notaire et ses fermiers.

— Et de plus, madame, j'irai vous voir
à Paris.

— A Paris, je ne vous recevrai qu'une
fois par semaine, disait-elle en regardant
madame de Puylaurens. Ici, nous nous
connaissons tous, là vous me compromet-
triez. Un jeune homme, votre fortune,
vos chevaux, votre état dans le monde !
Une fois la semaine, je dis trop : deux visites par mois, tout au plus.

Jamais Sanréal ne s'était trouvé à
pareille fête. Il eût volontiers pris acte,
par devant notaire, des choses aimables
que lui adressait madame de Constantin,
une femme d'esprit. Il lui donnait ce titre
au moins vingt fois par jour, et avec une
voix de stentor, ce qui faisait beaucoup
d'effet et faisait croire à ses paroles.

A cause de ces beaux yeux il eut une
querelle avec M. de Pontlevé, auquel il
déclara tout net qu'il prétendait aller au
collège électoral, sauf à prêter serment
à Louis-Philippe.

— Qui croit *au serment* en France
aujourd'hui ? Louis-Philippe même croit-

il aux siens ? Des voleurs m'arrêtent au
coin d'un bois, ils sont trois contre un et
me demandent un serment. Irai-je le refuser ? Ici, le gouvernement est le voleur
qui prétend me voler ce droit d'élire un
député qu'a tout Français. Le gouvernement a ses préfets, ses gendarmes, irai-je
le combattre ? Non, ma foi ! Je le paierai
en monnaie de singe, comme lui-même paie
les partisans des glorieuses journées.

Dans quel pamphlet M. de Sanréal
avait-il pris ces trois phrases ? Car personne ne le soupçonna jamais de les avoir
inventées. Madame de Constantin, qui
lui donnait des idées tous les soirs, se
serait bien gardée de répandre des raisonnements qui eussent pu choquer le préfet
du département. C'était le fameux
M. Dumoral[1], rénégat célèbre, autrefois,
avant 1830, libéral déclamateur, mais
allant fort bien en prison. Il parlait sans
cesse de huit mois de séjour à Sainte-
Pélagie faits sous Charles X. Le fait est
qu'il était beaucoup moins bête, qu'il avait
même acquis quelque finesse, depuis son
changement de religion, et pour tout au

---

1. Stendhal au début du roman a donné au préfet de
Nancy le nom de Fléron et en a fait un portrait tout différent.
C'est qu'au début l'action se passait à Montvallier, sous-
préfecture administrée par M. Fléron dont M. Dumoral est
le supérieur hiérarchique, et qu'il n'a pas corrigé tout son
roman, comme il a fait le début. N. D. L. E.

monde madame de Constantin n'eût pas hasardé un mot réellement imprudent.

M. Dumoral voulait une direction générale de 40.000 francs et Paris, pour y arriver il était réduit à mâcher du mépris deux ou trois fois la semaine.

Madame de Constantin savait qu'un homme qui est à ce régime est peu sensible aux grâces d'une jolie femme. Dans le moment actuel, M. Dumoral voulait se tirer d'une façon brillante des élections et passer à une autre préfecture ; les sarcasmes de l'*Aurore* (le journal libéral de M. Gauthier), ses éternelles citations des opinions autrefois libérales de M. Dumoral l'avaient tout à fait *démoralisé* dans le département, c'est le mot du pays.

Nous supprimons ici huit ou dix pages sur les faits et gestes de M. Dumoral préparant les élections ; cela est vrai, mais vrai comme la Morgue, et c'est un genre de vérité que nous laissons aux romans in-12 pour femmes de chambre. Retournons à Paris, chez le ministre de M. Dumoral. A Paris, les manœuvres des gens du pouvoir sont moins dégoûtantes.

CHAPITRE XLII

LE soir du jour où le nom de Leuwen avait paru si glorieux dans le *Moniteur*, ce maître des requêtes, outré de fatigue et de dégoût, était assis chez sa mère dans un petit coin sombre du salon, comme le Misanthrope. Accablé des compliments auxquels il avait été en butte toute la journée, les mots de carrière superbe, de bel avenir, de premier pas brillant, papillonnaient devant ses yeux et lui faisaient mal à la tête. Il était horriblement fatigué des réponses, la plupart de mauvaise grâce et mal tournées, qu'il avait faites à tant de compliments, tous fort bien faits et encore mieux dits : c'est le talent de l'habitant de Paris.

— Maman, voilà donc le bonheur ! dit-il à sa mère quand ils furent seuls.

— Mon fils, il n'y a point de bonheur avec l'extrême fatigue, à moins que l'esprit ne soit amusé ou que l'imagination ne se charge de peindre vivement le bonheur à venir. Des compliments trop répétés sont fort ennuyeux, et vous n'êtes

ni assez enfant, ni assez vieux, ni assez
ambitieux, ni assez vaniteux, pour rester ébahi devant un uniforme de maître
des requêtes.

M. Leuwen père ne parut qu'une bonne
heure après la fin de l'Opéra.

— Demain, à huit heures, dit-il à son
fils, je vous présente à votre ministre,
si vous n'avez rien de mieux à faire.

Le lendemain, à huit heures moins cinq
minutes, Lucien était dans la petite
antichambre de l'appartement de son père.

Huit heures sonnèrent, huit heures un
quart.

— Pour rien au monde, monsieur, dit
à Leuwen Anselme, l'ancien valet de chambre, je n'entrerais chez monsieur avant qu'il
ne sonne.

Enfin, la sonnette se fit entendre à
dix heures et demie.

— Je suis fâché de t'avoir fait attendre,
mon ami, dit M. Leuwen avec bonté.

— Moi, peu importe, mais le ministre.

— Le ministre est fait pour m'attendre
quand il le faut. Il a, ma foi, plus affaire de
moi que moi de lui ; il a besoin de ma banque et peur de mon salon. Mais te donner
deux heures d'ennui à toi, mon fils, un
homme que j'aime *et que j'estime*, ajouta-
t-il en riant, c'est fort différent. J'ai bien
entendu sonner huit heures, mais je me

sentais un peu de transpiration, j'ai voulu attendre qu'elle fût bien passée. A soixante-cinq ans, la vie est un problème,... et il ne faut pas l'embrouiller par des difficultés imaginaires.

...Mais comme te voilà fait ! dit-il en s'interrompant. Tu as l'air bien jeune ! Va prendre un habit moins frais, un gilet noir, arrange mal tes cheveux,... tousse quelquefois,... tâche de te donner vingt-huit ou trente ans. La première impression fait beaucoup avec les imbéciles, et il faut toujours traiter un ministre comme un imbécile, il n'a pas le temps de penser. Rappelle-toi de n'être jamais très bien vêtu tant que tu seras dans les affaires.

On partit après une grande heure de toilette. Le comte de Vaize n'était point sorti. L'huissier accueillit avec empressement le nom de MM. Leuwen, et les annonça sans délai.

— Son Excellence nous attendait, dit M. Leuwen à son fils en parcourant trois salons où les solliciteurs étaient étagés suivant leur mérite et leur rang dans le monde.

MM. Leuwen trouvèrent Son Excellence fort occupée à mettre en ordre, sur un bureau de citronnier chargé de ciselures de mauvais goût, trois ou quatre cents lettres.

— Vous me trouvez occupé de ma circulaire, mon cher Leuwen. Il faut que je fasse une circulaire qui sera déchiquetée par le *National*, par la *Gazette*, etc., et messieurs mes commis me font attendre depuis deux heures la collection des circulaires de mes prédécesseurs. Je suis curieux de savoir comment ils ont passé le pas. Je suis fâché de ne pas l'avoir faite, un homme d'esprit comme vous m'avertirait des phrases qui peuvent donner prise.

Son Excellence continua ainsi pendant vingt minutes. Pendant ce temps, Lucien l'examinait. M. de Vaize annonçait une cinquantaine d'années, il était grand et assez bien fait. De beaux cheveux grisonnants, des traits fort réguliers, une tête portée haute prévenaient en sa faveur. Mais cette impression ne durait pas. Au second regard, on remarquait un front bas, couvert de rides, excluant toute idée de pensée. Lucien fut tout étonné et fâché de trouver à ce grand administrateur l'air plus que commun, l'air valet de chambre. Il avait de grands bras dont il ne savait que faire ; et, ce qui est pis, Lucien crut entrevoir que Son Excellence cherchait à se donner des grâces imposantes. Il parlait trop haut et s'écoutait parler.

M. Leuwen père, presque en interrom-

pant l'éloquence du ministre, trouva le moment de dire les paroles sacramentelles :

— J'ai l'honneur de présenter mon fils
à Votre Excellence.

— J'en veux faire un ami, il sera mon
premier aide de camp. Nous aurons bien
de la besogne : il faut que je me fourre dans
la tête le caractère de mes quatre-vingt-
six préfets, stimuler les flegmatiques,
retenir le zèle imprudent qui donne la
colère pour auxiliaire aux intérêts du parti
contraire, éclairer les esprits plus courts.
Ce pauvre N... (le prédécesseur) a tout
laissé dans un désordre complet. Les commis qu'il a fourrés ici, au lieu de me répondre par des faits et des notions exactes,
me font des phrases.

Vous me voyez ici devant le bureau de
ce pauvre Corbière. Qui m'eût dit, quand
je combattais à la Chambre des Pairs
sa petite voix de chat qu'on écorche, que
je m'assoirais dans son fauteuil un jour ?
C'était une tête étroite, sa vue était
courte, mais il ne manquait pas de sens
dans les choses qu'il apercevait. Il avait
de la sagacité, mais c'était bien l'antipode
de l'éloquence, outre que sa mine de chat
fâché donnait au plus indifférent l'envie
de le contredire. M. de Villèle eût mieux
fait de s'adjoindre un homme éloquent,
Martignac par exemple.

Ici, dissertation sur le système de M. de
Villèle. Ensuite, M. de Vaize prouva que
la justice est le premier besoin des sociétés.
De là, il passa à expliquer comment
la bonne foi est la base du crédit. Il dit
ensuite à ces messieurs qu'un gouvernement partial et injuste *se suicide* de ses
propres mains, etc., etc.

La présence de M. Leuwen père avait
semblé lui imposer d'abord, mais bientôt,
enivré de ses paroles, il oublia qu'il parlait devant un homme dont Paris répétait les épigrammes ; il prit des airs
importants et M. de Vaize finit par l'éloge
de la probité de son prédécesseur, qui passait généralement pour avoir économisé
huit cent mille francs pendant un ministère d'une année.

— Ceci est trop magnanime pour moi,
mon cher comte, lui dit M. Leuwen, et
il s'évada.

Mais le ministre était en train de parler ; il prouva à son secrétaire intime que
sans probité l'on ne peut pas être un grand
ministre. Pendant que Lucien était l'unique objet de l'éloquence du ministre, il
lui trouva l'air commun.

Enfin, Son Excellence installa Lucien
à un magnifique bureau, à vingt pas de
son cabinet particulier. Lucien fut surpris par la vue d'un jardin charmant

sur lequel donnaient ses croisées ; c'était
un contraste piquant avec la sécheresse
de toutes les sensations dont il était
assailli. Lucien se mit à considérer les
arbres avec attendrissement.

En s'asseyant, il remarqua de la poudre
sur le dossier de son fauteuil.

« Mon prédécesseur n'avait pas de ces
idées-là, » se dit-il en riant.

Bientôt, en voyant l'écriture sage, très
grosse et très bien formée de ce prédécesseur, il eut le sentiment de la *vieillerie*
au suprême degré.

« Il me semble que ce cabinet sent l'éloquence vide et l'emphase plate. »

Il décrocha deux ou trois gravures de
l'école française : Ulysse arrêtant le char
de Pénélope, par MM. Fragonard ou Le
Barbier,... et les envoya dans les bureaux.
Plus tard, il les remplaça par des gravures
d'Anderloni et de Morghen.

Le ministre revint une heure après et
lui remit une liste de vingt-cinq personnes
qu'il fallait inviter pour le lendemain.

— J'ai décidé qu'au moment où l'horloge du ministère sonne l'heure, le portier vous apportera toutes les lettres arri-
vées à mon adresse. Vous me donnerez
sans délai ce qui viendra des Tuileries
ou des ministères, vous ouvrirez tout le
reste et m'en ferez un extrait en une ligne,

ou deux tout au plus ; mon temps est précieux.

A peine le ministre sorti, huit ou dix commis vinrent faire connaissance avec M. le maître des requêtes, dont l'air déterminé et froid leur parut de bien mauvais augure.

Pendant toute cette journée, remplie presque exclusivement d'un cérémonial faux à couper au couteau, Lucien fut plus froid encore et plus ironique qu'au régiment. Il lui semblait être séparé par dix années d'une expérience impitoyable de ce moment de premier début à Nancy, où il était froid pour éviter une plaisanterie qui aurait pu conduire à un coup d'épée. Souvent alors il avait toutes les peines du monde à réprimer une bouffée de gaieté ; au risque de toutes les plaisanteries grossières et de tous les coups d'épée du monde, il aurait voulu jouer aux barres avec ses camarades du 27e. Aujourd'hui, il n'avait besoin que de ne pas trop déguiser le profond dégoût que lui inspiraient tous les hommes. Sa froideur d'alors lui semblait la bouderie joyeuse d'un enfant de quinze ans ; maintenant, il avait le sentiment de s'enfoncer dans la boue. En rendant le salut à tous les commis qui venaient le voir, il se disait :

« J'ai été dupe à Nancy parce que je

n'étais pas assez méfiant. J'avais la naïveté et la duperie d'un cœur honnête,
je n'étais pas assez coquin. Oh ! que la
question de mon père avait un grand sens :
Es-tu assez coquin? Il faut courir à la
Trappe, ou me faire aussi adroit que tous
ces chefs et sous-chefs qui viennent donner
la bienvenue à M. le maître des requêtes.
Sans doute, les premiers vols à favoriser
sur quelque fourniture de foin pour les
chevaux ou de linge pour les hôpitaux me
répugneront. Mais à la Trappe, menant
une vie innocente et dont tout le crime est
de mystifier quelques paysans des environs ou quelques novices, ma vanité blessée me laisserait-elle un moment de
repos ? Comment digérer cette idée d'être
inférieur par l'esprit à tous ses contempo-
rains ?... Apprenons donc sinon à voler,
du moins à *laisser passer le vol de Son
Excellence*, comme tous ces commis dont
je fais la connaissance aujourd'hui. »

La physionomie que donnent de pareilles
idées n'est pas précisément celle qu'il faut
pour faire naître un dialogue facile et de
bon goût entre gens qui se voient pour la
première fois. Après cette première journée de ministère, la misanthropie de Lucien
était de cette forme : il ne songeait pas
aux hommes quand il ne les voyait pas,
mais leur présence un peu prolongée lui

était importune et bientôt insupportable.

Pour l'achever de peindre, il trouva, en rentrant à la maison, son père d'une gaieté parfaite.

— Voici deux petites assignations, lui dit-il, qui sont les suites naturelles de vos dignités du matin.

C'étaient deux cartes d'abonnement à l'Opéra et aux Bouffes.

— Ah ! mon père, ces plaisirs me font peur.

— Vous m'avez accordé dix-huit mois au lieu d'un an pour une certaine position dans le monde. Pour rendre la grâce complète, promettez-moi de passer une demi-heure chaque soir dans ces *temples du plaisir*, particulièrement vers la fin des plaisirs, à onze heures.

— Je le promets. Ainsi, je n'aurai pas une pauvre petite heure de tranquillité dans toute la journée ?

— Et le dimanche donc[1] !

Le second jour, le ministre dit à Lucien :

— Je vous charge d'accorder des rendez-vous à cette foule de figures qui affluent chez un ministre nouvellement nommé. Eloignez l'intrigant de Paris faufilé avec des femmes de moyenne vertu ; ces gens-là

---

1. [M. Leuwen père dit à Madame Leuwen : « Il est trop malléable, il ne fait d'objection à rien, cela me fait peur. »

sont capables de tout, même de ce qu'il
y a de plus noir. Faites accueil au pauvre
diable de provincial entêté de quelque
idée folle. Le solliciteur portant avec une
élégance parfaite un habit râpé est un
fripon ; il habite Paris ; s'il valait quelque
chose, je le rencontrerais dans quelque
salon, il trouverait quelqu'un pour me le
présenter et répondre de lui.

Peu de jours après, Lucien invita à
dîner un peintre, homme de beaucoup
d'esprit, Lacroix, qui portait le nom d'un
préfet destitué par M. de Polignac, et
justement ce jour-là le ministre n'avait
que des préfets.

Le soir, quand le comte de Vaize se
trouva seul dans son salon avec sa femme
et Leuwen, il rit beaucoup de la mine
attentive des préfets dînant qui, voyant
dans le peintre un candidat à préfecture
destiné à les remplacer, l'observaient
d'un œil jaloux.

— Et pour fortifier le quiproquo, disait
le ministre, j'ai adressé dix fois la parole
à Lacroix, et toujours sur de graves sujets
d'administration.

— C'est donc pour cela qu'il avait l'air
si ennuyé et si ennuyeux, dit la petite
comtesse de Vaize de sa voix douce et
timide. C'était à ne pas le reconnaître ;
je voyais sa petite figure spirituelle par-

dessus un des bouquets du plateau. Je
ne pouvais deviner ce qui lui arrivait.
Il maudira votre dîner.

— On ne maudit point un dîner chez un
ministre, dit le comte de Vaize, à demi
sérieux.

« Voilà la griffe du lion, » pensa Leuwen.

Madame de Vaize, fort sensible à ces
coups de boutoir, avait pris un air morne.

« Ce petit Leuwen va me faire jouer un
sot rôle chez son père. »

— Il veut avoir des tableaux, reprit-il
d'un air gai ; et parbleu, à votre recomman-
dation je lui en donnerai. Je remarque que,
de façon ou d'autre, il vient ici deux fois
la semaine.

— Dites-vous vrai ? Me promettez-
vous des tableaux pour lui, et cela sans
qu'il soit besoin de vous solliciter ?

— Ma parole !

— En ce cas, j'en fais un ami de la
maison.

— Ainsi, madame, vous aurez deux
hommes d'esprit : MM. Lacroix et Leuwen.

Le ministre partit de ce propos gracieux
pour plaisanter Lucien un peu trop rude-
ment sur la méprise qui l'avait fait inviter à dîner M. Lacroix, le peintre d'histoire. Lucien, réveillé, répondit à Son
Excellence sur le ton de la parfaite éga-

lité, ce qui choqua beaucoup le ministre.
Lucien le vit et continua à parler avec une
aisance qui l'étonna et l'amusa.

Il aimait à se trouver avec madame de
Vaize, jolie, très timide, bonne, et qui
en lui parlant oubliait parfaitement qu'elle
était une jeune femme et lui un jeune
homme. Cet arrangement convenait beaucoup à notre héros.

« Ainsi, me voilà, se disait-il, sur le ton
de l'intimité avec deux êtres dont je ne
connaissais pas la figure il y a huit jours,
et dont l'un m'amuse surtout quand il
m'attaque et l'autre m'intéresse. »

Il mit beaucoup d'attention à sa besogne ; il lui sembla que le ministre voulait
prendre avantage de l'erreur de nom dans
l'invitation à dîner pour lui attribuer
l'aimable légèreté de la première jeunesse.

« Vous êtes un grand administrateur,
M. le comte ; en ce sens, je vous respecte ;
mais l'épigramme à la main je suis votre
homme ; et, vu vos honneurs, j'aime
mieux risquer d'être un peu trop ferme
que vous laisser empiéter sur ma dignité.
Cela vous indiquera d'ailleurs que je me
moque parfaitement de ma place, tandis
que vous adorez la vôtre. »

Au bout de huit jours de cette vie-là,
Lucien fut de retour sur la terre ; il
avait surmonté l'ébranlement produit par

la dernière soirée à Nancy. Son premier
remords fut de n'avoir pas écrit à M. Gauthier ; il lui fit une lettre infinie et, il faut
l'avouer, assez imprudente. Il signa d'un
nom en l'air et chargea le préfet de Strasbourg de la mettre à la poste.

« Venant de Strasbourg, se dit-il, peut-
être elle échappera à madame Cunier et
au commissaire de police du rénégat
Dumoral. »

Il fut curieux de suivre dans les divers
bureaux la correspondance de ce Dumoral,
dont le comte de Vaize semblait avoir
peur. On était alors dans tout le feu des
élections et des affaires d'Espagne. La
correspondance de M. Dumoral, parlant
de Nancy, l'amusa infiniment ; il s'agissait de M. de Vassignies, homme très dangereux, de M. Du Poirier, personnage
moins à craindre dont on aurait raison
avec une croix et un bureau de tabac pour
sa sœur, etc., etc. Ces pauvres préfets,
mourant de peur de manquer leurs élections et exagérant leur embarras à leur
ministre, avaient le pouvoir de le tirer
de sa mélancolie.

Telle était la vie de Leuwen : six heures
au bureau de la rue de Grenelle le matin,
une heure au moins à l'Opéra le soir.
Son père, sans le lui dire, l'avait précipité
dans un travail de tous les moments.

— C'est l'unique moyen, disait-il à madame Leuwen, de parer au coup de pistolet, si toutefois nous en sommes là, ce que je suis loin de croire. Sa vertu si ennuyeuse l'empêcherait seule de nous laisser seuls et, outre cela, il y a l'amour de la vie et la curiosité de lutter avec le monde.

Par amitié pour sa femme, M. Leuwen s'était entièrement appliqué à résoudre ce problème.

— Vous ne pouvez vivre sans votre fils, lui disait-il, et moi sans vous. Et je vous avouerai que depuis que je le suis de près il ne me semble plus aussi plat. Il répond quelquefois aux épigrammes de son ministre, et la ministresse l'admire. Et, à tout prendre, les jeunes réparties un peu trop vertes de Lucien valent mieux que les vieilles épigrammes sans pointe du de Vaize... Reste à voir comment il prendra la première friponnerie de Son Excellence.

— Lucien a toujours la plus haute idée des talents de M. de Vaize.

— C'est là notre seule ressource ; c'est une admiration qu'il faut soigneusement entretenir. Cela est capital pour nous. Mon unique ressource, après avoir nié tant que je pourrai le coup de canif donné à la probité, sera de dire : Un ministre de

ce talent est-il trop payé à 400.000 francs
par an ? Là-dessus, je lui prouverai que
Sully a été un voleur. Trois ou quatre jours
après, je paraîtrai avec ma *réserve*, qui
est superbe : le général Bonaparte, en 1796,
en Italie, volait. Auriez-vous préféré un
honnête homme comme Moreau, se laissant
battre en 1799 à Cassano, à Novi, etc.
Moreau coûtait au trésor 200.000 francs
peut-être, et Bonaparte trois millions..., etc.
J'espère que Lucien ne trouvera pas de
réponse, et je vous réponds de son séjour
à Paris tant qu'il admirera M. de Vaize.

— Si nous pouvons gagner le bout de
l'année, dit madame Leuwen, il aura oublié sa madame de Chasteller.

— Je ne sais, vous lui avez fait un cœur
si constant ! Vous n'avez jamais pu vous
déprendre de moi, vous m'avez toujours
aimé en dépit de ma conduite abominable.
Pour un cœur tout d'une pièce tel que celui
que vous avez fait à votre fils, il faudrait
un nouveau goût. J'attends une occasion
favorable pour le présenter à madame
Grandet.

— Elle est bien jolie, bien jeune, bien
brillante.

— Et de plus veut absolument avoir
une grande passion.

— Si Lucien voit l'affectation, il prendra
la fuite. Etc., etc., etc...

Un jour de grand soleil, vers les deux heures et demie, le ministre entra dans le bureau de Leuwen la figure fort rouge, les yeux hors de la tête et comme hors de lui.

— Courez auprès de M. votre père... Mais d'abord, copiez cette dépêche télégraphique... Veuillez prendre copie aussi de cette note que j'envoie au *Journal de Paris*... Vous sentez toute l'importance et le secret de la chose...

Il ajouta pendant que Lucien copiait :

— Je ne vous engage pas à prendre le cabriolet du ministère, et pour cause. Prenez un cabriolet sous la porte cochère en face, donnez-lui six francs d'avance, et au nom de Dieu trouvez M. votre père avant la clôture de la Bourse. Elle ferme à trois heures et demie, comme vous le savez.

Lucien, prêt à partir et son chapeau à la main, regardait le ministre tout haletant et qui avait peine à parler. En le voyant entrer, il l'avait cru remplacé, mais le mot *télégraphe* l'avait bientôt mis sur la voie. Le ministre s'enfuit, puis rentra ; il dit d'un ton impérieux :

— Vous me remettrez à moi, à moi, monsieur, les deux copies que vous venez de faire, et, sur votre vie, vous ne les montrerez qu'à M. votre père.

Cela dit, il s'enfuit de nouveau.

« Voilà un ton qui est bien grossier et bien ridicule, se dit Lucien. Ce ton si offensant n'est propre qu'à suggérer l'idée d'une vengeance trop facile.

« Voilà donc tous mes soupçons avérés, pensait Lucien en courant en cabriolet. Son Excellence joue à la Bourse à coup sûr... Et me voilà bel et bien complice d'une friponnerie. »

Lucien eut beaucoup de peine à trouver son père ; enfin, comme il faisait un beau froid et encore un peu de soleil, il eut l'idée de le chercher sur le boulevard, et il le trouva en contemplation devant un énorme poisson exposé au coin de la rue de Choiseul.

M. Leuwen le reçut assez mal et ne voulut point monter en cabriolet.

— Au diable, ton casse-cou ! Je ne monte que dans ma voiture quand toutes les Bourses du monde devraient fermer sans moi !

Lucien courut chercher cette voiture au coin de la rue de la Paix, où elle attendait. Enfin, à trois heures un quart, au moment où la Bourse allait fermer, M. Leuwen y entra.

Il ne reparut chez lui qu'à six heures.

— Va chez ton ministre, donne-lui ce mot, et attends-toi à être mal reçu.

— Eh ! bien, tout ministre qu'il est, je vais lui répondre ferme, dit Lucien fort piqué de jouer un rôle dans une friponnerie.

Il trouva le ministre au milieu de vingt généraux. « Raison de plus pour être ferme, » se dit-il. On venait d'annoncer le dîner. Déjà le maréchal N... donnait le bras à madame de Vaize. Le ministre, debout au milieu du salon, faisait de l'éloquence ; mais, en voyant Lucien, il n'acheva pas sa phrase. Il partit comme un trait en lui faisant signe de le suivre ; arrivé dans son cabinet, il ferma la porte à clef et enfin se jeta sur le billet. Il faillit devenir fou de joie, il serra Lucien dans ses grands bras vivement et à plusieurs reprises. Leuwen, debout, son habit noir boutonné jusqu'au menton, le regardait avec dégoût.

« Voilà donc un voleur, se disait-il, et un voleur en action ! Dans sa joie comme dans son anxiété, il a des gestes de laquais. »

Le ministre avait oublié son dîner ; c'était la première affaire qu'il faisait à à la Bourse, et il était hors de lui du gain de quelques milliers de francs. Ce qui est plaisant, c'est qu'il en avait une sorte d'orgueil, il se sentait ministre dans toute l'étendue du mot.

— Cela est divin, mon ami, dit-il à

Lucien en revenant avec lui vers la salle
à manger... Au reste, il faudra voir demain
à la revente.

Tout le monde était à table, mais, par
respect pour Son Excellence, on n'avait
pas osé commencer. La pauvre madame de
Vaize était rouge et transpirait d'anxiété.
Les vingt-cinq convives, assis en silence,
voyaient bien que c'était le cas de parler,
mais ne trouvaient rien à dire et faisaient
la plus sotte figure du monde pendant ce
silence forcé qu'interrompaient de temps
à autre les mots timides et à peine arti-
culés de madame de Vaize qui offrait une
assiette de soupe au maréchal son voisin,
et les mines de refus de ce dernier formaient
le centre d'attention le plus comique.

Le ministre était tellement ému qu'il
en avait perdu cette assurance si vantée
dans ses journaux ; d'un air fort ahuri,
il balbutia quelques mots en prenant place :
« Une dépêche des Tuileries... »

Les potages se trouvèrent glacés, et
tout le monde avait froid. Le silence était
si complet et tout le monde tellement mal
à son aise, que Lucien put entendre ces
mots :

— Il est bien troublé, disait à voix
basse à son voisin un colonel assis près de
Leuwen ; serait-il chassé ?

— La joie surnage, lui répondit du

même ton un vieux général en cheveux
blancs.

Le soir, à l'Opéra, toute l'attention de
Lucien était pour cette triste pensée :

« Mon père participe à cette manœuvre...
On peut répondre qu'il fait son métier de
banquier. Il sait une nouvelle, il en pro-
fite, il ne trahit aucun serment.. Mais sans
le recéleur il n'y aurait pas de voleur. »

Cette réponse ne lui rendait point la
paix de l'âme. Toutes les grâces de mademoiselle Raimonde, qui vint dans sa loge
dès qu'elle le vit, ne purent en tirer un
mot. L'*ancien homme* prenait le dessus.

« Le matin avec des voleurs, et le soir
avec des catins ! se disait-il amèrement.
Mais qu'est-ce que l'opinion ? Elle m'es-
timera pour ma matinée, et me méprisera
parce que je passe la soirée avec cette pauvre fille. Les belles dames sont comme
l'Académie pour le romantisme : elles
sont juges et parties... Ah ! si je pouvais
parler de tout ceci avec... »

Il s'arrêta au moment où il prononçait
mentalement le nom de Chasteller.

Le lendemain, le comte de Vaize entra
en courant dans le bureau de Leuwen. Il
ferma la porte à clef. L'expression de ses
yeux était étrange.

« Dieu ! que le vice est laid ! » pensa
Lucien.

— Mon cher ami, courez chez M. votre
père, dit le ministre d'une voix entrecou-
pée. Il faut que je lui parle... *absolument*...
Faites tout au monde pour l'emmener
au ministère, puisque, enfin, moi, je ne
puis pas me montrer dans le comptoir de
MM. Van Peters et Leuwen.

Lucien le regardait attentivement.

« Il n'a pas la moindre vergogne en me
parlant de son vol ! »

Lucien avait tort, M. de Vaize était
tellement agité par la cupidité (il s'agissait de réaliser un bénéfice de 17.000 francs)
qu'il en oubliait la timidité qu'il souffrait
fort grande en parlant à Lucien, non par
pudeur morale, mais il le croyait un homme
à épigrammes comme son père, et redoutait un mot désagréable. Le ton de M. de
Vaize était, dans ce moment, celui d'un
maître parlant à son valet. D'abord, il
ne se serait pas aperçu de la différence,
un ministre honorait tellement selon lui,
l'être auquel il adressait la parole qu'il ne
pouvait pas manquer de politesse. Ensuite,
dès qu'il s'agissait d'affaires d'argent, dans
l'excès de son trouble, il ne s'apercevait de
rien.

M. Leuwen reçut en riant la communication que son fils était chargé de lui
faire.

— Ah ! parce qu'il est ministre il vou-

drait me faire courir ? Dis-lui de ma part
que je n'irai pas à son ministère, et que je
le prie instamment de ne pas venir chez
moi. L'affaire d'hier est terminée ; j'en
fais d'autres aujourd'hui.

Comme Lucien se hâtait de partir :

— Reste donc un peu. Ton ministre
a du génie pour l'administration, mais il
ne faut pas gâter les grands hommes,
autrement ils se négligent... Tu me dis
qu'il prend un ton familier et même grossier avec toi. *Avec toi* est de trop. Dès que
cet homme ne déclame pas au milieu
de son salon, comme un préfet accoutumé
à parler tout seul, il est grossier avec tout
le monde. C'est que toute sa vie s'est passée
à réfléchir sur le grand art de mener les
hommes et de les conduire au bonheur
par la vertu.

M. Leuwen regardait son fils pour voir
si cette phrase passerait. Lucien ne fit pas
attention au ridicule des mots.

« Comme il est encore loin d'écouter
son interlocuteur et de savoir profiter
de ses fautes ! pensa M. Leuwen. C'est
un artiste, mon fils. Son art exige un habit
brodé et un carrosse, comme l'art d'Ingres
et de Prudhon exige un chevalet et des
pinceaux. »

— Aimerais-tu mieux un artiste parfaitement poli, gracieux, d'un ton parfait,

faisant des croûtes, ou un homme au ton grossier occupé du fond des choses et non de la forme, mais produisant des chefs-d'œuvre ? Si après deux ans de ministère M. de Vaize te présente vingt départements où l'agriculture ait fait un pas, trente autres dans lesquels la moralité publique se soit augmentée, ne lui pardonneras-tu pas une inflexion négligée ou même grossière en parlant à son premier aide de camp, jeune homme qu'il aime et estime, et qui d'ailleurs lui est nécessaire ? Pardonne-lui le ton ridicule dans lequel il tombe sans s'en douter, car il est né ridicule et emphatique. Ton rôle à toi est de rappeler son attention à ce qu'il te doit par une conduite ferme et des mots bien placés et perçants.

M. Leuwen père parla longtemps sans pouvoir engager la conversation avec son fils. Il n'aimait pas cet air rêveur.

— J'ai vu trois ou quatre agents de change attendre dans le premier salon, dit Lucien ; et il se levait pour retourner à la rue de Grenelle.

— Mon ami, lui dit son père, toi qui as de bons yeux, lis-moi un peu les *Débats*, la *Quotidienne* et le *National*.

Lucien se mit à lire haut, et malgré lui ne put s'empêcher de sourire : « Et les agents de change ? Leur métier est d'attendre. Et le mien de lire le journal ! »

M. de Vaize était comme hors de lui quand Lucien rentra enfin vers les trois heures. Leuwen le trouva dans son bureau, où il était venu plus de dix fois, lui dit le garçon de bureau, parlant à mi-voix et de l'air du plus profond respect.

— Eh ! bien, monsieur ? lui dit le ministre d'un air hagard.

— Rien de nouveau, répondit Lucien avec la plus belle tranquillité. Je quitte mon père, par ordre duquel j'ai attendu. Il ne viendra pas et vous prie instamment de ne pas aller chez lui. L'affaire d'hier est terminée, et il en fait d'autres aujourd'hui.

M. de Vaize devint pourpre et se hâta de quitter le bureau de son secrétaire.

Tout émerveillé de sa nouvelle dignité, qu'il adorait en perspective depuis trente ans, il voyait pour la première fois que M. Leuwen était tout aussi fier de la position qu'il s'était faite dans le monde.

« Je vois l'argument sur lequel se fonde l'insolence de cet homme, se disait M. de Vaize en se promenant à grands pas dans son cabinet. Une ordonnance du roi fait un ministre, une ordonnance ne peut faire un homme comme M. Leuwen. Voilà à quoi en arrive le gouvernement en ne nous laissant en place qu'un an ou deux. Est-ce

qu'un banquier eût osé refuser à Colbert
de passer chez lui ? »

Après cette comparaison judicieuse,
le colérique ministre tomba dans une rêverie profonde.

« Ne pourrais-je pas me passer de cet
insolent ? Mais sa probité est célèbre,
presque autant que sa méchanceté. C'est
un homme de plaisir, un *viveur*, qui depuis
vingt ans se moque de ce qu'il y a de
plus respectable : le roi, la religion... C'est
le Talleyrand de la Bourse ; ses épigrammes font loi dans ce monde-là, et
depuis la révolte de juillet, *ce monde-là*
se rapproche tous les jours davantage du
grand monde, du seul qui devrait avoir
de l'influence. Les gens à argent sont aux
lieu et place des grandes familles du faubourg Saint-Germain... Son salon réunit
tout ce qu'il y a d'hommes d'esprit
parmi les gens d'affaires..., il est faufilé
avec tous les diplomates qui vont à
l'Opéra... Villèle le consultait. »

A ce nom, M. de Vaize s'inclina presque.
Il avait le ton fort haut, quelquefois il
poussait l'assurance jusqu'au point où
elle prend un autre nom, mais, par un
contraste étrange, il était sujet à des
bouffées de timidité incroyables. Par exemple, il lui eût été extrêment pénible et
presque impossible de faire des ouver-

tures à une autre maison de banque. Il réunissait à un âpre amour pour le gain l'idée fantasque que le public lui croyait une probité sans tache ; sa grande raison, c'est qu'il succédait à un voleur.

Après une grande heure de promenade agitée dans son cabinet et avoir envoyé au diable fort énergiquement son huissier qui annonçait des chefs de bureau et même un aide de camp du roi, il sentit que l'effort de prendre un autre banquier était au-dessus de son courage. Les journaux faisaient trop de peur à Son Excellence. Sa vanité plia devant la paresse épigrammatique d'un homme de plaisir, il y eut alors capitulation avec la vanité.

« Après tout, je l'ai connu avant d'être ministre... Je ne compromets point ma dignité en souffrant chez ce vieillard caustique le ton de presque égalité auquel je l'ai laissé s'accoutumer. »

M. Leuwen avait prévu tous ces mouvements. Le soir, il dit à son fils :

— Ton ministre m'a écrit, comme un amant à sa maîtresse, des picoteries. J'ai été obligé de lui répondre, et cela me pèse. Je suis comme toi, je n'aime pas assez le *métal* pour me beaucoup gêner. Apprends à faire l'opération de bourse ; rien n'est plus simple pour un grand géomètre,

élève chassé de l'école Polytechnique.
Il n'y a qu'un principe : la bêtise du
petit joueur à la Bourse est une quantité
infinie. M. Métral, mon commis, te don-
nera des leçons, non pas de bêtise,
mais de l'art de la manier. (Lucien avait
l'air très froid.) Tu me rendras un service
personnel si tu te fais capable d'être
l'intermédiaire habituel entre M. de Vaize
et moi. La morgue de ce grand administrateur lutte contre l'immobilité de
mon caractère. Il tourne autour de moi,
mais depuis notre dernière opération je
n'ai voulu lui livrer que des mots gais.
Hier soir, sa vanité était furibonde, il
voulait me réduire au sérieux. C'était
plaisant. D'ici à huit jours, s'il ne peut
te mater, il te fera la cour. Comment
vas-tu recevoir un ministre homme de
mérite te faisant la cour ? Sens-tu l'avantage d'avoir un père ? C'est une chose
fort utile à Paris.

— J'aurais trop à dire sur ce dernier
article, et vous n'aimez pas le provincial
tendre. Quant à l'Excellence, pourquoi ne
serais-je pas naturel avec lui comme
envers tout le monde ?

— Ressource de paresseux. Fi donc !

— Je veux dire que je serai froid, res-
pectueux, en laissant toujours paraître,
même fort clairement, le désir de voir se

terminer la communication sérieuse avec
un si grand personnage.

— Serais-tu de force à hasarder le
propos léger et un peu moqueur ? Il dirait : Digne fils d'un tel père !

— L'idée plaisante qui vous vient en
une seconde ne se présente à moi qu'au
bout de deux minutes.

— Bravo ! Tu vois les choses par le
côté utile et, ce qui est pis encore, par le
côté honnête. Tout cela est déplacé et ridicule en France. Vois ton saint-simonisme !
Il avait du bon, et pourtant il est resté
odieux et inintelligible au premier étage,
au second, et même au troisième ; on ne
s'en occupe un peu que dans la mansarde.
Vois l'Église française, si raisonnable,
et la fortune qu'elle fait. Ce peuple-ci
ne sera à la hauteur de la raison que vers
l'an 1900. Jusque-là, il faut voir d'instinct
les choses par le côté plaisant, et n'apercevoir l'*utile* ou l'*honnête* que par un effort
de volonté. Je me serais gardé d'entrer
dans ces détails avant ton voyage à
Nancy, maintenant je trouve du plaisir
à parler avec toi.

Connais-tu cette plante de laquelle
on dit que plus elle est foulée aux pieds
plus elle prospère ? Je voudrais en avoir,
si elle existe, j'en demanderai à mon ami
Thouin et je t'en enverrai un bouquet.

Cette plante est l'image de ta conduite envers M. de Vaize.

— Mais, mon père, la reconnaissance...

— Mais, mon fils, c'est un animal. Est-ce sa faute si le hasard a jeté chez lui le génie de l'administration ? Ce n'est pas un homme comme nous, sensible aux bons procédés, à l'amitié continue envers lequel on puisse se permettre des procédés délicats : il les prendrait pour de la faiblesse. C'est un préfet insolent après dîner qui, pendant vingt années de sa vie, a tremblé tous les matins de lire sa destitution dans le *Moniteur* ; c'est encore un procureur bas-normand sans cœur ni âme, mais doué en revanche du caractère inquiet, timide et emporté d'un enfant. Insolent comme un préfet en crédit deux heures tous les matins, et penaud comme un courtisan novice qui se voit de trop dans un salon pendant deux heures tous les soirs. Mais les écailles ne sont pas encore tombées de tes yeux ; ne crois aveuglément personne, pas même moi. Tu verras tout cela dans un an. Quant à la reconnaissance, je te conseille de rayer ce mot de tes papiers. Il y a eu convention, *contrat bilatéral* avec le de Vaize aussitôt après ton retour à Paris (ta mère a prétendu qu'elle mourrait si tu allais en Amérique). Il s'est engagé : 1° à arranger ta

désertion avec son collègue de la Guerre ;
2º à te faire maître des requêtes, secrétaire particulier, avec la croix au bout de
l'année. Par contre, mon salon et moi nous
sommes engagés à vanter son crédit, ses
talents, ses vertus, sa probité surtout.
J'ai fait réussir son ministère, sa nomination à la Bourse, et à la Bourse aussi, je me
charge de faire, de compte à demi, toutes
les affaires de Bourse basées sur des
dépêches télégraphiques. Maintenant, il
prétend que je me suis engagé pour les
affaires de Bourse basées sur les déli-
bérations du Conseil des ministres, mais
cela n'est point. J'ai M. N..., le ministre
de..., qui ne sait rien administrer mais
qui sait *deviner* et lire sur les physio-
nomies. Lui, N..., voit l'intention du roi
huit jours à l'avance, le pauvre de Vaize
ne sait pas la voir à une heure de distance.
Il a déjà été battu à plate couture dans
deux conseils depuis un mois à peine qu'il
est au ministère. Mets-toi bien dans la tête
que M. de Vaize ne peut se passer de mon
fils. Si je devenais un imbécile, si je fer-
mais mon salon, si je n'allais plus à l'Opéra,
il pourrait peut-être songer à s'arranger
avec une autre maison, encore je ne le crois
pas de cette force de tête-là. Il va te battre
froid cinq ou six jours, après quoi il y aura
explosion de confiance. C'est le moment

que je crains. Si tu as l'air comblé, reconnaissant, d'un commis à cent louis, ces sentiments louables, joints à ton air si jeune, te classent à jamais parmi les dupes que l'on peut accabler de travail, compromettre, humilier à merci et miséricorde, comme jadis on *taillait le tiersétat*, et qui n'en sont que plus reconnaissants.

— Je ne verrai dans l'épanchement de Son Excellence que de l'enfantillage mêlé de fausseté.

— Auras-tu l'esprit de suivre ce programme ?

Pendant les jours qui suivirent cette leçon paternelle, le ministre parlait à Lucien d'un air abstrait, comme un homme accablé de hautes affaires. Lucien répondait le moins possible et faisait la cour à madame la comtesse de Vaize.

Un matin, le ministre arriva dans le bureau de Leuwen suivi d'un garçon de bureau qui portait un énorme portefeuille. Le garçon de bureau sorti, le ministre poussa lui-même le verrou de la porte et, s'asseyant familièrement à côté de Lucien :

— Ce pauvre N..., mon prédécesseur, était sans doute un fort honnête garçon, lui dit-il. Mais le public a d'étranges idées sur son compte. On prétend qu'il faisait des affaires. Voici, par exemple, le porte-

feuille de l'Administration de...¹ C'est
un objet de sept ou huit millions. Puis-je
de bonne foi demander au chef de bureau
qui conduit tout cela depuis dix ans s'il
y a eu des abus ? Je ne puis qu'essayer
de deviner ; M. Crapart (c'était le chef de
la police du ministère) me dit bien que
madame M...,la femme du chef de bureau
susdit, dépense quinze ou vingt mille
francs, les appointements du mari sont
de douze et ils ont deux ou trois petites
propriétés sur lesquelles j'attends des
renseignements. Mais tout cela est bien
éloigné, bien vague, bien peu concluant,
et à moi il me faut des faits. Donc, pour
lier M. N..., je lui ai demandé un rapport
général et approfondi ; le voici, avec les
pièces à l'appui. Enfermez-vous, *cher ami*,

1. On a mieux aimé jeter de l'obscurité et du froid dans
le récit que s'exposer à une personnalité changeant l'épopée
en satire. Supposez l'administration des Postes, des Ponts
et Chaussées, des Enfants trouvés, des...
[MM. les ministres récemment nommés sont tellement
connus pour leur esprit, leur probité et la fermeté de leur
caractère, etc., etc., que je n'ai eu que peu d'efforts à faire
pour éviter le plat reproche de *personnalité cherchée*. Rien
de plus facile que d'essayer le portrait d'un de ces messieurs,
mais un tel portrait eût semblé bien ennuyeux au bout d'un
an ou deux, lorsque les Français seront d'accord sur la rédac-
tion des deux ou trois lignes que l'histoire doit leur accorder.
Eloigné de toute personnalité par le dégoût, j'ai cherché à
présenter une moyenne proportionnelle entre les ministres
de l'époque qui vient de s'écouler, et ce n'est point le portrait
de l'un d'eux ; j'ai eu soin d'effacer les traits d'esprit ou de
personnalité contre quelqu'une de ces Excellences.
13 novembre 34. Civita-Vecchia.]

comparez les pièces au rapport, et dites-moi votre avis.

Lucien admira la physionomie du ministre ; elle était convenable, raisonnable, sans morgue. Il se mit sérieusement au travail. Trois heures après, Leuwen écrivit au ministre :

« *Ce rapport n'est point approfondi* ; ce sont des phrases. M. N..., ne convient franchement d'aucun fait, je n'ai pas trouvé une seule assertion sans quelque faux-fuyant. M. N... ne se *lie* nullement. C'est une dissertation bien écrite, redondante d'humanités, c'est un article de journal, mais l'auteur semble brouillé avec Barrême. »

Quelques minutes après le ministre accourut, ce fut une explosion de tendresse. Il serrait Lucien dans ses bras :

— Que je suis heureux d'avoir un tel capitaine dans mon régiment ! Etc.

Leuwen s'attendait à avoir beaucoup de peine à être hypocrite. Ce fut sans la moindre hésitation qu'il prit l'air d'un homme qui désire voir finir l'accès de confiance ; c'est qu'à cette seconde entrée M. de Vaize lui parut un comédien de campagne qui charge beaucoup trop. Il le trouva manquant de noblesse presque autant que le colonel Malher, mais l'air faux était bien plus visible chez le ministre.

La froideur de Lucien écoutant les éloges de son talent était tellement glaciale, sans s'en douter lui aussi outrait tellement son rôle, que le ministre déconcerté se mit à dire du mal du chef de bureau N... Une chose frappa Leuwen : le ministre n'avait pas lu le travail de M. N... « Parbleu, je vais le lui dire, pensa Lucien. Où est le mal ? »

— Votre Excellence est tellement accablée par les grandes discussions du Conseil et par la préparation du budget de son département, qu'elle n'a pas eu le temps de lire même ce rapport de M. N... qu'elle censure, et avec raison.

Le ministre eut un mouvement de vive colère. Attaquer son aptitude au travail, douter des quatorze heures que de jour ou de nuit, disait-il, il passait devant son bureau, c'était attaquer son palladium.

— Parbleu, monsieur, prouvez-moi cela, dit-il en rougissant.

« A mon tour, » pensa Leuwen ; et il triompha par la modération, par la clarté, par la respectueuse politesse. Il démontra clairement au ministre qu'il n'avait pas lu le rapport du pauvre M. N..., si injurié. Deux ou trois fois, le ministre voulut tout terminer en embrouillant la question.

— Vous et moi, mon cher ami, avons tout lu.

— Votre Excellence me permettra de

lui dire que je serais tout à fait indigne de
sa confiance, moi mince débutant dans la
carrière, qui n'ai autre chose à faire, si
je lisais mal ou trop vite un document
qu'elle daigne me confier. Il y a ici, au
cinquième alinéa... Etc., etc.

Après avoir ramené trois fois la question
à son véritable point, Lucien finit par
avoir ce succès, qui eût été si fatal à tout
autre bureaucrate : il réduisit son ministre
au silence. Son Excellence sortit du cabinet
en fureur, et Lucien l'entendit maltraiter
le pauvre chef de division, qu'en l'entendant revenir l'huissier avait introduit dans
son cabinet. La voix redoutable du ministre
passa jusqu'à l'antichambre répondant à
la porte dérobée par laquelle on entrait
dans le bureau de Lucien. Un ancien
domestique, placé là par le ministre de
l'Intérieur Crétet, et que Leuwen soupçonnait fort d'être espion, entra sans être
appelé.

— Est-ce que Son Excellence a besoin
de quelque chose ?

— Non pas Son Excellence, mais moi.
J'ai à vous prier fort sérieusement de
n'entrer ici que quand je vous sonne.

Telle fut la première bataille de Leuwen[1].

---

1. Tout ceci est bien en soi, mais n'est peut-être pas à sa
place. Il fallait faire Leuwen admirant de bonne foi et toujours étonné à chaque nouvelle preuve de sottise de de Vaize.

Quand enfin il est bien convaincu : 1° que c'est un voleur ; 2° que c'est un sot, il va à la Chambre, où il est témoin d'un très beau succès de M. de Vaize. Il ne sait plus que dire, il questionne son père :

« Dans une assemblée de provinciaux, c'est le triomphe de la médiocrité impudente qui subjugue les autres médiocrités, et surtout ne les offense pas. D'ailleurs, plus du tiers est vendu et applaudit toujours un ministre. »

Mais comment remplir les trois mois au moins dont a besoin l'admiration de Leuwen pour être détruite peu à peu ? — Par l'amour de Raimonde, qui se fait e..... ferme, — par les visites de madame d'Hocquincourt qui le touchent parce qu'elles lui rappellent Nancy ; mais, par respect pour Mme de Chasteller, il ne veut pas e..... une femme dont elle fut jalouse.

Peut-être remplir ce temps par l'arrivée de Du Poirier nommé député, sa volte-face, ses succès d'éloquence, sa peur comique.

Si j'eusse fait digérer de Vaize par Leuwen *avant ces événements*, ils en seraient moins piquants. Reste ceci à considérer : quand doivent paraître Mmes de Chasteller et de Constantin ?

Tous ces dialogues du père et du fils ont le plat et le raisonnable d'un livre d'éducation. »

CHAPITRE XLIII[1]

Un des bonheurs de Lucien avait été de ne pas trouver à Paris son cousin Ernest Dévelroy, futur membre de l'Académie des Sciences morales et politiques. Un des académiciens moraux, qui donnait quelques mauvais dîners et disposait de trois voix, outre la sienne, avait eu besoin d'aller aux eaux de Vichy, et M. Dévelroy s'était donné le rôle de garde-malade. Cette abnégation de deux ou trois mois avait produit le meilleur effet dans l'Académie morale.

— C'est un homme à côté duquel il est agréable de s'asseoir, disait M. Bonneau, l'un des meneurs de cette société.

— La campagne d'Ernest aux eaux de Vichy, disait M. Leuwen, avance de quatre ans son entrée à l'Institut.

— Ne vaudrait-il pas mieux pour vous, mon père, avoir un tel fils ? dit Lucien presque attendri.

— *Troppo aiuto a sant'Antonio*, dit

1. Desbacs et Grandet.

M. Leuwen. Je t'aime encore mieux avec ta
vertu. Je ne suis pas en peine de l'avan-
cement d'Ernest, il aura bientôt pour
30.000 francs de places, comme le philosophe N... [1]. Mais j'aimerais autant avoir
pour fils M. de Talleyrand.

Il y avait dans les bureaux du comte
de Vaize un M. Desbacs, dont la position
sociale avait quelques rapports avec celle
de Lucien. Il avait de la fortune, M. de
Vaize l'appelait mon cousin, mais il n'avait
pas un salon accrédité et un dîner renommé
toutes les semaines pour le soutenir dans
le monde. Il sentait vivement cette
différence et résolut de s'accrocher à
Lucien.

M. Desbacs avait le caractère de Blifil
(de *TomJones*), et c'est ce qui malheureusement se lisait trop sur sa figure extrêmement pâle et fort marquée de la petite
vérole. Cette figure n'avait guère d'autre
expression que celle d'une politesse forcée
et d'une bonhomie qui rappelait celle de
Tartufe. Des cheveux extrêmement noirs
sur cette face blême fixaient trop les
regards. Avec ce désavantage, qui était
grand, comme M. Desbacs disait toujours
tout ce qui était convenable et jamais
rien au delà, il avait fait des progrès

1. Cousin.

rapides dans les salons de Paris. Il avait été sous-préfet destitué par M. de Martignac comme trop jésuite, et c'était un des commis les plus habiles qu'eût le ministère de l'Intérieur.

Lucien était, comme toutes les âmes tendres, au désespoir, tout lui était indifférent ; il ne choisissait pas les hommes et se liait avec ce qui se présentait : M. Desbacs se présentait de bonne grâce.

Lucien ne s'aperçut pas seulement que Desbacs lui faisait la cour. Desbacs vit que Lucien désirait réellement s'instruire et travailler, et il se donna à lui comme chercheur de renseignements non seulement dans les bureaux du ministère de l'Intérieur, mais dans tous les bureaux de Paris. Rien n'est plus commode et n'abrège plus les travaux.

En revanche, Desbacs ne manquait jamais au dîner que madame Leuwen avait établi une fois la semaine pour les employés du ministère de l'Intérieur qui se lieraient avec son fils.

— Vous nous liez là avec d'étranges figures, dit son mari ; des espions subalternes, peut-être.

— Ou bien des gens de mérite inconnus : Béranger a été commis à 1.800 francs. Mais quoi qu'il en soit, on voit trop dans les façons de Lucien que la présence des

hommes l'importune et l'irrite. C'est le
genre de misanthropie que l'on pardonne
le moins.

— Et vous voulez fermer la bouche à
ses collègues de l'Intérieur. Mais au moins
tâchez qu'ils ne viennent pas à nos mardis.

Le but de M. Leuwen était de ne pas
laisser un quart d'heure de solitude à son
fils. Il trouva qu'avec son heure d'Opéra
tous les soirs le pauvre garçon n'était
pas assez bouclé.

Il le rencontra au foyer des Bouffes.

— Voulez-vous que je vous mène chez
madame Grandet ? Elle est éblouissante
ce soir, c'est sans contredit la plus jolie
femme de la salle. Et je ne veux pas
vous vendre chat en poche : je vous
mène d'abord chez Duvernoy, dont
la loge est à côté de celle de madame
Grandet.

— Je serais si heureux, mon père, de
n'adresser la parole qu'à vous ce soir !

— Il faut que le monde connaisse
votre figure du vivant de mon salon.

Déjà plusieurs fois M. Leuwen avait
voulu le conduire dans vingt maisons du
juste milieu, fort convenables pour le
chef du bureau particulier du ministre de
l'Intérieur. Lucien avait toujours trouvé
des prétextes pour différer. Il disait :

— Je suis encore trop sot. Laissez-moi

me guérir de ma distraction ; je tomberais
dans quelque gaucherie qui s'attacherait
à mon nom et me décréditerait à jamais...
C'est une grande chose que de débuter.
Etc., etc.

Mais comme une âme au désespoir n'a
de forces pour rien, ce soir-là il se laissa en-
traîner dans la loge de M. Duvernoy, rece-
veur général, et ensuite, une heure plus
tard, dans le salon de M. Grandet, ancien
fabricant fort riche et juste milieu furibond. L'hôtel parut charmant à Lucien,
le salon magnifique, mais M. Grandet
lui-même d'un ridicule trop noir.

« C'est le Guizot moins l'esprit, pensa
Lucien. Il tend au sang, ceci sort de mes
conventions avec mon père. »

Le soir du dîner qui suivit la présentation
de Lucien, M. Grandet exprima tout haut,
devant trente personnes au moins, le
désir que M. N..., de l'opposition, mourût
d'une blessure qu'il venait de recevoir
dans un duel célèbre.

La beauté célèbre de madame Grandet
ne put faire oublier à Lucien le dégoût
profond inspiré par son mari. C'était une
femme de vingt-trois à vingt-quatre ans
au plus ; il était impossible d'imaginer
des traits plus réguliers, c'était [une]
beauté délicate et parfaite, on eût dit une
figure d'ivoire. Elle chantait fort bien,

c'était une élève de Rubini. Son mérite
pour les aquarelles était célèbre, son mari
lui faisait quelquefois le compliment de
lui en voler une qu'il envoyait vendre,
et on les payait 300 francs.

Mais elle ne se contentait pas du mérite d'excellent peintre d'aquarelles, c'était
une bavarde effrénée. Malheur à la conversa-
sation si quelqu'un venait à prononcer les
mots terribles de bonheur, religion, civi-
lisation, pouvoir légitime, mariage, etc., etc.

« Je crois, Dieu me pardonne, qu'elle
vise à imiter madame de Staël, se dit
Lucien écoutant une de ces *tartines*. Elle
ne laisse rien passer sans y clouer son mot.
Ce mot est juste, mais il est d'un plat à mourir, quoique exprimé avec noblesse et délicatesse. Je parierais qu'elle fait provision
d'esprit dans les manuels à trois francs[1]. »

Malgré son dégoût parfait pour la beauté aristocratique et les grâces imitatives
de madame Grandet, Lucien était fidèle
à sa promesse et, deux fois la semaine,
il paraissait dans le salon le plus aimable
du *juste milieu*.

Un soir que Lucien rentrait à minuit
et qu'il répondait à sa mère qu'il avait
été chez les Grandet :

---

1. Rien d'aisé comme d'avoir un style noble, lorsqu'on
n'exprime rien de neuf. C'est comme dans le monde : être
retenu, noble, lorsqu'on n'a jamais une idée à exprimer.

— Qu'as-tu fait pour te tirer de pair aux yeux de madame Grandet ? lui dit son père.

— J'ai imité les talents qui la font si séduisante : j'ai fait une aquarelle.

— Et quel sujet a choisi ta galanterie ? dit madame Leuwen.

— Un moine espagnol monté sur un âne et que Rodil envoie pendre[1].

— Quelle horreur ! Quel caractère vous vous donnez dans cette maison ! s'écria madame Leuwen. Et encore, ce caractère n'est pas le vôtre. Vous en avez tous les inconvénients sans les avantages. Mon fils, un bourreau !

— Votre fils, un héros : voilà ce que madame Grandet voit dans les supplices décernés sans ménagement à qui ne pense pas comme elle. Une jeune femme qui aurait de la délicatesse, de l'esprit, qui verrait les choses comme elles sont, enfin qui aurait le bonheur de vous ressembler un peu, me prendrait pour un vilain être, par exemple pour un séide des ministres qui veut devenir préfet et chercher en France des « rue Transnonain ». Mais madame Grandet vise au génie, à la grande passion, à l'esprit brillant. Pour une pauvre petite femme qui n'a que du bon sens, et encore

---

1. Vers 1834.

du plus plat, un moine envoyé à la mort,
dans un pays superstitieux, et par un général
juste milieu, c'est sublime. Mon aquarelle
est un tableau de Michel-Ange.

— Ainsi, tu vas prendre le triste caractère
d'un Don Juan, dit madame Leuwen
avec un profond soupir.

M. Leuwen éclata de rire.

— Ah ! que cela est bon ! Lucien un
Don Juan ! Mais, mon ange, il faut que
vous l'aimiez avec bien de la passion :
vous déraisonnez tout à fait ! Recevez-en
mon compliment. Heureux qui bat la
campagne par l'effet d'une passion ! Et
mille fois heureux qui déraisonne par
amour, dans ce siècle où l'on ne déraisonne
que par impuissance et médiocrité
d'esprit ! Le pauvre Lucien sera toujours
dupe de toutes les femmes qu'il aimera.
Je vois dans ce cœur-là du fonds pour
être dupe jusqu'à cinquante ans...

— Enfin, dit madame Leuwen, souriant
de bonheur, tu as vu que l'horrible et le
plat étaient le sublime de Michel-Ange
pour cette pauvre petite madame Grandet.

— Je parie que tu n'a pas·eu une
seule de ces idées en faisant ton moine,
dit M. Leuwen.

— Il est vrai. J'ai pensé tout simplement
à M. Grandet qui, ce soir-là, voulait
faire pendre tout simplement tous les

journalistes de l'opposition. D'abord, mon
moine sur son âne ressemblait à M. le
baron Grandet.

— As-tu deviné quel est l'amant de
la dame ?

— Ce cœur est si sec, que je le croyais
sage.

— Mais sans amant il manquerait quelque chose à son état de maison. Le choix
est tombé sur M. Crapart.

— Quoi ! le chef de la police de mon
ministère ?

— *The same* (lui-même) ! et par lequel
vous pourrez faire espionner votre maîtresse aux frais de l'Etat.

Sur ce mot, Lucien devint fort taciturne, sa mère devina son secret.

— Je te trouve pâle, mon ami. Prends
ton bougeoir et, de grâce, sois toujours
dans ton lit avant une heure.

« Si j'avais eu M. Crapart à Nancy,
se disait Lucien, j'aurais su autrement
qu'en le voyant ce qui arrivait à madame de Chasteller. Et que fût-il arrivé
si je l'eusse connu un mois plus tôt ?
J'aurais perdu un peu plus tôt les plus
beaux jours de ma vie... J'aurais été
condamné un mois plus tôt à vivre le
matin avec un fripon Excellence, et le
soir avec une coquine, la femme la plus
considérée de Paris. »

On voit par l'exagération en noir de
ces jugements combien l'âme de Lucien
souffrait encore. Rien ne rend méchant
comme le malheur. Voyez les prudes.

CHAPITRE XLIV [1]

Un soir, vers les cinq heures, en revenant des Tuileries, le ministre fit appeler Lucien dans son cabinet. Notre héros le trouva pâle comme la mort.

— Voici une affaire, mon cher Leuwen. Il s'agit pour vous de la mission la plus délicate...

A son insu, Lucien prit l'air altier du refus, et le ministre se hâta d'ajouter :

— ... et la plus honorable.

Après ces mots, l'air sec et hautain de Lucien ne se radoucit pas beaucoup. Il n'avait pas grande idée de l'honneur que l'on peut acquérir en servant avec 900 francs.

Son Excellence continua :

— Vous savez que nous avons le bonheur de vivre sous cinq polices,... mais vous savez comme le public et non comme il faut savoir pour agir avec sûreté. Oubliez donc, de grâce, tout ce que vous croyez savoir là-dessus. Pour être lus, les journaux

---

1. Kortis.

de l'opposition enveniment toutes choses. Gardez-vous de confondre ce que le public croit vrai avec ce que je vous apprendrai, autrement vous vous tromperez en agissant. N'oubliez pas surtout, mon cher Leuwen, que le plus vil coquin a de la vanité et de l'honneur à sa manière. Aperçoit-il le mépris chez vous, il devient intraitable... Pardonnez ces détails, mon ami, je désire vivement vos succès...

« Ah ! se dit Lucien, j'ai aussi de la vanité comme un vil coquin. Voilà deux phrases trop rapprochées, il faut qu'il soit bien ému ! »

Le ministre ne songeait déjà plus à amadouer Lucien ; il était tout à sa douleur. Son œil hagard se détachait sur des joues d'une pâleur mortelle ; en tout, c'était l'air du plus grand trouble. Il continua :

— Ce diable de général N...[1] ne pense qu'à se faire lieutenant général. Il est, comme vous le savez, chef de la police du Château. Mais ce n'est pas tout : il veut être ministre de la Guerre et, comme tel, se montrer habile dans la partie la plus difficile ; et, à vrai dire, la seule difficile de ce pauvre ministère, ajouta avec mépris le grand administrateur : veiller à ce que trop d'intimité ne s'établisse pas entre

1. Rumigny.

les soldats et les citoyens, et cependant maintenir entre eux les duels suivis de mort à moins de six par mois.

Lucien le regarda.

— Pour toute la France, reprit le ministre ; c'est le taux arrêté dans le Conseil des ministres. Le général N... s'était contenté jusqu'ici de faire courir dans les casernes ces bruits d'attaques et de guetapens commis par des gens du bas peuple, par des ouvriers, sur des militaires isolés. Ces classes sont sans cesse rapprochées par la *douce égalité* ; elles s'estiment : il faut donc, pour les désunir, un soin continu dans la police militaire. Le général N... me tourmente sans cesse pour que je fasse insérer dans *mes journaux* des récits exacts de toutes les querelles de cabaret, de toutes les grossièretés de corps de garde, de toutes les rixes d'ivrognes, qu'il reçoit de ses sergents déguisés. Ces messieurs sont chargés d'observer l'ivresse sans jamais se laisser tenter. Ces choses font le supplice de nos gens de lettres. « Comment espérer, disent-ils, quelque effet d'une phrase délicate, d'un trait d'ironie de bon goût, après ces saletés ? Qu'importent à la bonne compagnie des succès de cabaret, toujours les mêmes ? A l'exposé de ces vilenies, le lecteur un peu littéraire jette le journal et ajoute, non sans raison, quelque mot de mépris sur les gens de lettres salariés.

Il faut avouer, continua le ministre en riant, que, quelque adresse qu'y mettent messieurs de la littérature, le public ne lit plus ces querelles dans lesquelles deux ouvriers maçons auraient assassiné trois grenadiers, armés de leurs sabres, sans l'intervention miraculeuse du poste voisin. Les soldats même, dans les casernes, se moquent de cette partie de nos journaux, que je fais jeter dans les corridors. Dans cet état de choses, ce diable de N..., tourmenté par les deux étoiles qui sont sur ses épaulettes, a entrepris d'avoir des faits. Or, mon ami, ajouta le ministre en baissant la voix, l'affaire Kortis[1], si vertement démentie dans nos journaux d'hier matin, n'est que trop vraie. Korlis, l'un des hommes les plus dévoués du général N..., un homme à 300 francs par mois, a entrepris mercredi passé de désarmer un conscrit bien niais qu'il guettait depuis huit jours. Ce conscrit fut mis en sentinelle au beau milieu du pont d'Austerlitz[2] à minuit. Une demi-heure après, Kortis s'avance en imitant l'ivrogne. Tout à coup, il se jette sur le conscrit et veut lui arracher son fusil. Ce diable de conscrit, si

1. Modèle : Corteys.
2. Stendhal avait laissé en blanc le nom du pont, il ne le désigne que plus loin. N. D. L. E.

niais en apparence et choisi sur sa mine,
recule deux pas et campe au Kortis
un coup de fusil dans le ventre. Le conscrit s'est trouvé être un chasseur des mon-
tagnes du Dauphiné. Voilà Kortis blessé
mortellement, mais le diable c'est qu'il
n'est pas mort.

— Voici l'affaire. Maintenant, le problème à résoudre : Kortis sait qu'il n'a que
trois ou quatre jours à vivre, *qui nous
répond de sa discrétion?*

On (id est le Roi) vient de faire une
scène épouvantable au général N.... Malheureusement je me suis trouvé sous la
main, *on* a prétendu que moi seul avait le
tact nécessaire pour faire finir cette cruelle
affaire comme il faut. Si j'étais moins
connu, j'irais voir Kortis, qui est à l'hôpital de ..., et étudier les personnes qui
approchent son lit. Mais ma présence
seule centuplerait le venin de cette affaire.

Le général N... paie mieux ses employés de police que moi les miens ; c'est
tout simple : les garnements qu'il surveille
inspirent plus de craintes que ceux qui
sont la pâture ordinaire de la police du
ministère de l'Intérieur. Il n'y a pas un
mois que le général N... m'a enlevé deux
hommes ; ils avaient cent francs de trai-
tement chez nous, et quelques pièces de
cinq francs par ci par là quand il leur arri-

vait de faire de bons rapports. Le général
leur a donné deux cent cinquante francs
par mois, et je n'ai pu lui parler qu'en
riant de ces moyens d'embauchage fort .
ridicules. Il doit être furieux de la scène
de ce matin et des éloges dont j'ai été
l'objet en sa présence, et presque à ses
dépens. Un homme d'esprit comme vous
devine la suite : si mes agents font quelque
chose qui vaille auprès du lit de douleur
de Kortis, ils auront soin de remettre leur
rapport dans mon cabinet cinq minutes
après qu'ils m'auront vu sortir de l'hôtel
de la rue de Grenelle, et une heure auparavant le général N... les aura interrogés
tout à son aise[1].

Maintenant, mon cher Leuwen, voulez-vous me tirer d'un grand embarras ?

Après un petit silence, Lucien répondit :
— Oui, monsieur.

Mais l'expression de ses traits était
infiniment moins rassurante que sa réponse.
Lucien continua d'un air glacial :

---

1. *On me.* — Je ne dis point : il jouissait des doux épan-
chements de la tendresse maternelle, des conseils si doux
du cœur d'une mère, comme dans les romans vulgaires. Je
donne la chose elle-même, le dialogue, et me garde de dire
ce que c'est en phrases attendrissantes. C'est pour cela que le
présent roman sera inintelligible pour les femmes de chambre
même à voiture, comme lady Dijon. 24 novembre 1834.
Temps chaud, sirocco presque trop doux et mal à la tête

— Je suppose que je n'aurai pas à parler au chirurgien.

— Très bien, mon ami, très bien ; vous devinez le point de la question, se hâta de répondre le ministre. Le général N... a déjà agi, et trop agi. Ce chirurgien est une espèce de colosse, un nommé Monod, qui ne lit que le *Courrier français* au café près l'hôpital, et qui enfin, à la troisième tentative de l'homme de confiance de N..., a répondu à l'offre de la croix par un coup de poing effectif qui a considérablement refroidi le zèle de l'homme de N... et, qui plus est, fait scène dans l'hôpital.

« Voilà un jeanfoutre, s'est écrié Monod, qui me propose simplement d'empoisonner avec de l'opium le blessé du numéro 13 ! »

Le ministre, dont le ton avait été jusque-là vif, serré, sincère, se crut obligé de faire deux ou trois phrases éloquentes comme le *Journal de Paris* sur ce que, quant à lui, jamais il n'eût fait parler au chirurgien.

Le ministre ne parlait plus. Lucien était violemment agité. Après un silence inquiétant, il finit par dire au ministre :

— Je ne veux pas être un être inutile. Si j'obtiens de Votre Excellence de me conduire envers Kortis comme ferait le parent le plus tendre, j'accepte la mission.

— Cette condition me fait injure, s'écria le ministre d'un air affectueux. Et réellement les idées d'empoisonnement ou seulement d'opium lui faisaient horreur.

Lorsqu'il avait été question, dans le conseil, d'opium pour calmer les douleurs du malheureux Kortis, il avait pâli.

— Rappelons-nous, ajouta-t-il avec effusion, l'opium tant reproché au général Bonaparte sous les murs de Jaffa. Ne nous exposons pas à être en butte pour toute la vie aux calomnies des journaux républicains et, ce qui est bien pis, des journaux légitimistes, qui pénètrent dans les salons.

Ce mouvement vrai et vertueux diminua l'angoisse horrible de Lucien. Il se disait :

« Ceci est bien pis que tout ce que j'aurais pu rencontrer au régiment. Là, sabrer ou même fusiller, comme à..., un pauvre ouvrier égaré, ou même innocent ; ici, se trouver mêlé toute la vie à un affreux récit d'empoisonnement. Si j'ai du courage, qu'importe la forme du danger ? »

Il dit d'un ton résolu :

— Je vous seconderai, M. le comte. Je me repentirai peut-être toute ma vie de ne pas tomber malade à l'instant, garder le lit réellement huit jours, ensuite revenir au bureau, et, si je vous trouvais trop changé, donner ma démission. Le ministre est trop honnête homme (et il pensait : trop engagé avec mon père) pour me persécuter avec les grands bras de son pouvoir, mais je suis las de reculer devant le danger. (Ceci fut dit avec une chaleur contenue.) Puisque la vie, au XIX⁰ siècle, est si pénible, je ne changerai pas d'état pour la troisième fois. Je vois très bien à quelle affreuse calomnie j'expose tout le reste de ma vie ; je sais comme est mort M. de Caulaincourt. Je vais donc agir avec la vue continue, à chaque démarche, de la possibilité de la justifier dans un mémoire imprimé.

— Peut-être, M. le comte, eût-il été mieux, même pour vous, de laisser ces démarches à des agents recouverts par l'épaulette : le Français pardonne beaucoup à l'uniforme...

Le ministre, fit un mouvement.

— Je ne veux, monsieur, ni vous donner des conseils, non demandés et d'ailleurs tardifs, ni encore moins vous insulter. Je n'ai pas voulu vous demander une heure pour réfléchir, et naturellement j'ai pensé tout haut.

Cela fut dit d'un ton si simple, mais en même temps si mâle. que la figure morale de Lucien changea aux yeux du ministre.

« C'est un homme, et un homme ferme, pensa-t-il. Tant mieux ! J'en maudirai moins l'effroyable paresse de son père. Nos affaires de télégraphe sont enterrées à jamais, et je puis en conscience fermer la bouche à celui-ci par une préfecture. Ce sera une façon fort honnête de m'acquitter avec le père, s'il ne meurt pas d'indigestion d'ici-là, et en même temps de *lier* son salon.»

Ces réflexions furent faites plus vite qu'elles ne sont lues.

Le ministre prit le ton le plus mâle et le plus généreux qu'il put. Il avait vu la veille la tragédie d'*Horace* de Corneille, fort bien jouée.

« Il faut se rappeler, pensa t-il, des intonations d'Horace et de Curiace s'entretenant ensemble après que Flavian[1] leur a annoncé leur combat futur. »

Sur quoi le ministre, usant de sa supériorité de position, se mit à se promener dans son cabinet, et à se dire :

(Ici deux vers)

Lucien avait pris son parti.

« Tout retard, se dit-il, est un reste d'incertitude ; et une lâcheté, pourrait ajouter une langue ennemie. »

1. Stendhal, dont la mémoire est infidèle écrit *Fabien*, N. D. L. E.

A ce nom terrible qu'il se prononça à
soi-même, il se tourna vers le ministre
qui se promenait d'un air héroïque.

— Je suis prêt, monsieur. Le ministère
de l'Intérieur a-t-il fait quelque chose
dans cette affaire ?

— En vérité, je l'ignore.

— Je vais voir où en sont les choses,
et je reviens.

Lucien courut dans le bureau de
M. Desbacs et, sans se compromettre en
aucune façon, l'envoya aux informations
dans les bureaux. Il rentra bien vite.

— Voici, dit le ministre, une lettre
qui place sous vos ordres tout ce que vous
rencontrerez dans les hôpitaux, et voici
de l'or.

Lucien s'approcha d'une table pour
écrire un mot de reçu.

— Que faites-vous là, mon cher ?
Un reçu entre nous ? dit le ministre avec
une légèreté guindée.

— Monsieur le comte, tout ce que nous
faisons ici peut un jour être imprimé,
répondit Lucien avec le sérieux d'un
homme qui dispute sa tête à l'échafaud.

Ce regard ôta toute leur facilité aux
manières de Son Excellence.

— Attendez-vous à trouver auprès du
lit de Kortis un agent du *National* ou de
la *Tribune.* Surtout, pas d'emportements,

pas de duel avec ces messieurs. Vous sentez quel immense avantage pour eux, et comme le général N... triompherait de mon pauvre ministère.

— Je vous réponds que je n'aurai pas de duel, du moins du vivant de Kortis.

— Ceci est l'affaire du jour. Dès que vous aurez fait ce qui est possible, cherchez-moi partout. Voici mon itinéraire. Dans une heure, j'irai aux Finances, de là chez..., chez... Vous m'obligerez sensiblement en me tenant au courant de tout ce que vous ferez.

— Votre Excellence m'a-t-elle mis au courant de tout ce qu'Elle a fait ? dit Lucien d'un air significatif.

— D'honneur ! dit le ministre. Je n'ai pas dit un mot à Crapart. De mon côté, je vous livre l'affaire vierge.

— Votre Excellence me permettra de lui dire, avec tout le respect que je lui dois, que dans le cas où j'aperçois quelqu'un de la police, je me retire. Un tel voisinage n'est pas fait pour moi.

— De ma police, oui, mon cher aide de camp. Mais puis-je être responsable envers vous des sottises que peuvent faire les autres polices ? Je ne veux ni ne puis rien vous cacher. Qui me répond qu'aussitôt après mon départ *on* n'a pas donné la même commission à un autre ministre ?

L'inquiétude est grande au Château. L'article du *National* abominable de modération. Il y a une finesse, une hauteur de mépris... On le lira jusqu'au bout dans les salons. Ce n'est point le ton de la *Tribune*... Ah! ce Guizot qui n'a pas fait M. Carrel conseiller d'Etat!

— Il eût refusé mille fois, ce me semble. Il vaut mieux être candidat à la Présidence de la République française que conseiller d'Etat. Un conseiller d'État a douze mille francs, et il en reçoit trente-six pour dire ce qu'il pense. D'ailleurs, son nom est dans toutes les bouches. Mais fût-il lui-même auprès du lit de Kortis, je n'aurai pas de duel.

Cet épisode de vrai jeune homme, dit avec feu, ne parut pas plaire infiniment à Son Excellence.

— Adieu, adieu, mon cher, bonne chance. Je vous ouvre un crédit illimité, et tenez-moi au courant. Si je ne suis pas ici, soyez assez bon pour me chercher.

Lucien retourna à son cabinet avec le pas résolu d'un homme qui marche à l'assaut d'une batterie. Il n'y avait qu'une petite différence : au lieu de penser à la gloire, il voyait l'infamie.

Il trouva Desbacs dans son bureau.

— La femme de Kortis a écrit. Voici sa lettre. Lucien la prit.

« ... Mon malheureux époux n'est pas
entouré de soins suffisants à l'hôpital.
Pour que mon cœur puisse lui prodiguer
les soins que je lui dois, il faut de toute
nécessité que je puisse me faire remplacer
auprès de ces malheureux enfants qui
vont être orphelins... Mon mari est frappé
à mort sur les marches du trône et de
l'autel... Je réclame de la justice de
Votre Excellence... »

« Au diable l'Excellence ! pensa Lucien.
Je ne pourrai pas dire que la lettre m'est
adressée... »

— Quelle heure est-il ? dit-il à Desbacs.
Il voulait avoir un témoin irrécusable.

— Six heures moins un quart. Il n'y
a plus un chat dans les bureaux.

Lucien marqua cette heure sur une feuille
de papier. Il appela le garçon de bureau
espion.

— Si l'on vient me demander dans la
soirée, dites que je suis sorti à six heures.

Lucien remarqua que l'œil de Desbacs,
ordinairement si calme, était étincelant
de curiosité et d'envie de se mêler.

« Vous pourriez bien n'être qu'un
coquin, mon ami, pensa-t-il, ou peut-être
même un espion du général N... »

— C'est que tel que vous me voyez,
reprit-il d'un air assez indifférent, j'ai
promis d'aller dîner à la campagne. On va

croire que je me fais attendre comme un grand seigneur.

Il regardait l'œil de Desbacs, qui à l'instant perdit tout son feu.

CHAPITRE XLV

Lucien vola à l'hôpital de N... Il se
fit conduire par le portier au chirurgien de garde. Dans les cours de
l'hôpital, il rencontra deux médecins, il
déclina ses noms et qualités, et pria ces
messieurs de l'accompagner un instant.
Il mit tant de politesse dans ses manières
que ces messieurs n'eurent pas l'idée de
le refuser.

« Bon, se dit Lucien ; je n'aurai pas été
en tête-à-tête avec qui que ce soit : c'est
un grand point. »

— Quelle heure est-il, de grâce ? deman-
da-t-il au portier qui marchait devant
eux.

— Six heures et demie.

« Ainsi, je n'aurai mis que dix-huit
minutes du ministère ici, et je puis le prouver. »

En arrivant auprès du chirurgien de
garde, il le pria de prendre communication
de la lettre du ministre.

— Messieurs, dit-il aux trois médecins
qu'il avait auprès de lui, on a calomnié

l'administration du ministère de l'Intérieur à propos d'un blessé, nommé Kortis qui appartient, dit-on, au parti républicain... Le mot d'*opium* a été prononcé. Il convient à l'honneur de votre hôpital et à votre responsabilité comme employés du gouvernement, d'entourer de la plus grande publicité tout ce qui se passera autour du lit de ce blessé Kortis. Il ne faut pas que les journaux de l'opposition puissent calomnier. Peut-être ils enverront des agents. Ne trouveriez-vous pas convenable, messieurs, d'appeler M. le médecin et M. le chirurgien en chef ?

On expédia des élèves internes à ces deux messieurs.

— Ne serait-il pas à propos de mettre dès cet instant auprès du lit de Kortis deux infirmiers, gens *sages et incapables de mensonge?*

Ces mots furent compris par le plus âgé des médecins présents dans le sens qu'on leur eût donné quatre ans plus tôt. Il désigna deux infirmiers appartenant jadis à la congrégation et coquins consommés ; l'un des chirurgiens se détacha pour aller les installer sans délai.

Les médecins et chirurgiens affluèrent bien vite dans la salle de garde, mais il régnait un grand silence et ces messieurs avaient l'air morne. Quand Lucien vit sept médecins ou chirurgiens réunis :

— Je vous propose, messieurs, leur dit-il, au nom de M. le ministre de l'Intérieur, dont j'ai l'ordre dans ma poche, de traiter Kortis comme s'il appartenait à la classe la plus riche. Il me semble que cette marche convient à tous.

Il y eut assentiment méfiant, mais général.

— Ne conviendrait-il pas, messieurs, de nous rendre *tous* autour du lit du blessé, et ensuite de faire une consultation ? Je ferai dresser un bout de procès-verbal de ce qui sera dit, et je le porterai à M. le ministre de l'Intérieur.

L'air résolu de Lucien en imposa à ces messieurs, dont la plupart avaient disposé de leur soirée et comptaient la passer d'une façon plus profitable ou plus gaie.

— Mais, monsieur, j'ai vu Kortis ce matin, dit d'un air résolu une petite figure sèche et avare. C'est un homme mort ; à quoi bon une consultation ?

— Monsieur, je placerai votre observation au commencement du procès-verbal.

— Mais, monsieur, je ne parlais pas dans l'intention que mon observation fût répétée...

— *Répétée*, monsieur, vous vous oubliez !

J'ai l'honneur de vous donner ma parole
que tout ce qui est dit ici sera fidèlement
reproduit dans le procès-verbal. Votre dire,
monsieur, comme ma réponse.

Les paroles du rôle de Lucien n'étaient
pas mal ; mais il devint fort rouge en les
prononçant, ce qui pouvait envenimer la
chose.

— Nous ne voulons tous certainement
que la guérison du blessé, dit le plus âgé
des médecins pour mettre le holà. Il ouvrit
la porte, l'on se mit à marcher dans les
cours de l'hôpital, et le médecin objec-
tant fut éloigné de Lucien. Trois ou quatre
personnes se joignirent au cortège dans les
cours. Enfin, le chirurgien en chef arriva
comme on ouvrait la porte de la salle
où était Kortis. On entra chez un portier
voisin.

Lucien pria M. le chirurgien en chef de
s'approcher avec lui d'un quinquet, lui fit
lire la lettre du ministre et raconta en deux
mots ce qui avait été fait depuis son arrivée
à l'hôpital. Ce chirurgien en chef était
un fort honnête homme et, malgré un ton
d'emphase bourgeoise, ne manquait pas
de tact. Il comprit que l'affaire pouvait
être importante.

— Ne faisons rien sans M. Monod, dit-il
à Leuwen. Il loge à deux pas de l'hôpital.

« Ah ! pensa Lucien ; c'est le chirurgien

qui a repoussé par un coup de poing l'idée
de l'opium. »

Au bout de quelques minutes, M. Monod
arriva en grommelant ; on avait interrompu
son dîner, et il songeait un peu aux suites
du coup de poing du matin. Quand il
sut de quoi il s'agissait :

— Eh ! bien, messieurs, dit-il à Lucien
et au chirurgien en chef, c'est un homme
mort, voilà tout. C'est un miracle qu'il
vive avec une balle dans le ventre, et
non seulement la balle, mais des lambeaux
de drap, la bourre du fusil, et que sais-je
moi ? Vous sentez bien que je ne suis pas
allé sonder une telle blessure. La peau a
été brûlée par la chemise, qui a pris feu.

En parlant ainsi, on arriva au malade.
Lucien lui trouva la physionomie résolue
et l'air pas trop coquin, moins coquin que
Desbacs.

— Monsieur, lui dit Lucien, en rentrant
chez moi, j'ai trouvé cette lettre de
madame Kortis...

— Madame ! Madame ! Une drôle de
madame, qui mendiera son pain dans huit
jours...

— Monsieur, à quelque parti que vous
apparteniez, *res sacra miser*, le ministre
ne veut voir en vous qu'un homme qui
souffre. On dit que vous êtes ancien
militaire... Je suis lieutenant au 27e de

lanciers... En qualité de camarade, permettez-moi de vous offrir quelques petits secours temporaires...

Et il plaça deux napoléons dans la main que le malade sortit de dessous sa couverture. Cette main était brûlante, ce contact donna mal au cœur à Lucien.

— Voilà qui s'appelle parler, dit le blessé. Ce matin, il est venu un monsieur avec l'espérance d'une pension... Eau bénite de cour,... rien de comptant. Mais vous, mon lieutenant, c'est bien différent et *je vous parlerai*...

Lucien se hâta d'interrompre le blessé et, se tournant vers les médecins et chirurgiens présents, au nombre de sept :

— Monsieur, dit Lucien au chirurgien en chef, je suppose que la présidence de la consultation vous appartient.

— Je le pense aussi, dit le chirurgien en chef, si ces messieurs n'ont pas d'objection...

— En ce cas, comme mon devoir est de prier celui de ces messieurs que vous aurez la bonté de désigner de dresser un procès-verbal fort circonstancié de tout ce que nous faisons, il serait peut-être bien que vous fissiez la désignation de la personne qui voudra bien écrire...

Et comme Lucien entendait une conversation peu agréable pour le pouvoir qui

commençait à s'établir à voix basse, il
ajouta, de l'air le plus poli qu'il put :

— Il faudrait que chacun de nous parlât à son tour.

Cette gravité ferme en imposa enfin.
Le blessé fut examiné et interrogé régulièrement. M. Monod, chirurgien de la
salle et du lit numéro 13, fit un rapport
succinct. Ensuite, on quitta le lit du malade
et dans une salle à part on fit la consultation que M. Monod écrivit, pendant
qu'un jeune médecin, portant un nom bien
connu dans les sciences, écrivait le procès-
verbal sous la dictée de Leuwen.

Sur sept médecins ou chirurgiens, cinq
conclurent à la mort possible à chaque
instant, et certaine avant deux ou trois
jours. Un des sept proposa l'opium.

« Ah ! voilà le coquin gagné par le
général N... », pensa Leuwen.

C'était un monsieur fort élégant, avec
de beaux cheveux blonds, et portant à
sa boutonnière deux rubans énormes.

Lucien lut sa pensée dans les yeux de
la plupart de ces messieurs. On fit justice
de cette proposition en deux mots :

— Le blessé n'éprouve pas de douleurs
atroces, dit le médecin âgé.

Un autre proposa une saignée abon-
dante au pied, pour prévenir l'hémorragie
dans les entrailles. Lucien ne voyait rien

de politique dans cette mesure, mais M. Monod lui fit changer d'avis en disant de sa grosse voix et d'un ton significatif :

— Cette saignée n'aurait qu'un effet hors de doute, celui d'ôter la parole au blessé.

— Je la repousse de toutes mes forces, dit un chirurgien honnête homme.

— Et moi.

— Et moi.

— Et moi.

— Il y a majorité, ce me semble, dit Lucien d'un ton fort animé.

« Il vaudrait mieux être impassible, se disait-il, mais comment y tenir ? »

La consultation et le procès-verbal furent signés à dix heures un quart. MM. les chirurgiens et médecins, parlant tous de malades à voir, se sauvaient à mesure qu'ils avaient signé. Lucien resta seul avec le chirurgien géant.

— Je vais revoir le blessé, dit Lucien.

— Et moi achever de dîner. Vous le trouverez mort peut-être : il peut passer comme un poulet. Au revoir !

Lucien rentra dans la salle des blessés. Il fut choqué de l'obscurité et de l'odeur. On entendait de temps à autre un gémissement faible. Notre héros n'avait jamais rien vu de semblable ; la mort était pour lui quelque chose de terrible sans doute, mais de propre et de bon ton. Il s'était toujours figuré mourir sur le gazon, la tête appuyée contre un arbre, comme Bayard. C'est ainsi qu'il avait vu la mort dans ses duels.

Il regarda sa montre.

« Dans une heure, je serai à l'Opéra... Mais je n'oublierai jamais cette soirée... *Au devoir !* » dit-il. Et il s'approcha du lit du blessé.

Les deux infirmiers étaient à demi-couchés sur leur chaise, et les pieds étendus sur la chaise percée. Ils dormaient à peu près, et lui semblèrent à demi ivres.

Lucien passa de l'autre côté du lit. Le blessé avait les yeux bien ouverts.

— Les parties nobles ne sont pas offensées, ou bien vous seriez mort dans la première nuit. Vous êtes bien moins dangeureusement blessé que vous ne le croyez.

— Bah ! dit le blessé avec impatience, comme se moquant de l'espérance.

— Mon cher camarade, ou vous mourrez, ou vous vivrez, reprit Lucien d'un ton mâle, résolu et même affectueux. Il trouvait ce blessé bien moins dégoûtant que le beau monsieur aux deux croix. Vous vivrez, ou vous mourrez.

— Il n'y a pas de *ou*, mon lieutenant. Je suis un homme *frit*.

— Dans tous les cas, regardez-moi comme votre ministre des Finances.

— Comment ? le ministre des Finances me donnerait une pension ? Quand je dis *moi*..., à ma pauvre femme !

Lucien regarda les deux infirmiers : ils ne jouaient pas l'ivresse, ils étaient bien hors d'état d'entendre, ou du moins de comprendre.

— Oui, mon camarade, *si vous ne jasez pas*.

Les yeux du mourant s'éclaircirent et se fixèrent sur Leuwen avec une expression étonnante.

— Vous m'entendez, mon camarade ?

— Oui, mais à condition que je ne serai pas empoisonné... Je vais mourir, je suis f...., mais, voyez-vous, j'ai l'idée que dans ce qu'on me donne...

— Vous vous trompez. D'ailleurs, n'avalez rien de ce que fournit l'hôpital. Vous avez de l'argent...

— Dès que j'aurai tapé de l'œil, ces b.....-là vont me le voler.

— Voulez-vous, mon camarade, que je vous envoie votre femme ?

— F....., mon lieutenant, vous êtes un brave homme. Je donnerai vos deux napoléons à ma pauvre femme.

— N'avalez que ce que votre femme vous présentera. J'espère que c'est parler,

cela ?... D'ailleurs, je vous donne ma parole d'honneur qu'il n'y a rien de suspect...

— Voulez-vous approcher votre oreille,
mon lieutenant ? Sans vous commander !...
Mais quoi ! le moindre mouvement me
tue le ventre.

— Eh ! bien, comptez sur moi, dit
Lucien en s'approchant.

— Comment vous appelez-vous ?

— Lucien Leuwen, sous-lieutenant au
27e de lanciers.

— Pourquoi n'êtes-vous pas en uniforme ?

— Je suis en permission à Paris, et
détaché près le ministre de l'Intérieur.

— Où logez-vous ? Pardon, excuse,
voyez-vous...

— Rue de Londres, numéro 43.

— Ah ! le fils de ce riche banquier
Van Peters et Leuwen ?

— Précisément.

Après un petit silence :

— Enfin, quoi ! je vous crois. Ce matin,
pendant que j'étais évanoui après le panse-
ment, j'ai entendu qu'on proposait de me
donner de l'*opium* à ce grand chirurgien
si puissant. Il a juré, et puis ils se sont
éloignés. J'ai ouvert les yeux, mais j'avais
la vue trouble : la perte de sang... Enfin,
suffit !... Le chirurgien a-t-il topé à la
proposition, ou n'a-t-il pas voulu ?

— Etes-vous bien sûr de cela ? dit Lucien fort embarrassé. Je ne croyais pas le parti républicain si alerté...

Le blessé le regarda.

— Mon lieutenant, sauf votre respect, vous savez aussi bien que moi d'où ça vient.

— Je déteste ces horreurs, j'abhorre et je méprise les hommes qui ont pu se les permettre, s'écria Lucien, oubliant presque son rôle. Comptez sur moi. Je vous ai amené sept médecins, comme on ferait pour un général. Comment voulez-vous que tant de gens s'entendent pour une manigance ? Vous avez de l'argent ; appelez votre femme, ou un parent, ne buvez que ce que votre femme aura acheté...

Lucien était ému, et le malade le regardait fixement ; la tête restait immobile, mais ses yeux suivaient tous les mouvements de Leuwen.

— Enfin, quoi ! dit le malade ; j'ai été caporal au 3e de ligne à Montmirail. Je sais bien qu'il faut sauter le pas, mais on n'aime pas à être empoisonné... Je ne suis pas honteux,... et, ajouta-t-il en changeant de physionomie, *dans mon mélier* il ne faut pas être honteux. S'il avait du sang dans les veines, après ce que j'ai fait pour lui et à sa demande

vingt fois répétée, le général N... devrait
être là à votre place. Etes-vous son aide
de camp ?

— Je ne l'ai jamais vu.

— L'aide de camp s'appelle Saint-Vin-
cent et non pas Leuwen, dit le blessé comme
se parlant à lui-même... Il y a une chose
que j'aimerais mieux que votre argent.

— Dites.

— Si c'était un effet de votre bonté,
je ne me laisserai panser que quand vous
serez-là... Le fils de M. Leuwen, le riche
banquier qui entretient mademoiselle Des
Brins, de l'Opéra... Car, voyez-vous, mon
lieutenant, dit-il en élevant de nouveau
la voix,... quand ils verront que je ne veux
pas boire leur opium... en me pansant,
crac !... un coup de lancette est bien vite
donné, là, dans le ventre. Et ça me brûle !
ça me brûle !... Ça ne durera pas, ça ne
peut pas durer. Pour demain, voulez-vous
ordonner, car il me semble que vous
commandez ici... Et pourquoi commandez-
vous ? Et sans uniforme, encore !... Enfin,
au moins pansé sous vos yeux... Et le
grand chirurgien puissant, a-t-il dit oui
ou non ? Voilà le fait.

La tête s'embarrassait.

— *Ne jasez pas*, dit Lucien, et je vous
prends sous ma protection. Je vais vous
envoyer votre femme.

— Vous êtes un bien brave homme...
Le riche banquier Leuwen, avec made-
moiselle Des Brins, ça ne triche pas...
Mais le général N... ?

— Certainement, je ne triche pas.
Et tenez, ne parlez jamais du général N...
ni de personne, et voilà dix napoléons.

— Comptez-les-moi dans la main...
Lever la tête me fait trop mal au ventre.

Lucien compta les napoléons à voix
basse, et en les faisant sentir comme il les
mettait dans la main du blessé.

— Motus, dit celui-ci.

— Motus, bien dit. Si vous parlez, on
vous vole vos napoléons. Ne parlez qu'à
moi, et quand nous sommes seuls. Je vien-
drai vous voir tous les jours jusqu'à ce que
vous soyez en convalescence.

Il passa encore quelques instants auprès du blessé, dont la tête semblait se
perdre. Il courut ensuite dans la rue de
Braque, où logeait Kortis. Il trouva
madame Kortis entourée de commères,
qu'il eut assez de peine à faire retirer.

Cette femme se mit à pleurer, voulut
montrer à Lucien ses enfants, qui dormaient paisiblement.

« Ceci est moitié nature, moitié comédie,
pensa Lucien. Il faut la laisser parler,
et qu'elle se lasse. »

Après vingt minutes de monologue

et de précautions oratoires infinies, car
le peuple de Paris a pris à la bonne compagnie sa haine pour les idées présentées
brusquement, madame Kortis parla d'o-
pium ; Lucien écouta cinq minutes d'éloquence congujale et maternelle sur l'opium.

— Oui, dit Lucien négligemment, on
dit que les républicains ont voulu donner
de l'opium à votre mari. Mais le gouvernement du roi veille sur tous les citoyens.
A peine ai-je eu reçu votre lettre que j'ai
mené sept médecins ou chirurgiens auprès du lit de votre mari. Et voici leur
consultation, dit-il en plaçant le papier
dans les mains de madame Kortis.

Il vit qu'elle ne savait pas trop lire.

— Qui osera maintenant donner de
l'opium à votre mari ? Toutefois, il est
préoccupé de cette idée, cela peut empirer
son état...

— C'est un homme confisqué, dit-elle
assez froidement.

— Non, madame ; puisqu'il n'y a pas
eu gangrène dans les vingt-quatre heures,
il peut fort bien en revenir. Le général
Michaud a eu la même blessure. Etc., etc.
Mais il ne faut pas parler d'opium,
tout cela ne sert qu'à envenimer les partis.
Il ne faut pas que Kortis jase. D'ailleurs,
donnez le soin de vos enfants à une voisine
à laquelle vous passerez quarante sous

par jour ; je vais payer la semaine d'avance.
Vous, madame, vous pouvez aller vous
établir auprès du lit de votre mari.

A ce mot, toute l'éloquence de la physionomie pathétique de madame Kortis
sembla l'abandonner. Lucien continua :

— Votre mari ne boira rien, ne prendra
rien, que vous ne l'ayez préparé de vos
propres mains...

— Dame ! monsieur, un hôpital, c'est
bien dégoûtant... D'ailleurs mes pauvres
enfants, mes orphelins, loin des yeux d'une
mère comment seront-ils soignés ?... Etc.,
etc.

— Comme vous voudrez madame,
vous êtes si bonne mère !... Ce qui me fâche,
c'est qu'on peut le voler...

— Qui ?

— Votre mari.

— Le plus souvent ! Je lui ai pris
vingt-deux livres et sept sous qu'il avait
sur lui. Je lui ai rempli sa tabatière, à
ce pauvre cher homme , et j'ai donné dix
sous à l'infirmier...

— A la bonne heure ! Rien de plus
sage... Mais sous la condition qu'il ne
bavardera pas politique, qu'il ne parlera
pas d'*opium*, ni lui, ni vous, j'ai remis à
M. Kortis douze napoléons.

— Des napoléons d'or ? interrompit
madame Kortis d'une voix aigre.

— Oui, madame, deux cent quarante francs, dit Lucien avec beaucoup d'indifférence.

— Et il ne faut pas qu'il jase ?...

— Si je suis content de lui et de vous, je vous passerai un napoléon chaque jour.

— Je dis vingt francs ? dit madame Kortis avec des yeux extrêmement ouverts.

— Oui, vingt francs, si vous ne parlez jamais d'opium. D'ailleurs moi, tel que vous me voyez, j'ai pris de l'opium pour une blessure, et on ne voulait pas me tuer. Toutes ces idées sont des chimères. Enfin, si vous parlez, si cela est imprimé[1] dans quelque journal que Kortis a craint l'opium ou a parlé de sa blessure et de sa dispute avec le conscrit sur le pont d'Austerlitz, plus de vingt francs ; autrement, si vous ni lui ne jasez, vingt francs par jour.

— A compter de quand ?

— De demain.

— Si c'est un effet de votre bonté, à compter de ce soir, et avant minuit je vais à l'hôpital. Le pauvre cher homme, il n'y a que moi qui puisse l'empêcher de jaser... Madame Morin ! madame Morin ! dit madame Kortis en criant...

---

1. Faute de français exprès.

C'était une voisine à laquelle Lucien compta quatorze francs pour soigner les enfants pendant sept jours. Leuwen donna aussi quarante sous pour le fiacre qui allait conduire madame Kortis à l'hôpital de...

[Il sembla à Lucien qu'il s'était servi de façons de parler qui, étant répétées, ne pouvaient nullement prouver qu'il était complice de la proposition d'opium.

En quittant la rue de Braque, Lucien était heureux, il avait supposé au contraire qu'il serait horriblement malheureux jusqu'à la fin de cette affaire.

« *Je côtoie le mépris public, et la mort* se répétait-il souvent, mais j'ai bien mené ma barque. »]

CHAPITRE XLVI

ENFIN, comme onze heures trois quarts sonnaient à Saint-Gervais, Lucien remonta dans son cabriolet. Il s'aperçut qu'il mourait de faim : il n'avait pas dîné et presque toujours parlé.

« Actuellement, il faut chercher mon ministre. »

Il ne le trouva pas à l'hôtel de la rue de Grenelle. Il écrivit un mot, fit changer le cheval du cabriolet et le domestique, et alla au ministère des Finances ; M. de Vaize en était sorti depuis longtemps.

« C'est assez de zèle comme cela, pensa Lucien. » Et il s'arrêta dans un café pour dîner. Il remonta en voiture après quelques minutes et fit deux courses inutiles dans la Chaussée d'Antin. Comme il passait devant le ministère des Affaires étrangères, il eut l'idée de faire frapper. Le portier répondit que M. le ministre de l'Intérieur était chez Son Excellence.

L'huissier ne voulait pas annoncer Leuwen et interrompre la conférence des deux Excellences. Lucien, qui savait qu'il

y avait une porte dérobée, eut peur que
son ministre ne lui échappât ; il était
las de courir et n'avait pas envie de retourner à la rue de Grenelle. Il insista, l'huissier refusa avec hauteur. Lucien se mit en
colère.

— Parbleu, monsieur, j'ai l'honneur de
vous répéter que je suis porteur de l'ordre
exprès de M. le ministre de l'Intérieur.
J'entrerai. Appelez la garde si vous voulez,
mais j'entrerai de force. J'ai l'honneur de
vous répéter que je suis M. Leuwen,
maître des requêtes,... etc.

Quatre ou cinq domestiques étaient
accourus sur la porte du salon. Lucien vit
qu'il allait avoir à combattre cette canaille,
il était fort attrapé et fort en colère. Il
eut l'idée d'arracher les cordons des deux
sonnettes à force de sonner.

Au mouvement de respect que firent les
laquais, il s'aperçut que M. le comte de
Beausobre, ministre des Affaires étrangères, entrait dans le salon. Lucien ne
l'avait jamais vu.

— M. le comte, je me nomme Lucien
Leuwen, maître des requêtes. J'ai un
million d'excuses à demander à Votre
Excellence. Mais je cherche M. le comte de
Vaize depuis deux heures, et par son
ordre exprès ; il faut que je lui parle pour
une affaire importante et pressée.

— *Quelle affaire... pressée?* dit le ministre avec une fatuité rare et en redressant sa petite personne.

« Parbleu, je vais te faire changer de ton, pensa Lucien. » Et il ajouta d'un grand sang-froid et avec une prononciation marquée :

— L'affaire Kortis, M. le comte, cet homme blessé sur le pont d'Austerlitz par un soldat qu'il voulait désarmer.

— Sortez, dit le ministre aux valets. Et, comme l'huissier restait : Sortez donc !

L'huissier sorti, il dit à Leuwen :

— Monsieur, le mot Kortis eût suffit sans les explications. (L'impertinence du ton de voix et des mouvements était rare.)

— M. le comte, je suis de nouveau dans les affaires, dit Lucien d'un ton marqué. Dans la société de mon père, M. Leuwen, je n'ai pas été accoutumé à être reçu avec l'accueil que Votre Excellence me faisait. J'ai voulu faire cesser aussi rapidement que possible un état de choses désagréable et peu convenable.

— Comment, monsieur, *peu convenable?* dit le ministre en prononçant du nez, relevant la tête encore plus et redoublant d'impertinence. Mesurez vos paroles.

— Si vous en ajoutez une seule sur ce ton, M. le comte, je donne ma démission et nous mesurerons nos épées. La fatuité, monsieur, ne m'en a jamais imposé.

M. de Vaize venait d'un cabinet éloigné
savoir ce qui se passait ; il entendit les derniers mots de Lucien et vit que lui, de Vaize,
pouvait être la cause indirecte du bruit.

— De grâce, mon ami, de grâce, dit-il
à Lucien. Mon cher collègue, c'est un jeune
officier, dont je vous parlais. N'allons pas
plus loin.

— Il n'y a qu'une façon de ne pas aller
plus loin, dit Lucien avec un sang-froid
qui cloua les ministres dans le silence.
Il n'y a absolument qu'une façon, répéta-
t-il d'un air glacial : c'est de ne pas
ajouter un seul *petit* mot sur cet incident,
et de supposer que l'huissier m'a annoncé
à Vos Excellences.

— Mais, monsieur, dit M. de Beausobre,
ministre des Affaires étrangères, en se
redressant excessivement.

— J'ai un million de pardons à demander à Votre Excellence ; mais si elle ajoute
un mot, je donne ma démission à M. de
Vaize, que voilà, et je vous insulte, vous,
monsieur, de façon à rendre une réparation
nécessaire à vous.

— Allons-nous-en, allons-nous-en !
s'écria M. de Vaize fort troublé et entraînant Lucien. Celui-ci prêtait l'oreille
pour entendre ce que dirait M. le comte de
Beausobre. Il n'entendit rien.

Une fois en voiture, il pria M. de Vaize, qui commençait un discours dans le genre paternel, de lui permettre de lui rendre compte d'abord de l'affaire Kortis. Ce compte-rendu fut très long. En le commençant, Lucien avait parlé du procès-verbal et de la consultation. A la fin du récit, le ministre lui demanda ces pièces.

— Je vois que je les ai oubliées chez moi, dit Lucien. « Si le comte de Beausobre veut faire le méchant, avait-il pensé, ces pièces peuvent prouver que j'avais raison de vouloir rendre un compte immédiat au ministre de l'Intérieur, et que je ne suis pas un solliciteur forçant la porte. »

Comme on arrivait dans la rue de Grenelle, l'affaire Kortis étant finie, M. le comte de Vaize essaya de revenir à l'éloquence onctueuse et paternelle.

— M. le comte, dit Lucien en l'interrompant, je travaille pour Votre Excellence depuis cinq heures du soir. Une heure sonne, souffrez que je monte dans mon cabriolet, qui suit votre carrosse. Je suis mort de fatigue.

M. de Vaize voulut revenir au genre paternel.

— N'ajoutons pas un mot sur l'incident, dit Lucien ; un seul petit mot peut tout envenimer.

Le ministre se laissa quitter ainsi ;

Lucien monta en cabriolet, et dit à son domestique de monter et de conduire : il était réellement fatigué. En passant sur le pont Louis XV, son domestique lui dit :

— Voilà le ministre.

« Il retourne chez son collègue malgré l'heure avancée, et sûrement je vais faire les frais de la conversation. Parbleu, je ne tiens pas à ma place ; mais s'ils me destituent, je force ce fat à mettre l'épée à la main. Ces messieurs peuvent être mal élevés et impertinents tant qu'il leur plaira, mais il faut choisir les gens. Avec des Desbacs qui veulent faire fortune à tout prix, à la bonne heure ; mais avec moi, c'est impossible. »

En rentrant, Lucien trouva son père, le bougeoir à la main, qui montait se coucher. Malgré l'envie passionnée d'avoir l'avis d'un homme de tant d'esprit :

« Par malheur, il est vieux, se dit Leuwen, et il ne faut pas l'empêcher de dormir. A demain les affaires. »

Le lendemain, à dix heures, il conta tout à son père, qui se mit à rire.

— M. de Vaize te mènera dîner demain chez son collègue des Affaires étrangères. Mais voilà assez de duels dans ta vie comme ça, maintenant ils seraient de mauvais ton pour toi... Ces messieurs se seront promis de te destituer dans deux mois, ou de te faire nommer préfet à Briançon ou à Pondichéry. Mais si cette place éloignée ne te convient pas plus qu'à moi, je leur ferai peur et j'empêcherai cette disgrâce..., ou du moins, je le tenterai avec quelque apparence de succès.

Le dîner chez Son Excellence des Affaires étrangères se fit attendre jusqu'au surlendemain, et dans l'intervalle Lucien, toujours très occupé de l'affaire Kortis, ne permit pas que M. de Vaize lui reparlât de l'*incident*.

Le lendemain du dîner, M. Leuwen père raconta l'anecdote à trois ou quatre diplomates. Il ne tut que le nom de Kortis et le genre de l'affaire importante qui obligeait Lucien à chercher son ministre à une heure du matin.

— Tout ce que je puis dire sur l'heure avancée, c'est que ce n'était pas une affaire du télégraphe, dit-il à l'ambassadeur de Russie.

Quinze jours après, M. Leuwen surprit dans le monde un léger bruit qui supposait que son fils était saint-simonien. Sur quoi, à l'insu de Lucien, il pria M. de Vaize de le conduire un jour chez son collègue des Affaires étrangères.

— Et pourquoi, cher ami ?

— Je tiens beaucoup à laisser à Votre Excellence le plaisir de cette surprise.

Tout le long du chemin, en allant à cette audience, M. Leuwen se moqua de la curiosité de son ami le ministre.

Il commença sur un ton fort peu sérieux la conversation que Son Excellence des Affaires étrangères daignait lui accorder.

— Personne, M. le comte, ne rend plus de justice que moi à l'habileté de Votre Excellence ; mais il faut convenir aussi qu'elle a de grands moyens. Quarante personnages couverts de titres et de cordons, que je lui nommerais au besoin, cinq ou six grandes dames appartenant à la première noblesse et assez riches grâce aux bienfaits de Votre Excellence, peuvent faire l'honneur à mon fils Lucien Leuwen, maître des requêtes indigne, de s'occuper de lui. Ces personnages respectables peuvent répandre tout doucement qu'il est saint-simonien. On pourrait dire à aussi peu de frais qu'il a manqué de cœur dans une occasion essentielle. On pourrait faire mieux, et lui lâcher deux ou trois de ces personnages recommandables dont j'ai parlé qui, étant jeunes encore, cumulent et sont aussi bretteurs. Ou bien, si l'on voulait user d'indulgence et de bonté envers mes cheveux blancs, ces personnages, tels que M. le comte de ..., M. de ..., M. le baron de ... qui a 40.000 francs de rente, M. le marquis ..., pourraient se borner à dire que ce petit Leuwen gagne toujours à l'écarté. Sur quoi, je viens, M. le comte, en votre qualité de ministre des Affaires étrangères, vous offrir la guerre ou la paix.

M. Leuwen prit un malin plaisir à prolonger beaucoup l'entretien ainsi commencé. Au sortir de l'hôtel des Affaires étrangères, M. Leuwen alla chez le roi, duquel il avait obtenu une audience. Il répéta exactement au roi la conversation qu'il venait d'avoir avec son ministre des affaires étrangères.

— Viens ici, dit M. Leuwen à son fils en rentrant chez lui, que je répète pour la seconde fois la conversation que j'ai eu l'honneur d'avoir avec les ministres auxquels tu manques de respect. Mais pour ne pas m'exposer à une troisième répétition, allons chez ta mère.

A la fin de la conférence chez madame Leuwen, notre héros crut pouvoir hasarder un mot de remerciement à son père.

— Tu deviens commun, mon ami, sans t'en douter. Tu ne m'as jamais autant amusé que depuis un mois. Je te dois l'intérêt de *jeunesse* avec lequel je suis les affaires de bourse depuis quinze jours, car il fallait me mettre en position de jouer quelque bon tour à mes deux ministres s'ils se permettent à ton égard quelque trait de fatuité. Enfin, je t'aime, et ta

mère te dira que jusqu'ici, pour employer
une phrase des livres ascétiques, je l'aimais en toi. Mais il faut payer mon amitié
d'un peu de gêne.

— De quoi s'agit-il ?

— Suis-moi.

Arrivé dans sa chambre :

— Il est capital de te laver de la calomnie qui t'impute d'être saint-simonien.
Ton air sérieux, et même imposant, peut
lui donner cours.

— Rien de plus simple : un bon coup
d'épée..

— Oui, pour te donner la réputation de
duelliste, presque aussi triste ! Je t'en
prie, plus de duel sous aucun prétexte.

— Et que faut-il donc ?

— Un amour célèbre.

Lucien pâlit.

— Rien de moins, continua son père.
Il faut séduire madame Grandet, ou, ce
qui serait plus cher mais peut-être moins
ennuyeux, faire des folies d'argent pour
mademoiselle Julie, ou mademoiselle Gosselin, ou mademoiselle ..., et passer quatre
heures tous les jours avec elle. Je ferai
les frais de cette passion[1].

1. [Là-dessus, sans le dire à Lucien, M. Leuwen publie sa
grande passion pour Mme de Chasteller en la confiant à huit
ou dix personnes de la première volée, Mmes de Rasfort, de
Kast, etc., comme en se plaignant. Cela rend compte de la
tristesse et du sérieux de Lucien.]

— Mais, mon père, est-ce que je n'ai pas déjà l'honneur d'être amoureux de mademoiselle Raimonde ?

— Elle n'est pas assez connue. Voici le dialogue : « Leuwen fils est décidément avec la petite Raimonde. — Et qu'est-ce que c'est que mademoiselle Raimonde ?... »
— Il faut qu'il soit ainsi : « Leuwen fils est actuellement avec mademoiselle Gosselin. — Ah ! diable, et est-il amant en pied ? — Il en est fou, jaloux..., etc. Il veut être seul. »

— Et, de plus, il faut forcément que je te présente dans dix maisons au moins où l'on tâtera le pouls à ta tristesse saint-simonienne.

Cette alternative de madame Grandet ou de mademoiselle Gosselin embarrassa beaucoup Leuwen.

L'affaire Kortis s'était fort bien terminée, et le comte de Vaize lui avait fait des compliments. Cet agent trop zélé n'était mort qu'au bout de huit jours et n'avait pas parlé.

Lucien demanda au ministre un congé de quatre jours pour terminer quelques affaires d'intérêt à Nancy. Il se sentait depuis quelque temps une envie folle de revoir la petite fenêtre de madame de Chasteller. Après avoir obtenu le congé du ministre, Lucien en parla à ses parents,

qui ne trouvèrent pas d'inconvénient à
un petit voyage à Strasbourg ; jamais
Leuwen n'eut le courage de prononcer le
nom de Nancy.

— Pour que ton absence ne paraisse pas
longue, tous les jours de soleil, vers les
deux heures, j'irai voir ton ministre, dit
M. Leuwen.

Lucien était encore à dix lieues de Nancy
que son cœur battait à l'incommoder. Il
ne respirait plus d'une façon naturelle.
Comme il fallait entrer de nuit dans Nancy
et n'être vu de personne, Lucien s'arrêta à
un village situé à une lieue. Même à cette
distance, il n'était pas maître de ses transports ; il n'entendait pas une charrette
venir de loin sur le chemin, qu'il ne crût
reconnaître le bruit de la voiture de
madame de Chasteller...[1]

— ...J'ai gagné bien de l'argent par ton
télégraphe, dit M. Leuwen à son fils, et
jamais ta présence n'eût été plus nécessaire.

Lucien trouva à dîner chez son père
son ami Ernest Dévelroy. Il était fort

---

1. La suite de cet épisode n'a jamais été écrite. Stendhal
ne se sentait pas *en forme*. Il note au point où il s'arrête :
« Le voyage à Nancy occupera le blanc de ce cahier. Tandis
que je suis dans le *sec*, je fais Mme Grandet. » Mais il ne
prit jamais le temps d'y revenir. N. D. L. E.

triste : son savant moral, qui lui avait
promis quatre voix à l'Académie des
Sciences politiques, était mort aux eaux de
Vichy, et après l'avoir dûment enterré,
Ernest s'était aperçu qu'il venait de
perdre quatre mois de soins ennuyeux et de
gagner un ridicule.

— Car il faut réussir, disait-il à Lucien.
Et parbleu, si jamais je me dévoue à un
membre de l'Institut, je le prendrai de
meilleure santé !... etc., etc.

Lucien admirait le caractère de son cousin : il ne fut triste que huit jours, et puis
fit un nouveau plan et recommença sur
nouveaux frais. Ernest disait dans les
salons :

- - Je devais quelques jours de regrets
sans limites à la mémoire du savant
Descors. L'amitié de cet excellent homme
et sa perte feront époque dans ma vie, il
m'a appris à mourir, etc., etc... J'ai vu
le sage à sa dernière heure entouré des
consolations du christianisme ; c'est auprès
du lit d'un mourant qu'il faut apprécier
cette religion... Etc., etc.

Peu de jours après sa rentrée dans le
monde, Ernest dit à Leuwen :

— Tu as une grande passion. (Lucien
pâlit.) Parbleu ! tu es bien heureux :
on s'occupe de toi ! Il ne s'agit plus que de
deviner l'objet. Je ne te demande rien,

je te dirai bientôt quels sont les beaux
yeux qui t'ont enlevé ta gaieté. Fortuné
Lucien, tu occupes le public ! Ah ! grand
Dieu ! qu'on est heureux d'être né d'un
père qui donne à dîner et qui voit M. Pozzo
di Borgo et la haute diplomatie ! Si j'avais
un tel père, je serais pour tout cet hiver
le héros de l'amitié, et la mort de Descors dans mes bras me serait peut-être
plus utile que sa vie. Faute d'un père tel
que le tien, je fais des miracles, et cela ne
compte pas, ou ne compte que pour me
faire appeler intrigant.

Lucien trouva le même bruit sur son
compte chez trois dames, anciennes amies
de sa [mère], qui avaient des salons du
second ordre où il était reçu avec amitié.

Le petit Desbacs, auquel il donna exprès
quelque liberté de parler de choses
étrangères aux affaires, lui avoua que les
personnes les mieux instruites parlaient
de lui comme d'un jeune homme destiné
aux plus grandes choses, mais arrêté tout
court par une grande passion.

— Ah ! mon cher, que vous êtes heureux, surtout si vous n'avez pas cette
grande passion ! Quel parti ne pourrez-vous
pas en tirer ? Ce vernis vous rend pour
longtemps imperméable au ridicule.

Lucien se défendait du mieux qu'il pouvait, mais il se dit :

« Mon malheureux voyage à Nancy a tout découvert. »

Il était loin de deviner qu'il devait cette grande passion à son père, qui réellement, depuis l'aventure du ministre des Affaires étrangères, avait pris de l'amitié pour lui, jusqu'au point d'aller à la Bourse même les jours froids et humides, chose à laquelle, depuis le jour où il avait eu soixante ans, rien au monde n'avait pu le déterminer [1].

— Il finira par me prendre en guignon, disait-il à madame Leuwen, si je le dirige trop et lui parle sans cesse de ses affaires. Je dois me garder du rôle de père, si ennuyeux pour le fils quand le père s'ennuie ou quand il aime vivement.

La tendresse timide de madame Leuwen s'opposa de toute sa force à ce qu'il affublât son fils d'une grande passion ; elle voyait dans ce bruit une source de dangers.

— Je voudrais pour lui, disait-elle, une vie tranquille et non brillante.

— Je ne puis, répondait M. Leuwen, je ne puis, en conscience. Il faut qu'il ait une grande passion, ou tout ce sérieux que vous prisez tant tournerait contre lui, ce ne serait qu'un plat saint-simonien,

1. Vérifier si les Pillet-Will, les Rothschild vont à la Bourse.

et qui sait même, plus tard, à trente ans,
un inventeur de quelque nouvelle religion.
Tout ce que je puis faire, c'est de lui laisser
le choix de la belle pour laquelle il aura ce
grand et sérieux attachement. Sera-ce
madame de Chasteller, madame Grandet,
mademoiselle Gosselin, ou cette ignoble
petite Raimonde, une actrice à 6.000
francs de gages ? (il n'ajoutait pas la
fin de sa pensée :... et qui, toute la journée,
se permet des épigrammes sur mon compte,
car mademoiselle Raimonde avait beaucoup plus d'esprit que mademoiselle Des
Brins et la voyait souvent.)

— Ah ! ne prononcez pas le nom de
madame de Chasteller ! s'écria madame
Leuwen. Vous lui feriez faire de vraies folies.

M. Leuwen songeait à mesdames de
Thémines et Toniel, ses amies depuis
vingt ans et toutes deux fort liées avec
madame Grandet. Depuis bien des années
il prenait soin de la fortune de M. de
Thémines ; c'est un grand service à Paris
et pour lequel la reconnaissance est sans
bornes, car, dans la déroute des dignités
et de la noblesse d'origine, l'argent est
resté la seule chose, et l'argent sans inquiétude est la belle chose des belles choses.
Il alla leur demander des nouvelles du
cœur de madame Grandet.

Nous ôterons à leurs réponses les formes

trop longues de la narration, et même
nous réunirons les renseignements donnés
par les deux dames, qui vivaient dans le
même hôtel et n'avaient qu'une voiture,
mais ne se disaient pas tout. Madame
Toniel avait du caractère, mais une certaine âpreté, elle était le conseil de madame
Grandet dans les grandes circonstances.
Pour madame de Thémines, elle avait
une douceur infinie, beaucoup d'à-propos
dans l'esprit, et était l'arbitre souverain
de ce qui convient ou ne convient pas : sa
lunette ne voyait pas très au loin, mais
elle apercevait parfaitement ce qui était
à sa portée. Née dans la haute société,
elle avait fait des fautes qu'elle avait su
réparer et il y avait quarante ans qu'elle ne
se trompait guère dans les jugements qu'elle
portait sur l'effet que devaient produire
les choses dans les salons de Paris. Depuis
quatre ans, sa sérénité était un peu troublée
par deux malheurs : l'apparition dans
la société de noms qu'on n'eût dû jamais
y voir ou qu'on n'eût jamais dû voir
annoncés par des laquais de bonne maison,
et le chagrin de ne plus voir de places dans
les régiments à tous ces jeunes gens de
bonne maison qui avaient été autrefois les
amis de ses petits-fils que depuis longtemps
elle avait perdus.

M. Leuwen père, qui voyait madame

de Thémines une fois la semaine ou chez
lui ou chez elle, pensa qu'il fallait auprès
d'elle prendre le rôle de père au sérieux. Il
alla plus loin, il jugea qu'à son âge il
pouvait entreprendre de la tromper net
et de supprimer, dans l'histoire de son
fils, le nom de madame de Chasteller.
Il fit des aventures de son fils une histoire
fort jolie et, après avoir amusé madame
de Thémines pendant toute la fin d'une
soirée, finit par lui avouer des inquiétudes
sérieuses sur son fils qui, depuis trois
mois qu'il était admis dans le salon de
madame Grandet, était d'une tristesse
mortelle ; il craignait un amour pris au
sérieux, et qui dérangerait tous ses projets
pour ce fils chéri. Car il faut le marier... Etc.

— Ce qu'il y a de singulier, lui dit
madame de Thémines, c'est que depuis
son retour d'Angleterre madame Grandet
est fort changée ; il y a aussi du chagrin
dans cette tête-là.

Mais, pour prendre les choses par ordre,
voici ce que M. Leuwen apprit de mesdames de Thémines et Toniel, qu'il vit
séparément et ensuite réunies, et nous y
ajouterons tout de suite ce que des mémoires particuliers nous ont appris sur
madame Grandet, cette femme célèbre[1].

1. [*Pilotis.* — M. Leuwen n'a pas besoin d'agir sur ce
que nous avons appris par nos mémoires secrets. Ce qu'il

Madame Grandet se voyait à peu près
la plus jolie femme de Paris, ou du moins
on ne pouvait citer les six plus jolies
femmes sans la mettre du nombre. Ce
qui brillait surtout en elle, c'était une
taille élancée, souple, charmante. Elle
avait les plus beaux cheveux blonds du
monde et beaucoup de grâce à cheval,
comme le plus grand courage. C'était
une beauté élancée et blonde comme les
jeunes Vénitiennes de Paul Véronèse.
Les traits étaient jolis, mais pas très distingués. Pour son cœur, il était à peu près
l'opposé de ce que l'on se figure comme
étant le cœur italien. Le sien était parfaitement étranger à tout ce que l'on appelle
émotions tendres et enthousiasme, et
cependant elle passait sa vie à jouer ces
sentiments. Lucien l'avait trouvée dix fois
s'apitoyant sur les infortunes de quelque
prêtre prêchant l'évangile à la Chine, ou
sur la misère de quelque famille appartenant dans sa province *à tout ce qu'il y
a de mieux.* Mais dans le secret du cœur
de madame Grandet rien ne lui semblait
bas, ridicule, bourgeois en un mot, comme
d'être attendrie. Elle voyait en cela la
marque la plus sûre d'une âme faible.

apprend de Mmes de Thémines et Toniel suffit pour faire faire
à Mme de Thémines la m..... sans qu'elle s'en doute. 4 dé-
cembre 34.]

Elle lisait souvent les *Mémoires* du cardi-
nal de Retz : ils avaient pour elle le charme
qu'elle cherchait vainement dans les
romans. Le rôle politique de mesdames de
Longueville et de Chevreuse était pour
elle ce que sont les aventures de tendresse
et de danger pour un jeune homme de
dix-huit ans.

« Quelles positions admirables, se disait
madame Grandet, si elles eussent su se
garantir de ces erreurs de conduite qui
donnent tant de prise sur nous ! »

L'amour même, dans ce qu'il a de plus
réel, ne lui semblait qu'une corvée,
qu'un ennui. C'était peut-être à cette
tranquillité d'âme [1] qu'elle devait son
étonnante fraîcheur, ce teint admirable
qui la mettait en état de lutter avec les
plus belles Allemandes, et un air de
première jeunesse et de santé qui était
comme une fête pour les yeux. Aussi ai-
mait-elle à se laisser voir à neuf heures
du matin, au sortir de son lit. C'est alors
surtout qu'elle était incomparable ; il
fallait songer au ridicule du mot pour résister au plaisir de la comparer à l'aurore.
Aucune de ses rivales ne pouvait approcher d'elle sous le rapport de la fraîcheur
des teintes. Aussi son bonheur était-il de

---

1. *Id est :* à ce manque de tempérament.

prolonger jusqu'au grand jour les bals
qu'elle donnait et de faire déjeuner les dan-
seurs au soleil, les volets ouverts. Si quelque jolie femme, sans se douter de ce coup
de Jarnac, était restée, à l'étourdie, en-
traînée par le plaisir de la danse, madame
Grandet triomphait ; c'était le seul moment dans la vie où son âme perdît terre,
et ces humiliations de ses rivales étaient
l'unique chose à quoi sa beauté lui semblât
bonne. La musique, la peinture, l'amour,
lui semblaient des niaiseries inventées
par et pour les petites âmes. Et elle passait
sa vie à goûter un plaisir sérieux, disait-
elle, dans sa loge aux Bouffes, car, avait-
elle soin d'ajouter, les chanteurs italiens
ne sont pas excommuniés. Le matin, elle
peignait des aquarelles avec un talent
vraiment fort distingué ; cela lui semblait
aussi nécessaire à une femme du grand
monde qu'un métier à broder, et bien
moins ennuyeux. Une chose marquait
qu'elle n'avait pas l'âme noble, c'était
l'habitude, et presque la nécessité, de se
comparer à quelque chose ou à quelqu'un
pour s'estimer et se juger, par exemple
se comparer aux nobles dames du faubourg
Saint-Germain.

Elle avait engagé son mari à la conduire
en Angleterre pour voir si elle trouverait
une blonde qui eût plus de fraîcheur, et

pour savoir si elle aurait peur à cheval.
Elle avait rencontré dans les élégants *coun-
try seats* où elle avait été invitée l'ennui,
mais non le sentiment de la crainte.

Quand Lucien lui fut présenté, elle
revenait d'Angleterre, et son séjour en
ce pays venait d'envenimer le sentiment
d'admiration voisine de l'envie qu'elle
éprouvait pour la noblesse d'origine ;
son âme n'avait pas la supériorité qu'il
faut pour chercher l'estime des gens qui
estiment peu la noblesse. Madame Grandet
n'avait été en Angleterre que la femme
d'un des *juste milieu* de Juillet les plus
distingués par la faveur de Louis-Philippe,
mais à chaque instant elle s'était sentie
une *femme de marchand*. Ses cent mille
livres de rente, qui la tiraient si fort du
pair à Paris, en Angleterre n'étaient
presque qu'une vulgarité de plus. Elle
revenait d'Angleterre avec ce grand souci :
« Il faut n'être plus femme de marchand,
et devenir une Montmorency. »

Son mari était un gros et grand homme
de quarante ans, fort bien portant, et il
n'y avait pas de veuvage à espérer. Même
elle ne s'arrêta pas à cette idée : sa grande
fortune l'avait éloignée de bonne heure,
et par orgueil, des voies obliques, et elle
méprisait tout ce qui était crime. Il s'a-
gissait de devenir une Montmorency

sans rien se permettre que l'on ne pût avouer. C'était comme la diplomatie de Louis XIV quand il était heureux.

Son mari, colonel de la garde nationale, avait bien remplacé les Rohan et les Montmorency, politiquement parlant, mais quant à elle, personnellement, sa fortune était encore à faire.

Qu'est-ce qu'une Montmorency, à peine âgée de vingt-trois ans, et avec une immense fortune, ferait de son bonheur ?

Et même, ce n'était pas encore là toute la question :

Ne fallait-il pas faire encore autre chose pour arriver à être regardée dans le monde, à peu près comme cette Montmorency l'eût été ?

Une haute et sublime dévotion, ou bien avoir de l'esprit comme madame de Staël, ou bien une illustre amitié ; devenir l'amie intime de la reine ou de madame Adélaïde et une sorte de madame de Polignac de 1785, être ainsi à la tête de la cour des femmes et donner des soupers à la reine ; ou bien il fallait au moins une illustre amitié dans le faubourg Saint-Germain.

Toutes ces possibilités, tous ces partis, occupaient tour à tour son esprit et l'accablaient, car elle avait plus de persévérance et de courage que d'esprit. Et elle ne savait

pas se faire aider ; elle avait bien deux
amies, mesdames de Thémines et Toniel,
mais elle n'accordait sa confiance que pour
une partie seulement des projets qui
l'empêchaient de dormir. Plusieurs des
idées dont nous avons parlé, et des plus
brillantes encore dont la possibilité absolue
s'était présentée à son ambition, étaient
hors de toute probabilité.

Quand Lucien lui fut présenté, il la
trouva faisant la madame de Staël, et de
là le dégoût que nous lui avons vu pour
son effroyable bavardage à propos de tout
et sur tous les sujets.

Un peu avant le voyage de Lucien à
Nancy, madame Grandet, ne voyant rien
se présenter pour la mise à exécution de
ses grands projets, s'était dit :

« Ne serait-ce pas négliger un avantage
actuel et perdre une grande chance de
distinction que de ne pas inspirer quelque
grand amour célèbre par le malheur de
l'amoureux ? Ne serait-il pas admirable,
dans toutes les suppositions, qu'un homme
distingué allât voyager en Amérique
pour m'oublier, moi qui ne lui accorderais
jamais un instant d'attention ? »

Cette grande question avait été mûrement
pesée sans le moindre grain de faiblesse
féminine, et même d'autant plus sévère-
ment pesée qu'elle avait toujours été l'é-

cueil des femmes dont madame Grandet
admirait le plus la fortune et la façon
d'être dans le monde et la niche qu'elles
s'étaient faite dans l'histoire.

« Ce serait négliger un avantage actuel
et bien passager, s'était-elle dit enfin,
que de ne pas inspirer une grande passion ;
mais le choix est scabreux : que n'ai-je
pas fait pour conquérir simplement pour
ami un homme qui fût de haute naissance ?
Les agréments, la jeunesse et, à plus forte
raison, la fortune, n'ont rien été pour moi ;
je ne voulais qu'un sang pur et une réputation sans tache. Mais aucun homme
appartenant à l'ancienne noblesse de cour
n'a voulu prendre ce rôle. Comment espérer d'en trouver un pour celui d'un être
parfaitement infortuné, de l'amoureux,
en un mot, de la femme d'un fabricant
enrichi ? »

Ainsi se parlait madame Grandet.
Elle avait cette force : elle ne ménageait
point les termes en raisonnant avec soi-
même ; c'était l'invention, c'était l'esprit
proprement dit que l'on ne trouvait point
chez elle. Elle repassait dans sa tête toutes
les démarches et presque les bassesses
qu'elle avait faites. En vain avait-elle
fait des bassesses pour voir plus souvent
deux ou trois hommes de cette volée que
le hasard avait fait paraître dans son salon

toujours après deux ou trois mois ces nobles messieurs avaient rendu leurs visites
plus rares.

Tout cela était vrai, il n'en était pas
moins convenable d'inspirer une grande
passion !

Ce fut dans ces circonstances intérieures,
tout à fait inconnues à M. Leuwen père,
qu'un matin madame de Thémines vint
passer une heure avec sa jeune amie pour
deviner si ce cœur était occupé de notre
héros. Après avoir reconnu et ménagé
l'état de sa vanité ou de son ambition,
madame de Thémines lui dit :

— Vous faites des malheureux, ma belle,
et bien vous choisissez.

— Je suis si éloignée de choisir, répondit fort sérieusement madame Grandet,
que j'ignore jusqu'au nom du malheureux
chevalier. Est-ce un homme de distinction ?

— La naissance seule lui manque.

— Trouve-t-on de vraiment bonnes
manières sans naissance ? répondit-elle
avec une sorte de découragement.

— Que j'aime le tact parfait qui vous
distingue ! s'écria madame de Thémines.
Malgré la plate adoration qu'on a pour
l'*esprit*, pour cette eau-forte, cet acide
de vitriol qui ronge tout, vous n'admettez
point l'esprit comme compensation des
bonnes manières. Ah ! que vous êtes des

nôtres ! Mais je croirais assez que votre
victime nouvelle a des manières distin-
guées. Il est vrai qu'il est habituellement
si triste depuis qu'il vient ici, qu'il n'est
pas bien sûr d'en juger ; car c'est la gaieté
d'un homme, c'est le genre de ses plaisanteries et sa manière de les dire qui marque sa place dans la société. Mais pourtant,
si celui que vous rendez malheureux
appartenait à une famille, on le placerait
indubitablement au premier rang.

— Ah ! c'est M. Leuwen, le maître des
requêtes !

— Eh ! bien, est-ce vous, ma belle,
qui le conduirez au tombeau ?

— Ce n'est pas l'air malheureux que je
lui trouve, dit madame Grandet, c'est
l'air ennuyé.

On ajouta à peine quelques mots.
Madame de Thémines laissa tomber le
discours sur la politique et dit, à propos
de quelque chose :

— Ce qui est du dernier choquant et ce
qui décide de tout, c'est la *Bourse* où votre
mari ne va pas.

— Il y a plus de vingt mois qu'il n'y
a mis les pieds, dit madame Grandet
avec empressement.

— Ce sont les gens que vous recevez
chez vous qui font et défont les ministres.

— Mais je suis bien loin de recevoir

exclusivement ces messieurs ! (Du même
ton piqué.)

— Ne désertez pas une belle position,
ma chère ! Et, entre nous, dit-on en baissant la voix, et d'un ton d'intimité, ne
prenez pas pour l'apprécier les paroles
des ennemis de cette position. Déjà une
fois, sous Louis XIV, comme le rabâche
sans cesse ce méchant duc de Saint-Simon,
que vous aimez tant, les bourgeois ont
pris le ministère. Qu'étaient Colbert,
Séguier ? Et, à la longue, les ministres font
la fortune de qui ils veulent. Et qui fait
les ministres aujourd'hui ? Les Rothschild, les..., les..., les Leuwen. A propos,
n'est-ce pas M. Pozzo di Borgo qui disait
l'autre jour que M. Leuwen avait fait une
scène à M. le ministre des Affaires étrangères à propos de son fils, ou bien c'est le
fils qui, au milieu de la nuit, est allé
faire une scène à ce ministre ?

Madame Grandet dit tout ce qu'elle
savait. C'était la vérité à peu près. mais
racontée à l'avantage des Leuwen. Là
encore, il n'y avait pas trace d'intérêt
ou de relations particulières, plutôt de
l'éloignement pour l'air ennuyé de Leuwen.

Le soir, madame de Thémines crut pouvoir rassurer M. Leuwen et lui dire qu'il
n'y avait ni amour ni galanterie entre son
fils et la belle madame Grandet.

CHAPITRE XLVII[1]

M. Leuwen père était un homme fort
gros, qui avait le teint fleuri,
l'œil vif, et de jolis cheveux gris
bouclés. Son habit, son gilet étaient un
modèle de cette élégance modeste qui convient à un homme âgé. On trouvait dans
toute sa personne quelque chose de leste
et d'assuré. A son œil noir, à ses brusques
changements de physionomie, on l'eût
pris plutôt pour un peintre homme de
génie (comme il n'y en a plus) que pour un
banquier célèbre. Il paraissait dans beaucoup de salons, mais passait sa vie avec
les diplomates gens d'esprit (il abhorrait
les graves) et le corps respectable des danseuses de l'Opéra. Il était leur providence
dans leurs petites affaires d'argent. Tous
les soirs on le trouvait au foyer de l'Opéra.
Il faisait assez peu de cas de la société
qui s'appelle *bonne*. L'impudence et le
charlatanisme, sans lesquels on ne réussit
pas, l'importunaient, faisaient trop de
bruit. Il ne craignait que deux choses

1. M. Leuwen père.

au monde : les ennuyeux, et l'air humide.
Pour fuir ces deux pestes, il faisait des
choses qui eussent donné des ridicules à
tout autre, mais jusqu'à soixante-cinq ans
qu'il avait maintenant, c'était lui qui donnait des ridicules, et il n'en prenait pas.
[Se] promenant sur le boulevard, son laquais
lui donnait un manteau pour passer devant
la rue de la Chaussée-d'Antin. Il changeait
d'habit cinq ou six fois par jour au moins,
suivant le vent qui soufflait, et avait pour
cela des appartements dans tous les quar-
tiers de Paris. Son esprit avait du naturel,
de la verve, de l'indiscrétion aimable,
plutôt que des vues fort élevées. Il s'oubliait quelquefois et avait besoin de s'observer pour ne pas tomber dans les genres
imprudents ou indécents.

— Si vous n'aviez pas fait fortune par
le commerce de l'argent, lui disait sa femme
qui l'adorait, vous n'eussiez pu réussir
dans aucune autre carrière. Vous racontez
une anecdote innocemment, et vous ne
voyez pas quelle blesse mortellement
deux ou trois prétentions.

— J'ai paré à ce désavantage : tout homme
solvable est toujours sûr de trouver dans
ma caisse mille francs offerts de bonne
grâce. Enfin, depuis dix ans on ne me dis-
cute plus, on m'accepte.

M. Leuwen ne disait jamais la vérité

qu'à sa femme, mais aussi il la lui disait toute ; elle était pour lui comme une seconde mémoire à laquelle il croyait plus qu'à la sienne propre. D'abord, il avait voulu s'imposer quelque réserve quand son fils était en tiers, mais cette réserve était incommode et gâtait l'entretien (madame Leuwen aimait à ne pas se priver de la présence de son fils) ; il le jugeait fort discret, il avait fini par tout dire devant lui.

L'intérieur de ce vieillard, dont les mots méchants faisaient tant de peur, était fort gai.

A l'époque où nous sommes, on trouva pendant quelques jours qu'il était triste, agité ; il jouait fort gros jeu le soir, il se permit même de jouer à la Bourse ; mademoiselle Des Brins donna deux soirées dansantes dont il fit les honneurs.

Un soir, à deux heures du matin, en revenant d'une de ces soirées, il trouva son fils qui se chauffait dans le salon, et son chagrin éclata.

— Allez pousser le verrou de cette porte. Et comme Lucien revenait près de la cheminée : Savez-vous un ridicule affreux dans lequel je suis tombé ? dit M. Leuwen avec humeur.

— Et lequel mon père ? Je ne m'en serais jamais douté.

— Je vous aime, et par conséquent
vous me rendez malheureux ; car la première des duperies, c'est d'aimer, ajouta-t-
il en s'animant de plus en plus et prenant
un ton sérieux que son fils ne lui avait
jamais vu. Dans ma longue carrière je n'ai
connu qu'une exception, mais aussi elle
est unique. J'aime votre mère, elle est
nécessaire à ma vie, et elle ne m'a jamais
donné un grain de malheur. Au lieu de
vous regarder comme mon rival dans son
cœur, je me suis avisé de vous aimer, c'est
un ridicule dans lequel je m'étais bien juré
de ne jamais tomber, et *vous m'empêchez
de dormir.*

A ce mot, Lucien devint tout à fait
sérieux. Son père n'exagérait jamais, et il
comprit qu'il allait avoir affaire à un accès
de colère réel.

M. Leuwen était d'autant plus irrité
qu'il parlait à son fils après s'être promis
quinze jours durant de ne pas lui dire un
mot de ce qui le tourmentait.

Tout à coup, M. Leuwen quitta son fils.

— Daignez m'attendre, lui dit-il avec
amertume.

Il revint bientôt après avec un petit
portefeuille de cuir de Russie.

— Il y a là 12.000 francs, et si vous ne
les prenez pas, je crois que nous nous
brouillerons.

— Le sujet de la querelle serait neuf, dit Lucien en souriant. Les rôles sont renversés, et...

— Oui ce n'est pas mal. Voilà du petit esprit. Mais, en un mot comme en mille, il faut que vous preniez une grande passion pour mademoiselle Gosselin. Et n'allez pas lui donner votre argent, et puis vous sauver à cheval dans les bois de Meudon ou au diable, comme c'est votre noble habitude. Il s'agit de passer vos soirées avec elle, de lui donner tous vos moments, il s'agit d'en être fou.

— Fou de mademoiselle Gosselin !

— Le diable t'emporte ! Fou de mademoiselle Gosselin ou d'une autre, que m'importe ! Il faut que le public sache que tu as une maîtresse.

— Et mon père, la raison de cet ordre si sévère ?

— Tu la sais fort bien. Et voilà que tu deviens de mauvaise foi en parlant avec ton père, et traitant de tes intérêts encore ! Que le diable t'emporte, et qu'après t'avoir emporté il ne te rapporte jamais ! Je suis sûr que si je passe deux mois sans te voir, je ne penserai plus à toi avec cette folie. Que n'es-tu resté à ton Nancy ! Cela t'allait fort bien, tu aurais été le digne héros de deux ou trois bégueules morales.

Lucien devint pourpre[1].

— Mais dans la position que je t'ai faite, ton fichu air sérieux, et même triste, si admiré en province, où il est l'exagération de la mode, n'est propre qu'à te donner le ridicule abominable de n'être au fond qu'un fichu saint-simonien.

— Mais je ne suis point saint-simonien ! Je crois vous l'avoir prouvé.

— Eh ! sois-le, saint-simonien, sois encore mille fois plus sot, mais ne le parais pas !

— Mon père, je serai plus parlant, plus gai, je passerai deux heures à l'Opéra au lieu d'une.

— Est-ce qu'on change de caractère ? Est-ce que tu seras jamais folâtre et léger ? Or, toute ta vie, si je n'y mets ordre mais ordre d'ici à quinze jours, ton sérieux passera non pour l'enseigne du *bon sens*, pour une mauvaise conséquence d'une bonne chose, mais pour tout ce qu'il y a de plus antipathique à la bonne compagnie. Or, quand ici l'on s'est mis à dos la bonne compagnie, il faut accoutumer son amour-propre à recevoir dix coups d'épingle par jour, auquel cas le ressource la plus douce qui reste, c'est de se brûler la cervelle ou, si l'on n'en a pas le courage, d'aller se

1. Objection : légère fausseté. Toute la jeunesse est comme cela.

jeter à la Trappe. Voilà où tu en étais il
y a deux mois, moi me tuant de faire comprendre que tu me ruinais en folies de
jeune homme. Et en ce bel état, avec ce
fichu bon sens sur la figure, tu vas te faire
un ennemi du comte de Beausobre, un
renard qui ne te pardonnera de la vie,
car si tu parviens à faire quelque figure
dans le monde et que tu t'avises de parler,
tôt ou tard tu peux l'obliger à se couper la
gorge avec toi, ce qu'il n'aime pas. Sans
t'en douter, malgré tout ton fichu bon
sens, que le ciel confonde, tu as à tes trous-
ses huit ou dix hommes d'esprit fort
bien disants, fort moraux, fort bien reçus
dans le monde, et de plus espions du ministère des Affaires étrangères. Préten-
dras-tu les tuer tous en duel ? Et si tu es
tué, que devient ta mère, car le diable
m'emporte si je pense à toi deux mois
après que je ne te verrai plus ! Et pour
toi, depuis trois mois je cours les chances
de prendre un accès de goutte qui peut fort
bien m'emporter. Je passe ma vie à cette
Bourse qui est plus humide que jamais
depuis qu'on y a mis des poëles. Pour toi,
je me refuse le plaisir de jouer ma fortune
à quitte ou double, ce qui m'amuserait.
Ainsi, tout résolument, veux-tu prendre
une grande passion pour mademoiselle
Gosselin ?

— Ainsi, vous déclarez la guerre aux
pauvres petits quarts d'heure de liberté
que je puis encore avoir. Sans reproche,
vous m'avez pris tous mes moments, il n'est
pas de pauvre diable d'ambitieux qui
travaille autant que moi, car je compte
pour travail, et le plus pénible, les séances
à l'Opéra et dans les salons, où l'on ne me
verrait pas une fois en quinze jours si je
suivais mon inclination. Ernest a l'ambition du fauteuil académique, ce petit
coquin de Desbacs veut devenir conseiller
d'État, cela les soutient ; moi, je n'ai
aucune passion dans tout cela que le désir
de vous prouver ma reconnaissance. Car ce
qui est le bonheur pour moi, ou du moins
ce que je crois tel, c'est de vivre en Europe
et en Amérique avec six ou huit mille
livres de rente, changeant de ville, ou
m'arrêtant un mois ou une année selon
que je me trouverai bien. Le charlatanisme, indispensable à Paris, me paraît
ridicule, et cependant j'ai de l'humeur
quand je le vois réussir. Même riche,
il faut ici être comédien et continuelle-
ment sur la brèche, ou l'on accroche des
ridicules. Or, moi, je ne demande point
le bonheur à l'opinion que les autres peuvent avoir de moi ; le mien serait de venir
à Paris six semaines tous les ans pour voir
ce qu'il y aurait de nouveau en tableaux,

drames, inventions, jolies danseuses. Avec
cette vie, le monde m'oublierait, je serais
ici, à Paris, comme un Russe ou un Anglais. Au lieu de me faire l'amant heureux
de mademoiselle Gosselin, ne pourrais-je
pas faire un voyage de six mois où vous
voudrez, au Kamschatka par exemple,
à Canton, dans l'Amérique du sud ?

— En revenant, au bout de six mois,
tu trouverais ta réputation complètement
perdue, et tes vices odieux seraient établis
sur des faits incontestables et parfaitement oubliés. C'est ce qu'il y a de pis pour
une réputation, la calomnie est bien heureuse quand on la fuit. Il faut ensuite
ramener l'attention du public, et redonner
l'inflammation à la blessure pour la guérir.
M'entends-tu ?

— Que trop, hélas ! Je vois que vous
ne voulez pas de six mois de voyage ou
de six mois de prison en échange de mademoiselle Gosselin.

— Ah ! tu parais devenir raisonnable,
le ciel en soit loué ! Mais comprends donc
que je ne suis pas baroque. Raisonnons
ensemble. M. de Beausobre dispose de
vingt, de trente, peut-être de quarante
espions diplomatiques appartenant à la
bonne compagnie, et plusieurs à la très
haute société ; il a des espions volontaires,
tels que de Perte qui a quarante mille

livres de rente. Madame la princesse de
Vaudémont était à ses ordres. Ces gens ne
manquent pas de tact, la plupart ont servi
sous dix ou douze ministres, la personne
qu'ils étudient de plus près, avec le plus
de soin, c'est leur ministre. Je les ai surpris
jadis ayant des conférences entre eux
à ce sujet. Même, j'ai été consulté par deux
ou trois qui m'ont des obligations d'argent.
Quatre ou cinq, M. le comte N., par exemple, que tu vois chez moi, quand ils peuvent
écumer une nouvelle, veulent jouer à la
rente, et n'ont pas toujours ce qu'il faut
pour couvrir la différence. Je leur rends
service, par ci par là, pour de petites
sommes. Enfin, pour te dire tout, j'ai
obtenu l'aveu, il y a quinze jours, que le
Beausobre a une colère *mue* contre toi.
Il passe pour n'avoir du cœur que lorsqu'il
y a un grand cordon à gagner. Peut-être
rougit-il de s'être trouvé faible en ta présence. Le pourquoi de sa haine, je l'ignore,
mais il te fait l'honneur de te haïr.

Mais ce dont je suis sûr, c'est qu'on
a organisé la mise en circulation d'une
calomnie qui tend à te faire passer pour
un saint-simonien retenu à grand'peine
dans le monde par ton amitié pour moi.
Après moi, tu arboreras le saint-simonisme,
ou te feras chef de quelque nouvelle
religion.

Je ne répondrais pas, même si la colère de Beausobre lui dure, que quelqu'un de ses espions ne le servît comme [on] servit Edouard III contre Beckett. Plusieurs de ces messieurs, malgré leur brillant cabriolet, ont souvent le besoin le plus pressant d'une gratification de cinquante louis et seraient trop heureux d'accrocher cette somme au moyen d'un duel. C'est à cause de cette partie de mon discours que j'ai la faiblesse de te parler. Tu me fais faire, coquin, ce qui ne m'est pas arrivé depuis quinze ans : manquer à une parole que je me suis donnée à moi-même. C'est à cause de la gratification de cent louis, gagnée si l'on t'envoie *ad patres*, que je n'ai pas pu te parler devant ta mère. Si elle te perd, elle meurt, et j'aurais beau faire des folies, rien ne pourrait me consoler de sa perte ; et (ajouta-t-il avec emphase) nous serions une famille effacée du monde.

— Je tremble que vous ne vous moquiez de moi, dit Lucien d'une voix qui semblait s'éteindre à chaque mot. Quand vous me faites une épigramme, elle me semble si bonne que je me la répète pendant huit jours contre moi-même, et le Méphistophélès que j'ai en moi triomphe de la partie agissante. Ne me plaisantez pas et j'oserai être sincère, ne me persiflez pas

sur une chose que vous savez sans doute,
mais que je n'ai jamais avouée à âme
qui vive.

— Diable ! c'est du neuf, en ce cas. Je
ne t'en parlerai jamais.

— Je tiens, ajouta Lucien d'une voix
brève et rapide et en regardant le parquet,
à être fidèle à une maîtresse que je n'ai
jamais eue. Le moral entre pour si peu
dans mes relations avec mademoiselle
Raimonde, qu'elle ne me donne presque
pas de remords ; mais cependant... (vous
allez vous moquer de moi) elle m'en
donne souvent... quand je la trouve gen-
tille [1]. Mais quand je ne lui fais pas la
cour..., je suis trop sombre, et il me vient
des idées de suicide, car rien ne m'amuse...
Répondre à votre tendresse est seulement
un devoir moins pénible que les autres.
Je n'ai trouvé de distraction complète
qu'auprès du lit de ce malheureux Kortis,...
et encore à quel prix ! Je côtoyais l'infamie... Mais vous vous moquerez de moi,
dit Lucien en osant relever les yeux à la
dérobée.

— Pas du tout ! Heureux qui a une
passion, fût-ce d'être amoureux d'un dia-
mant, comme cet Espagnol dont Talle-

---

1. Excuse : Voltaire et les auteurs de son siècle renon-
cent à une nuance quand elle ne peut pas être rendue avec
clarté.

mant des Réaux nous conte l'histoire. La vieillesse n'est autre chose que la privation de folie, l'absence d'illusion et de passion. Je place l'absence des folies bien avant la diminution de la force physique. Je voudrais être amoureux, fût-ce de la plus laide cuisinière de Paris, et qu'elle répondît à ma flamme. Je dirais comme saint Augustin : *Credo quia absurdum.* Plus ta passion serait absurde, plus je l'envierais.

— De grâce, ne faites jamais d'allusion indirecte, et de moi seul comprise, à ce grain de folie.

— *Jamais!* dit M. Leuwen ; et sa physionomie prit un caractère de solennité que Lucien ne lui avait jamais vu. C'est que M. Leuwen n'était jamais absolument sérieux ; quand il n'avait personne de qui se moquer, il se moquait de soi-même, souvent sans que madame Leuwen même s'en aperçût. Ce changement de physionomie plut à notre héros, et encouragea sa faiblesse.

— Eh ! bien, reprit-il d'une voix plus assurée, si je fais la cour à mademoiselle Gosselin ou à toute autre demoiselle célèbre, tôt ou tard je serai obligé d'être heureux, et c'est ce qui me fait horreur. Ne vous serait-il pas égal que je prisse une femme honnête ?

Ici, M. Leuwen éclata de rire.

— Ne... te... fâche pas, dit-il en étouffant. Je suis fidèle... à notre traité, ce n'est pas de la partie réservée... que je ris... Et où diable... prendras-tu ta femme honnête ?... Ah ! mon Dieu ! (et il riait aux larmes) et quand enfin un beau jour... ta femme honnête confessera sa sensibilité à ta passion, quand enfin sonnera l'heure du berger..., que fera le berger ?

— Il lui reprochera gravement qu'elle manque à la vertu, dit Lucien d'un grand sang-froid. Cela ne sera-t-il pas bien digne de ce siècle moral ?

— Pour que la plaisanterie fût bonne, il faudrait choisir cette maîtresse dans le faubourg Saint-Germain.

— Mais vous n'êtes pas duc, mais je ne sais pas avoir de l'esprit et de la gaieté en ménageant trois ou quatre préjugés saugrenus dont nous rions même dans nos salons du juste milieu, si stupides d'ailleurs.

Tout en parlant, Lucien vint à songer à quoi il s'engageait insensiblement ; il tourna à la tristesse sur le champ, et dit malgré lui :

— Quoi ! mon père, une grande passion ! Avec ses assiduités, sa constance, son occupation de tous les moments ?

— Précisément.

— *Pater meus, transeat a me calix iste !*

— Mais tu vois mes raisons.

Fais ton arrêt toi-même, et choisis tes supplices.

Cinna, V, sc. 1 [1].

— J'en conviens, la plaisanterie serait meilleure avec une vertu à haute piété et à privilèges, mais tu n'es pas ce qu'il faut, et d'ailleurs le pouvoir, qui est une bonne chose, se retire de ces gens-là et vient chez nous. Eh ! bien, parmi nous autres, nouvelle noblesse, gagnée en écrasant ou escamotant la révolution de Juillet...

— Ah ! je vois où vous voulez en venir !

— Eh ! bien, dit M. Leuwen du ton de la plus parfaite bonne foi, où veux-tu trouver mieux ? N'est-ce pas une vertu *d'après* celles du faubourg Saint-Germain ?

— Comme Dangeau n'était pas un grand seigneur, mais *d'après* un grand seigneur. Ah ! Elle est trop ridicule à mes yeux ; jamais je ne pourrai m'accoutumer à avoir une grande passion pour madame Grandet. Dieu ! Quel flux de paroles ! Quelles prétentions !

— Chez mademoiselle Gosselin, tu auras des gens désagréables à force de mauvais ton. D'ailleurs, plus elle est différente de ce

1. Ou bien deux vers :
Tu sais ce qui t'est dû, tu vois que je sais tout :
Fais ton arrêt, etc.
Vers de *Cinna*. — Qui autre que Corneille a fait un empereur ? Racine n'a fait que des princes élevés par Fénelon pour être princes.

que l'on a aimé, moins il y a d'infidélité.

M. Leuwen alla se promener à l'autre bout du salon. Il se reprochait cette allusion.

« J'ai manqué au traité, cela est mal, fort mal. Quoi ! même avec mon fils, ne puis-je pas me permettre de penser tout haut ? »

— Mon ami, ma dernière phrase ne vaut rien, et je parlerai mieux à l'avenir. Mais voilà trois heures qui sonnent. Si tu fais ce sacrifice, c'est pour moi uniquement. Je ne te dirai point que, comme le prophète, tu vis dans un nuage depuis plusieurs mois, qu'au sortir de la nuée tu seras tout étonné du nouvel aspect de toutes choses... Tu en croiras toujours plus tes sensations que mes récits. Ainsi, ce que mon amitié ose te demander, c'est le sacrifice de six mois de ta vie ; il n'y aura de très amer que le premier, ensuite tu prendras de certaines habitudes dans ce salon où vont quelques hommes passables, si toutefois tu n'en es pas expulsé par la vertu terrible de madame Grandet, auquel cas nous chercherions une autre vertu. Te sens-tu le courage de signer un engagement de six mois ?

Lucien se promenait dans le salon et ne répondait pas.

— Si tu dois signer le traité, signons-le

tout de suite, et tu me donneras une
bonne nuit, car (en souriant) depuis
quinze jours, à cause de vos beaux yeux
je ne dors plus.

Lucien s'arrêta, le regarda, et se jeta
dans ses bras. M. Leuwen père fut très
sensible à cette embrassade : il avait
soixante-cinq ans !

Lucien lui dit, pendant qu'il était dans
ses bras :

— Ce sera le dernier sacrifice que vous
me demanderez ?

— Oui, mon ami, je te le promets. Tu
fais mon bonheur. Adieu !

Leuwen resta debout dans le salon,
profondément pensif. L'émotion si vraie
d'un homme si insensible, ce mot si touchant : *tu fais mon bonheur*, retentissaient
dans son cœur.

Mais d'un autre côté faire la cour à
madame Grandet lui semblait une chose
horrible, une hydre de dégoût, d'ennui et
de malheur.

« Devoir renoncer, se disait-il, à tout
ce qu'il y a de plus beau, de plus touchant,
de plus sublime au monde n'était donc pas
assez pour mon triste sort ; il faut que je
passe ma vie avec quelque chose de bas
et de plat, avec une affectation de tous les
moments qui représente exactement tout

ce qu'il y a de plat, de grossier, de haïssable dans le train du monde actuel ! Ah ! ma destinée est intolérable !

» Voyons ce que dit la raison, se dit-il tout à coup. Quand je n'aurais pour mon père aucun des sentiments que je lui dois, en stricte justice je dois lui obéir ; car enfin, le mot d'Ernest s'est trouvé vrai : je me suis trouvé incapable de gagner quatre-vingt-quinze francs par mois. Si mon père ne me donnait pas ce qu'il faut pour vivre à Paris, ce que je devrais faire pour gagner de quoi vivre ne serait-il pas plus pénible que de faire la cour à madame Grandet ? Non, mille fois non. A quoi bon se tromper soi-même ?

» Dans ce salon, je puis penser, je puis rencontrer des ridicules curieux, des hommes célèbres. Cloué dans le comptoir de quelque négociant d'Amsterdam ou de Londres correspondant de la maison, ma pensée devrait être constamment enchaînée à ce que j'écris, sous peine de commettre des erreurs. J'aimerais bien mieux reprendre ma vie de garnison : la manœuvre le matin, le soir la vie de billard. Avec une pension de cent louis je vivrais fort bien. Mais encore, qui me donnerait ces cent louis ? Ma mère. Mais si elle ne les avait pas, pourrai-je vivre avec ce que produirait la vente de mon mobilier actuel et les quatre-vingt-quinze francs par mois ? »

Lucien prolongea longtemps l'examen qui devait amener la réponse à cette question, afin de ne pas passer à cet autre examen, bien autrement terrible :

« Comment ferai-je dans la journée de demain pour marquer à madame Grandet que je l'adore ? »

Ce mot le jeta peu à peu dans un souvenir profond et tendre de madame de Chasteller. Il y trouva tant de charme, qu'il finit par se dire :

« A demain les affaires. »

Ce demain-là n'était qu'une façon de parler, car quand il éteignit sa bougie les tristes bruits d'une matinée d'hiver remplissaient déjà la rue.

Il eut ce jour-là beaucoup de travail au bureau de la rue de Grenelle et à la Bourse. Jusqu'à deux heures, il examina les articles d'un grand règlement sur les gardes nationales, dont il fallait rendre le service de plus en plus ennuyeux, car règne-t-on avec une garde nationale ? Depuis plusieurs jours, le ministre avait pris l'habitude de renvoyer à l'examen consciencieux de Leuwen les rapports de ses chefs de division, dont l'examen exigeait plutôt du bon sens et de la probité qu'une profonde connaissance des

44.000 lois, arrêtés et circulaires qui régissent le ministère de l'Intérieur. Le ministre avait donné à ces rapports de Lucien le nom de *sommaires succincts* ; ces sommaires succincts avaient souvent dix ou quinze pages. Lucien était très occupé de ses affaires de télégraphe et, ayant été obligé de laisser en retard plusieurs sommaires succincts, le ministre l'autorisa à prendre deux commis et lui fit le sacrifice de la moitié de son arrière-cabinet. Mais dans cette position indispensable, le commis futur ne serait séparé des plus grandes affaires que par une cloison, à la vérité garnie de matelas en sourdine. La difficulté était de trouver des gens discrets et incapables par l'honneur de fournir des articles, même anonymes, à cet abhorré *National*.

Lucien, après avoir inutilement cherché dans les bureaux, se souvint d'un ancien élève de l'Ecole polytechnique, garçon fort taciturne, qui avait voulu être fabricant et qui, parce qu'il avait les connaissances supérieures, avait cru avoir les inférieures. Ce commis, nommé Coffe, l'homme le plus taciturne de l'Ecole, coûta quatre-vingt louis au ministère, car Lucien le découvrit à Sainte-Pélagie, dont on ne put le tirer qu'en donnant un acompte aux créanciers ; mais il s'engagea

à travailler pour dix et, qui plus est, on
put parler devant lui en toute sûreté. Ce
secours permit à Leuwen de s'absenter
quelquefois un quart d'heure du bureau [1].

Huit jours après, le comte de Vaize
reçut cinq ou six dénonciations anonymes
contre M. Coffe ; mais dès sa sortie de
Sainte-Pélagie, Lucien l'avait mis, à son
insu, sous la surveillance de M. Crapart,
le chef de la police du ministère. Il fut
prouvé que M. Coffe n'avait aucune
relation avec les journaux libéraux ; quant
à ses rapports prétendus avec le comité
gouvernemental de Henri V, le ministre
en rit avec Coffe lui-même.

---

1. [*Caractère de Coffe.* — C'était un petit homme nerveux,
maigre, alerte, actif, presque tout à fait chauve. Il n'avait
que vingt-cinq ans et en paraissait trente-six. Homme parfaitement pauvre et également honnête, le mécontentement était peint sur cette figure, qui ne s'éclaircissait que
lorsqu'il agissait avec vigueur. Coffe était renommé à l'École
pour son silence presque parfait ; mais ses petits yeux gris
toujours en mouvement, parlaient malgré lui. Dans son
mépris pour le siècle actuel, Coffe pensait qu'aucune affaire
ne valait la peine qu'on s'en mêlât. L'injustice et l'absurdité
lui donnaient de l'humeur malgré lui, et ensuite il avait de
l'humeur d'en avoir et de prendre intérêt pour cette masse
absurde et coquine qui forme l'immense majorité des hommes La fortune à peu près unique de Coffe était son grade
à l'École polytechnique ; une fois chassé, il fit argent de
tout, et forma un petit capital de 3.000 francs, avec lequel
il entreprit un petit commerce. Ruiné par une banqueroute,
il fut mis à Sainte-Pélagie où il eût passé cinq ans pour
retrouver la misère à sa rentrée dans le monde, si l'on ne fût
venu à son secours. Il avait le projet, si jamais il pouvait
réunir 400 francs de rente, d'aller vivre dans une solitude,
en Provence.]

— Accrochez-leur quelques louis, cela
m'est fort égal, dit-il à ce commis, qui se
trouva fort choqué du propos, car par
hasard c'était un honnête homme.

Le ministre répondit aux exclamations
de Coffe :

— Je vois ce que c'est, vous voulez
quelque marque de faveur qui fasse cesser
les lettres anonymes des surnuméraires
jaloux du poste que M. Leuwen vous a
donné. Eh ! bien, dit-il à ce dernier,
faites-lui une autorisation, que je signerai,
pour qu'il puisse faire copier *d'urgence*
dans tous les bureaux les pièces dont il
faudra les doubles au secrétariat particulier.

A ce moment, le ministre fut interrompu
par l'annonce d'une dépêche télégraphique
d'Espagne. Cette dépêche enleva bien vite
Leuwen aux idées d'arrangement intérieur
pour le jeter dans un cabriolet roulant
rapidement vers le comptoir de son père,
et de là à la Bourse. Comme à l'ordinaire,
il se garda bien d'y entrer, mais attendait
des nouvelles de ses agents en lisant les
brochures nouvelles chez un libraire voisin.

Tout à coup, il rencontra trois domestiques de son père qui le cherchaient
partout pour lui remettre un billet de deux
lignes :

— Courez à la Bourse, entrez-y vous-

même, arrêtez toute l'opération, coupez
net. Faites revendre, même à perte, et,
cela fait, venez bien vite me parler.

Cet ordre l'étonna beaucoup ; il courut
l'exécuter. Il y eut assez de peine, et enfin
put courir chez son père.

— Eh ! bien, as-tu défait cette affaire ?

— Tout à fait. Mais pourquoi la défaire ?
Elle me semble admirable.

— C'est de bien loin la plus belle dont
nous nous soyons occupés. Il y avait là
trois cent mille francs à réaliser.

— Et pourquoi donc s'en retirer ?
dit Lucien avec anxiété.

— Ma foi, je ne le sais pas, dit M. Leuwen d'un air sournois. Tu le sauras de ton
ministre si tu sais l'interroger. Cours le
rassurer : il est fou d'inquiétude.

L'air de M. Leuwen ne fit qu'augmenter
la curiosité de Lucien. Il courut au ministère et trouva M. de Vaize qui l'attendait
enfermé à double tour dans sa chambre
à coucher qu'il arpentait, tourmenté par
une profonde agitation.

« Voilà bien le plus timide des hommes, »
se dit Lucien.

— Eh ! bien, mon ami ? Etes-vous
parvenu à tout couper ?

— Tout absolument, à dix mille francs
près que j'avais fait acheter par Rouillon,
que je n'ai plus retrouvé.

— Ah ! cher ami, je sacrifierais le
billet de cinq cents francs, je sacrifierais
même le billet de mille francs pour réavoir
cette bribe et ne pas paraître avoir fait
la moindre affaire sur cette damnée
dépêche. Voulez-vous aller retirer ces
dix mille francs ?

L'air du ministre disait : « Partez ! »

« Je ne saurai rien, se dit Lucien, si je
n'arrache le fin mot dans ce moment où il
est hors de lui. »

— En vérité, je ne saurais où aller,
reprit Lucien de l'air d'un homme qui n'a
pas envie de remonter en cabriolet.
M. Rouillon dîne en ville. Je pourrai tout
au plus dans deux heures passer chez lui,
et ensuite aller explorer les environs de
Tortoni. Mais Votre Excellence veut-elle
me dire le pourquoi de toute cette peine
que je me suis donnée et qui va engloutir
toute ma soirée ?

— Je devrais ne vous rien dire, dit
Son Excellence en prenant l'air fort inquiet, mais il y a longtemps que je ne doute
pas de votre prudence. *On* se réserve cette
affaire ; et encore, ajouta-t-il d'un air de
terreur, c'est par miracle que je l'ai su,
par un de ces cas fortuits admirables.
A propos, il faut que demain vous soyez
assez complaisant pour acheter une jolie
montre de femme...

Le ministre alla à son bureau, où il prit deux mille francs.

— Voici deux mille francs, faites bien les choses, allez jusqu'à trois mille francs au besoin, s'il le faut. Peut-on pour cela avoir quelque chose de présentable ?

— Je le crois.

— Eh ! bien, il faudra faire remettre cette jolie montre de femme avec une chaîne d'or, et cela par une main sûre, et avec un volume des romans de Balzac portant un chiffre impair, 3, 1, 5, à madame Lavernaye, rue Sainte-Anne, n° 90. Actuellement que vous savez tout, mon ami, encore un acte de complaisance. Ne laissez pas les choses faites à demi, raccrochez-moi ces dix mille francs, et qu'il ne soit pas dit, ou du moins qu'on ne puisse prouver à qui de droit que j'ai fait, moi ou les miens, la moindre affaire sur cette dépêche.

— Votre Excellence ne doit avoir aucune inquiétude à ce sujet, cela vaut fait, dit Lucien en prenant congé avec tout le respect possible.

Il n'eut aucune peine à trouver M. Rouillon, qui dînait tranquillement à son troisième étage avec sa femme et ses enfants. Et moyennant l'assurance de payer la différence à la revente, le soir même, au café Tortoni, ce qui pouvait être un

objet de cinquante ou cent francs, toute
trace de l'opération fut anéantie, ce dont
il prévint le ministre par un mot.

Lucien n'arriva chez son père qu'à la
fin du dîner. Il était tout joyeux en venant
de la place des Victoires, où logeait
M. Rouillon, à la rue de Londres ; la corvée du soir, dans le salon de madame
Grandet, ne lui semblait plus qu'une chose
fort simple. Tant il est vrai que les caractères qui ont leur imagination pour ennemie doivent agir beaucoup avant les choses
pénibles, et non y réfléchir.

« Je vais parler *ab hoc et ab hac,* se disait
Lucien, et dire tout ce qui me viendra
à la tête, bon, mauvais ou pire. Je suppose
que c'est ainsi qu'on est brillant aux yeux
de madame Grandet, cette sublime personne. Car il faut être brillant avant que
d'être tendre, et l'on méprise le cadeau
si l'objet offert n'est pas de grand·prix. »

FIN DU SECOND VOLUME

Imprimé en France
FROC032102210120
23239FR00014B/161/P

9 782329 360775